KB253386

臺城 대성

강 위에 비 흩뿌리고 강가의 풀은 가지런한데
육조의 영화는 꿈과 같고 새만 부질없이 울고 있다
무정한 것은 궁성에 늘어진 버드나무이건만
변함없이 연기처럼 십 리 제방을 감싸고 있다

江雨霏霏江草齊
六朝如夢鳥空啼
無情最是臺城柳
依舊煙籠十里堤

풍류비공

風流飛功

─바람의 비기─

풍류비공 4

지화풍 新무협 판타지 소설

초판 1쇄 찍은 날 § 2006년 3월 28일
초판 1쇄 펴낸 날 § 2006년 4월 8일

지은이 § 지화풍
펴낸이 § 서경석

편집장 § 문혜영
편집책임 § 유경화
편집 § 심재영

펴낸곳 § 도서출판 청어람
등록번호 § 제1081-1-89호
등록일자 § 1999. 5. 31
어람번호 § 제2-0871호

주소 § 경기도 부천시 원미구 심곡1동 350-1 남성B/D 3F (우) 420-011
전화 § 032-656-4452 팩스 § 032-656-4453
http://www.chungeoram.com
E-mail § eoram99@chollian.net

ⓒ 지화풍, 2006

ISBN 89-251-0054-1 04810
ISBN 89-5831-918-6 (세트)

풍류비공

風流飛功

| 바람의 비기 |

Fantastic Oriental Heroes

지화풍 新무협 판타지 소설

4

백절불굴(百折不屈)

도서출판 청어람

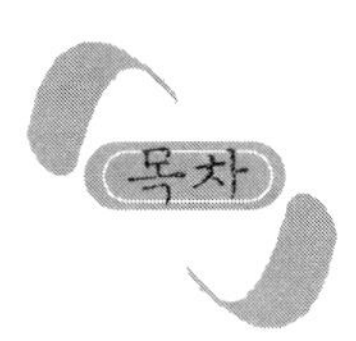

|第一章|

불로불욕(不勞不慾)

불로불욕(不勞不慾)

광동성 동북부의 대표적인 곡창지대 화평현(和平縣)은 주로 쌀농사를 짓는데 일 년에 무려 세 번에 걸쳐 경작을 한다. 하지만 정작 화평을 유명하게 해주는 건 쌀이 아니라 귤이다. 중원 전역의 상인들은 달고 상큼한 맛으로 유명한 이 화평 귤을 사기 위해 봄과 가을, 해마다 두 번에 걸쳐 화평을 찾는다. 그래서 귤 경매와 거래가 끝난 직후인 지금 같은 초여름에는 화평을 찾는 사람이 거의 없다.

하지만 오늘은 예외. 화평루라는 객잔 앞에는 외지에서 흘러들어 온 마차 한 대가 서 있다. 그리고 그 옆으로는 객잔 점원이 마련해 준 나무 탁자 주위를 사내 셋이 빙 둘러앉아 있었다.

"어휴~ 덥다, 더위!"

오른손으로 이마를 덮고 살짝 두 눈을 찡그리던 유백은 이내 그 손을 내려 손부채질을 해댔다. 웬만한 더위에는 끄떡도 안 하는 그로서도 광동의 여름 날씨는 견디기가 쉽지 않은 모양이다.

유백은 목덜미에 흐르는 땀을 소매로 스윽 닦아내며 후끈한 열기를 토해내고 있는 대로변을 향해 느릿느릿 고개를 돌렸다. 역시 예상대로 아무도 오지 않고 있다. 자신이야 처음부터 기대하지 않았었으니까 별 상관은 없지만, 지랄 같은 성질머리의 사비가 과연 얼마나 버틸지는 걱정이다.

'처음부터 말이 안 되는 얘기였어.'

유백은 꾸벅꾸벅 졸고 있는 사비를 향해 슬며시 고개를 돌렸다.

'뭐? 유산으로 물려받은 토지를 찾기 위해 화평에 왔다고?'

유백은 사비가 한 말에 넘어가 혹시나 하는 기대를 했던 자신이 한심하게 느껴졌다.

처음 이곳에 도착한 직후, 사비에게 화평까지 온 이유에 대해 들었을 때는 그럴 수도 있겠지 싶었다. 하지만 사비가 내민 토지 문서를 보고 거기 적힌 글자들을 확인한 순간, 유백은 너무 놀라 턱이 빠지는 줄 알았다.

'세상에… 일만 정보(町步)라니! 그게 말이 돼? 만 정보는 십만 단보, 일 단보가 삼백 평이니까. 이걸 평으로 계산하면… 커어억! 사, 삼천만 평!'

차라리 백 평이나 천 평이라고 쓰어 있었다면 믿었을 것이다. 그 정도라면 충분히 이해할 수 있었고, 박수를 치며 축하해 줬을지도 모른다. 하지만 이건 아니었다. 일만 정보라는 토지는 결코 한 개인이 소유할 수 있는 수준이 아니었다. 혹시 황족이라면 모를까. 사비 말처럼 아저씨가 조카에게 용돈 주듯 물려줄 수 있는 땅이 아니란 말이다. 사비가 엉뚱한 인간이라는 것은 진즉에 알아봤지만 이 정도일 줄은 미처 예상치 못했던 유백은 혹시 생각지도 못했던 말썽에 휘말리는 건 아닐지 슬슬 걱정이 되기 시작했다.

'끄응! 사기를 쳐도 정도껏 쳐야지. 이렇게 어수룩한 방법으로 사기를 치려고 하다니… 이러다가 관에서라도 개입하면… 휴우!'

늘어지게 하품을 한 후 다시 탁자 위에 엎드리는 사비를 넌지시 바라보던 유백은 이내 그에게서 시선을 떼며 고개를 도리질 쳤다.

이제 슬슬 저 천둥벌거숭이 같은 친구를 타이를 때가 된 것도 같은데, 어찌 된 일인지 친구랍시고 어울리는 신도원은 사비의 행동에 가타부타 말이 없으니 자신이라도 나서야 할 것 같았다.

'그래! 더 사고 치기 전에 백천맹으로 데리고 가는 거야!'

유백은 이내 결심을 굳히고 사비를 향해 다시 고개를 돌렸다.

"끄응! 하여간 유별난 인간이라니까. 이런 상황에서도… 이봐!"

유백은 그새 쿨쿨 단잠에 빠진 사비를 보며 설레설레 고개를 저었다.

"아함! 왔어?"

유백의 목소리에 잠이 깬 사비가 늘어지게 기지개를 켰다.

"뭐야? 아직 안 온 거야?"

"자네 정말 이곳 지주가 올 거라고 생각하나? 달랑 종이 쪼가리 하나 툭 던지면서 화평 땅이 다 내 땅이오! 하면 누가 얼씨구나 좋다 하고 달려올 거라고 생각하는 거야?"

"그러니까 지금까지 코빼기도 내비치지 않았단 말이지?"

유백이 어이없는 표정으로 묻자 사비는 그의 말은 들은 척도 하지 않고 주위를 두리번거리더니 이내 두 눈썹을 모았다. 이에 한쪽 구석에서 조용히 눈을 감고 앉아 있던 신도원이 잔잔한 목소리로 입을 열었다.

"조금 더 기다려 보자."

"흠!"

사비는 신도원의 말을 듣자 더는 묻지 않고 다시 탁자에 엎드려 꾸벅꾸벅 졸기 시작했다. 그런 사비의 모습을 본 신도원은 가슴에 잔잔한 파문이 일었다.

'이 친구. 도대체 무슨 배짱이지? 내 말 한마디에 다시 입을 다물었어. 나를… 믿고 있는 거야!'

신도원 역시 화평에 도착하기 전까지는 사비가 왜 이곳을 찾는지 전혀 몰랐다. 그러나 여전히 사비의 말을 믿지 못하는 유백과 달리, 사비가 이곳으로 온 이유가 그가 말한 대로 땅을 찾기 위해서임을 믿어 의심치 않았다. 신도원은 사비가 토지 문서를 내민 직후 그 문서가 위조된 것이 아님을 알았기 때문이다. 그리고 그 문서를 인정하는 순간, 사비가 의도를 하든 하지 않든 결과적으로는 자신의 부친과 숙부가 평생에 걸쳐 일궈놓은 흑천을 망칠 수도 있다는 불길함이 엄습해 왔다.

화평은 흑천의 본진이 있는 곳. 사군우가 화평을 하사받은 이십 년 전 공사에 착수해 이후 십여 년에 걸쳐 완성한 흑천의 터전이다.

화평을 흑천의 본진으로 삼고자 했던 계획은 사군우의 성정을 너무나도 잘 알고 있던 신도화정의 머리에서 나왔다. 신도화정은 천하에 어느 누구도 흑화검성 사군우의 땅을 건드리거나 관심을 기울일 자가 없을 것이고, 재물에 욕심이 없는 사군우 또한 결코 화평을 찾지 않으리라 확신했다. 그뿐만 아니라 사군우는 만일 나중에 사실을 알게 된다고 해도 크게 문제를 일으킬 인간이 아니라는 믿음도 있었다.

이후 신도화정의 바람대로 흑천의 본진 건설은 차근차근 아무 무리 없이 진행됐고, 역시 어느 누구도 화평에 관심을 기울이지 않았다. 그 덕분에 흑천은 세간의 이목을 속이면서도 엄청난 힘을 키울 수 있었고, 이십여 년이 흐른 작금에 이르러서는 광동, 광서, 호남, 복건, 강서에 이르는 광활한 지역으로 그 세를 확장했다.

'그리고 이젠 새로운 세상을 만들 수 있는 힘을 지니고 있지. 어둡고 암울한 생을 사는 민초들에게 하얀 세상을 만들어줄 수 있는 힘!'

신도원은 사비를 물끄러미 바라보며 속으로 중얼거렸다.

처음 봤을 때, 알 수 없는 긴장감과 설렘을 동시에 안겨주던 사비. 그가 자신과 이런 식으로 얽혀 들어가는 것이 거부할 수 없는 숙명이라는 생각이 들었다.

'그러고 보니 사비는… 사(司)가였군. 다른 사람들이 내 성이 신도(申屠)인지 신(申)인지에 대해 관심이 없는 것처럼 나도 이 친구의 성이 뭔지 간과하고 있었어.'

신도원은 사비가 내민 토지 문서를 보고 그가 화평 땅에 온 이유를 알게 되어 큰 충격을 받았던 좀 전의 일을 떠올려 봤다.

추성에서 사비를 처음 봤을 때부터 그가 어떤 식으로든 사군우와 인연을 맺고 있을 거라는 짐작은 했지만, 황제에게 하사받은 화평 땅을 물려받을 정도로 사군우와 깊은 관계인 줄은 몰랐다. 이에 신도원은 놀란 가슴을 추스르고 사비에게 사군우에 대해 물었었다.

그리고 이후 사비의 입을 통해 흑화검성 사군우가 이미 이 세상 사람이 아님을 확인했다. 비록 어떻게 죽었는지 구체적인 얘기까지는 듣지 못했지만, 사비의 입에서는 분명 '아저씨는 이 세상 사람이 아니다'라는 얘기가 튀어나왔다.

　신도원은 사비가 가리키는 아저씨가 사군우임을 어렵지 않게 짐작할 수 있었고, 살짝 떨리는 사비의 목소리에서 사군우를 잃은 슬픔을 느꼈다. 하지만 마음속 한구석에는 흑천이 그토록 기다렸던 소식을 접했다는 사실에 크게 기뻤다. 드디어 중원으로의 진출, 백천맹과 육패를 제거할 수 있는 시기가 도래한 것이다.

　'후우! 고민이군. 이 일을 어떻게 처리해야 할지…….'

　신도원은 조만간 맞닥뜨릴 신도화수의 반응이 어떨지 걱정됐다. 신도화수는 너그럽고 인자한 성정을 지닌 건 틀림없지만, 흑천과 관련된 일에는 어느 누구보다 냉철하고 과감한 판단을 내린다. 어쩌면 흑천의 특급 암살 부대인 흑살조(黑殺組)를 동원해 사비를 쥐도 새도 모르게 처리할지도 모르는 일이었다. 그래서 좀 전에 흑뇌당주가 자신에게 건넸던 눈인사도 외면했다. 그저 사비의 곁에서 떨어지지 않은 채 그를 건드리지 말라는 무언의 신호만 보냈을 뿐이다.

　'역시 현재로서는 내가 할 수 있는 일이 아무것도 없다! 그저 지켜보는 것밖에는…….'

　신도원은 씁쓸했다. 자신과 흑천은 사군우의 죽음에 직간접적으로 연관이 있다. 그런데도 모르는 척 시치미를 뗄 수밖에 없어 답답했다.

　'그러고 보니 소요검의 눈을 속이는 것도 문제군!'

　신도원은 유백을 힐끗 쳐다보며 속으로 곰곰이 생각해 봤다. 겉은 그저 말장난이나 좋아하는 허술한 사내처럼 보였지만, 함께 백천맹에 있으며 그를 겪어본 신도원으로서는 유백이 어느 누구보다 예리한 안목과 깊은 심계를 지닌 사람임을 알고 있었다. 따라서 유백의 눈을 속이는 것은 좀처럼 쉽지 않은 일이었다.

"너 무공 좀 하지?"

사비가 살며시 눈을 뜨고 신도원을 향해 고개를 돌렸다.

"무공? 무공은 왜?"

"그때 추성에서 보니까 꽤 하는 것 같던데… 주 무공이 검이냐?"

사비는 신도원의 왼손에 쥐어진 장검으로 힐끗 시선을 옮겼다.

"태청검법(太淸劍法)은 익숙한 편이다."

"태청검법? 그럼 너도 무당 도사였어?"

태청검법이라는 말에 사비의 눈이 살짝 커졌다. 사군우를 통해 무당의 대표적인 검법 중에 태청검법이 있다는 말을 들었기 때문이다. 이에 곁에 서 있던 유백이 멋쩍은 웃음을 흘리며 신도원을 대신해 입을 열었다.

"하하! 어찌 무당에만 태청검법이 있을까? 태청이나 소청, 양의 같은 이름이 들어가는 무공은 도맥 문파에서 사용하는 이름이네. 태청검법도 그런 이름들 중 하나! 무당에도 있고, 신 향주의 사문인 곤륜이나 공동에도 있지. 물론 구결이나 초식의 운용은 다르지만 말이야."

"잉! 곤륜? 너 사문이 곤륜이었어?"

유백의 말을 들은 사비가 놀란 표정으로 고개를 돌려 물었다.

"그래!"

신도원이 의아한 얼굴로 고개를 끄덕였다.

"그럼 사부가 누군데?"

"운학 진인이시다. 곤륜파의 전대 장로로 계시는 분이야."

"흠! 그럼 운학이라는 도사가 높으냐, 굉천자가 더 높으냐?"

"그야 당연히 굉천자 사조가 한 배분 더 높으시지. 사부님께서는 굉천자 사조의 사질이시거든. 그런데 그건 또 왜 묻지?"

사비가 눈을 반짝이며 묻자 신도원이 차분한 어조로 답했다. 하지만 속으로는 불길한 예감이 스쳤다. 그럴 리야 없겠지만 사비의 반짝이는 눈동자를 보자니 그가 마치 곤륜과 아주 깊은 연관이 있는 사람처럼 느껴졌다.

"아니! 아무것도 아니다. 그냥 굉천자라는 노인네를 좀 알거든."

배시시 웃으며 물음에 답한 사비는 잠시 생각에 잠겼다.

'그러고 보니 이 녀석에 대해 별로 아는 게 없군.'

사비가 신도원을 힐끗 쳐다보며 고개를 갸웃거리는 사이, 백마 두 필이 끄는 마차 한 대가 사비 일행의 옆에 멈춰 섰다.

"으음!"

무심히 고개를 돌린 유백이 저도 모르게 침음성을 삼켰다. 마차에서 내린 인물들 중에 사비가 내민 토지 문서를 보고 코웃음을 쳤던 중년인이 끼어 있었기 때문이다.

'정말 뭐가 있긴 있나 본데!'

당연히 사비의 말을 무시하고 오지 않아야 할 사람이 오히려 다른 이들까지 이끌고 되돌아왔다. 더욱이 마차가 멈춘 후 우르르 몰려드는 중인들의 수로 보아 안에 타고 있는 자의 신분이 상당히 높을 터. 이에 유백은 혹시나 하는 심정으로 흑뇌당주의 표정을 살폈다. 하지만 그에게서는 엄숙함 외의 다른 어떤 감정은 느껴지지 않았다.

철커덕!

구르르릉!

흑뇌당주가 마차 모서리를 가볍게 누르자, 문이 좌우로 벌어지며 마차 바닥이 서서히 지면으로 내려앉았다. 그와 동시에 화평객잔의 주인을 비롯해 마차를 보고 이곳으로 몰려왔던 중인들이 일제히 허리를 굽했다.

'이상하군! 아무리 화평 유지로서니… 좀 지나친 것 같은데. 도대체 얼마나 대단한 인물이 타고 있기에……?'

유백은 그들의 동작과 지닌 표정 하나하나에 지극한 공손함이 깃들어 있는 것으로 미루어 마차에서 내릴 인물이 이곳 주민들에게 얼마나 깊은 존경과 신망을 받는지 능히 짐작할 수 있었다.

지면과 마차 바닥이 닿는 순간, 유백의 호기심 어린 눈길을 받으며 한 사내가 서서히 모습을 드러냈다. 허름한 백색 마의(麻衣)를 걸친 노인이었다.

'으음!'

양옆에 바퀴가 달린 의자를 타고 있는 신도화수를 확인한 유백은 슬며시 좌측으로 고개를 돌렸다. 그의 시선 끝에 신도화수를 뚫어지게 응시하고 있는 사비의 얼굴이 들어왔다.

마차 밖으로 나온 신도화수는 자신을 향해 허리를 숙이고 있는 사람들에게 가볍게 눈인사를 하며 천천히 주변을 둘러봤다.

'녀석! 삼 년 만이구나!'

그의 동공에 신도원의 얼굴이 가득 찼다. 아들은 이전보다 더욱 헌앙한 모습으로 자신을 향해 살며시 눈인사를 하고 있었다.

잠시 신도원의 얼굴을 응시하던 신도화수가 천천히 시선을 옮겼다.

신도원의 옆에는 붉은빛이 살짝 감도는 긴 머리가 인상적인 청년이 서 있었는데, 자신을 뚫어져라 응시하고 있는 그의 눈빛에는 진지함은 커녕 불량기가 다분했다.

"미안하지만 지금은 찾아오신 손님들이 계시니 자네들과의 인사는 다음으로 미뤄야겠군. 허허허!"

신도화수가 인자한 소성을 흘리며 말하자 중인들이 아무 소리도 하지 않고 조용히 뒤로 몸을 물렸다.

잠시 입을 다물고 그들 모두가 장내를 벗어나기를 확인한 신도화수가 사비를 향해 천천히 고개를 돌렸다.

"소협이 땅을 찾으러 온 사람인가?"

"그렇수다!"

사비는 고개를 끄덕이며 성큼성큼 앞으로 걸어나왔다.

"당신이 내 땅을 꿀꺽한 인간이오?"

신도화수 앞에 이른 사비가 두 팔을 양 무릎에 걸치고 쪼그리고 앉으며 물었다.

"도대체 이 무슨 해괴망측한 행동인가? 썩 일어나라!"

흑뇌당주가 한기 감도는 눈으로 버럭 외쳤다. 감히 신도화수 앞에서 저따위 자세라니. 웬만해서는 결코 속내를 보인 적이 없는 그로서도 사비의 안하무인 격의 행동은 참을 수가 없는 모양이었다. 하지만 사비는 그의 말은 귓전으로 흘리며 신도화수를 봤고, 이에 장내는 순식간에 긴장감이 돌았다.

한편 이제껏 담담한 표정으로 일관하던 신도원의 눈이 당황으로 물들었다.

'음! 이 기운은… 흑살조!'

신도원은 삽시간에 주변을 감싸오는 싸늘한 냉기에 안색을 굳혔다. 그러나 그의 곁에 서 있는 유백이나 흑뇌당주와 마주한 사비는 이를 느끼지 못한 모양인지 여전히 표정에 변화가 없었다.

'사비를 죽일 셈이시군!'

신도원은 사비를 노려보고 있는 흑뇌당주의 손을 주목했다. 분기탱

천하여 눈을 부릅뜨고 있는 흑뇌당주의 엄지손가락이 나머지 네 손가락에 싸여 있다. 사비의 돌연한 행동을 보고 그를 제거하기로 결정한 모양이었다.

광동, 광서, 호남, 강서, 복건에 이르기까지 무려 다섯 개 성(省)에서 암중으로 황제보다 더한 위세를 떨치고 있는 흑천의 천주 신도화수. 그에게 보내는 흑천인들의 존경심은 일개 세력의 수장에게 보내는 수준이 아니다. 그런데 사비가 그들이 신성시하는 영역을 건드린 것이다.

'내 실수다! 조용히 돌려보내야 했는데…….'

신도원은 아무것도 모른 채 피식 웃음 짓고 있는 사비를 쳐다보며 눈살을 찌푸렸다. 사비를 중심으로 서서히 좁혀 들어가는 미세한 기운이 감지됐다. 흑뇌당주의 신호를 받은 흑살조가 움직이기 시작했다.

'휴우! 흑살조의 기세가 그사이 더 강해졌어!'

신도원은 속으로 짧은 탄식을 토했다. 우려했던 일이 현실로 다가왔다. 하지만 현재 자신이 할 수 있는 일은 아무것도 없다. 흑천을 위한 일이라면 흑천주를 제외한 어느 누구라도 죽일 수 있는 이들이 흑살조다. 그런 흑살조의 노여움을 샀으니 사비는 이제 죽은 목숨이나 다름없다. 와락 움켜쥔 손바닥을 타고 땀이 흘렀다.

일촉즉발. 사비를 향한 흑살조의 공격이 시작되기 바로 직전, 신도화수가 한 손을 번쩍 치켜 올렸다.

"놔두게! 나는 오히려 고맙군. 대화를 하면서 모처럼 목이 아프지 않은 상대를 만나게 돼서 말이야. 보기보다 속이 깊은 청년이야."

"후후후! 속 깊은 거 하면 내가 또 한 깊이 하죠. 그래도 같이 살던 아저씨 오지랖에는 못 미치지만요."

"허허! 그런가? 우리 이럴 게 아니라 일단 안에 들어가서 얘기하지!"

"그럽시다!"

사비가 흔쾌히 고개를 끄덕이자 신도화수는 옅은 웃음을 머금었다. 그는 처음부터 사비가 어떤 의도로 자신 앞에 앉았는지 알고 있었다. 다른 사람들은 예의가 아니라고 생각하여 결코 하지 않는 행동을 이 청년은 서슴지 않았다. 형식에 구애받지 않고 살아왔기에 진정으로 상대를 배려하는 것이 무엇인지를 알고 있는 것이다.

'아직 길들여지지 않은 야생마로구나! 원이가 어쩌다가 이런 거친 인생과 연을 맺었을꼬?'

신도화수는 사비와 그 옆에 서 있는 신도원을 쳐다보며 피식 미소를 머금었다. 이에 주변에 감돌던 긴장감이 다소 걷힌 듯했다.

[좀 더 두고 보지!]

신도화수의 전음에 흑뇌당주가 천천히 허리를 숙였다. 예상을 깬 신도화수의 태도에 일순 당황했으나 어느새 평정심을 되찾은 흑뇌당주는 감췄던 엄지손가락을 살며시 드러내며 천천히 입을 열었다.

"따르시오!"

흑뇌당주가 걸음을 옮기자 사비가 피식 웃으며 자리에서 일어났다.

신도원은 객잔 쪽으로 이동하는 신도화수와 사비를 보며 속으로 안도의 한숨을 내쉬었다.

나중 일이야 어찌 됐든 흑살조는 신도화수의 수신호에 일제히 움직임을 멈췄다. 더욱 다행인 것은 가장 걱정이던 사비의 태도가 그렇게 막무가내가 아니라는 점이었다. 그는 사비가 신도화수의 불편한 다리를 보고 동정심에 이러는 것임은 꿈에도 짐작치 못했다. 사비는 천하의 흑천주를, 다리가 불편하다는 이유로 동정하고 있었다.

객잔 안으로 자리를 옮긴 사비와 신도화수 일행은 탁자를 사이에 두고 마주 앉았다.

"땅은… 어떻게 했으면 좋겠나?"

"의외군. 토지 문서도 확인하지 않고 땅 얘기를 꺼내다니."

"그건 이미 총관이 확인한 것으로 아네. 위조 문서였다면 내게 자네 일을 고하지도 않았겠지. 그래! 땅으로 돌려받고 싶은가, 아니면 금전으로 환산해서 받고 싶은가?"

신도화수는 사비의 말을 받으며 속으로 쓴웃음을 지었다. 사비를 보고 있자니 마치 흑화검성을 앞에 두고 있는 것 같은데 다른 확인이 무슨 필요가 있을까 하는 생각이 들었기 때문이다.

"……."

사비는 잠시 생각했다. 땅을 내어준다는 말이 이렇게 쉽게 나오다니. 좀처럼 신도화수의 말이 믿기지 않았다. 솔직히 사비는 신도원과 유백에게 듣기 전까지는 일만 정보가 어느 정도나 되는 땅인지 전혀 모르고 있었다. 아마 알았다면 사군우가 자신에게 거짓말을 한 것이라 생각하고 애당초 오지 않았을지도 모른다. 아니, 사군우도 그런 쪽으로 젬병인 것은 매한가지니 그가 사기를 당한 것으로 여겼을 게 분명했다. 그래서 십중팔구는 미친놈 소리 몇 번 듣고 돌아가겠지 하는 생각으로 포기한 상태였다. 그래서 잠자코 있었던 것인데.

정말로 화평 땅 대부분을 소유했다는 대지주가 자신을 찾아왔다. 그것도 일체의 다른 말 없이 그저 땅을 돌려준다고 말하고 있다.

"땅으로 돌려받는다면 어느 정도나 되죠?"

사비는 천천히 고개를 들고 신도화수의 얼굴을 물끄러미 바라봤다.

"총관의 말을 들으니 자네가 지닌 토지 문서는 이십 년 전 것이라고 하더군. 그동안 개간을 한 곳도 있고, 칠 년 전 주강(珠江)의 물이 범람할 때 사라진 곳도 있고 하니 아마……."

신도화수는 말끝을 흐리며 흑뇌당주를 향해 고개를 돌렸다. 이에 흑뇌당주가 공손한 어조로 입을 열었다.

"토지 문서에 기입된 대로라면… 화평대로를 중심으로 퍼져 있는 상가와 가옥 이천여 채, 화평 북서쪽에 위치한 전답 사백칠십만 평, 그리고 남서쪽 귤 농장 이천오백만 평 정도가 될 겁니다. 그 외의 땅은 현아(懸衙)의 토지대장을 확인해 봐야 합니다."

"커억!!"

얼빠진 사람마냥 흑뇌당주의 말을 듣고 있던 유백의 눈이 찢어질 듯 커졌다.

'저, 정말 사실이었던 거야?'

유백은 당연하다는 듯 여유가 넘치는 사비의 얼굴을 보며 불신의 눈빛으로 고개를 흔들었다. 유백의 곁에 서 있던 신도원의 얼굴에도 놀란 기색이 뚜렷했다. 하지만 신도원의 놀람은 유백과는 전혀 다른 이유였다.

'아버님이 어쩌자고 저런 말씀을 하시는 걸까?'

신도화수는 허튼소리를 할 인물이 아니다. 그가 선뜻 준다고 했으니 반드시 그만한 땅을 내어놓을 것이다. 하지만 그렇게 된다면 화평 땅의 대부분은 전부 사비의 소유로 바뀐다. 이는 그동안 흑천이 쌓았던 기반을 무너뜨릴 수도 있는 엄청난 결정이었다. 물론 일만 정보라고 해봤자 강서, 복건, 호남, 광동, 광서의 다섯 성을 장악한 신도화수가 보기에는 별것 아닐 수도 있다. 하지만 그냥 일만 정보가 아니었다. 화평은 다른 곳과 달리 흑천의 본진이 있는 매우 중요한 곳이다.

신도원은 신도화수의 얼굴을 뚫어지게 응시하며 고개를 설레설레 저었다. 하지만 신도화수는 그의 눈빛을 외면하며 천천히 입을 열었다.

"솔직히 나는 자네가 땅보다는 전표로 가져간다고 했으면 좋겠네."

신도화수의 말에 신도원이 속으로 고개를 끄덕였다. 그제야 신도화수의 의도가 짐작이 갔다. 신도화수는 사비가 돈으로 달라면 줄 의향이 있지만 땅으로 달라면 죽여 버릴 생각인 것이다.

"이유가 있습니까?"

사비가 담담한 얼굴로 묻자 신도화수가 천천히 고개를 끄덕였다. 가슴에는 날카로운 칼을 품고 있을 그였지만 얼굴에 띤 미소만은 온화하기 그지없었다.

"있네. 오면서도 봤겠지만 이곳은 이미 수많은 사람들이 정착해 살고 있네. 어쩌다 보니 이 화평 땅의 소유가 모두 내 명의로 되어 있긴 하지만, 그것은 어디까지나 편의상의 문제일 뿐 실제는 이곳에서 땅을 일구며 살아가는 주민들 모두의 것이지."

"계속하시죠."

신도화수가 잠시 입을 다물고 표정을 살피자 사비가 고개를 끄덕이며 그의 다음 말을 재촉했다.

"그래서 자네에게 화평 땅을 내어주면 이곳에서 살고 있던 많은 사람들이 졸지에……."

"길거리로 나앉게 된다는 거군요!"

사비가 피식 웃으며 고개를 끄덕이자 신도화수가 씁쓸한 표정을 지으며 다시 말을 이었다.

"그렇다네! 물론 어찌 됐든 간에 이곳의 주인은 자네일세! 그러니 난 당연히 자네가 하자는 대로 따라야겠지."

"후후후! 그럼 돈으로 받는다면 어느 정도나 되는데요?"

사비의 물음에 신도화수가 흑뇌당주를 향해 고개를 돌렸다.

"정확한 금액은 계산해 봐야 하지만 근래 화평 땅의 시세가 부쩍 뛴 것을 감안해서 추산하면 최소 황금 일만 오천 관 정도는 될 겁니다."

흑뇌당주의 말을 들은 유백은 두 눈을 질끈 감았다.

'으으! 아무리 내가 무소유와 안빈낙도를 미덕으로 여기며 살아왔어도, 저 인간만큼은 정말 배가 찢어질 정도로 부럽다. 어떻게… 어떻게 저런 복 터진 인간이 있을 수 있는 거지?'

하지만 유백의 경악에 찬 모습과 달리 정작 당사자인 사비는 아무런 표정 변화를 보이지 않았다.

'도대체 속을 알 수 없는 젊은이군. 이 정도 얘기를 들었으면 어떻게든 반응을 보여야 정상인데.'

신도화수는 사비를 보면 볼수록 강한 호기심이 일었다. 생전 친구라고는 사귀지 않던 신도원과 지기가 됐으니 뭔가 특별한 구석이 있겠거니 하는 생각은 있었지만, 사비는 자신의 예상과는 전혀 다른 특이한 일면을 지닌 인물이었다.

'말수가 적은 것도 아니고 심중이 깊어 보이지도 않는데, 도무지 어떤 행동을 보일지 예측이 되지 않는다! 범인과는 다른 사고를 지닌 인물이야!'

잠시 사비의 얼굴을 살피며 그를 가늠해 보던 신도화수가 태연한 표정으로 다시 입을 놀렸다.

"전표는 대륙상회의 것으로 끊어주겠네. 만일 그게 싫다면 화평 말고 자네가 원하는 땅으로 십만 정보를 내어줄 용의도 있네! 하지만 그런 땅을 구하려면 아무래도 시간은 조금 걸릴 테지."

신도화수가 넌지시 건넨 말에 사비가 피식 웃으며 신도원을 향해 고개를 돌렸다.

"네 생각은 어떠냐?"

"응? 뭐가?"

"돈으로 받았으면 좋겠어? 아니면 그냥 땅으로 달라고 할까?"

"글쎄. 이건 내가 나설 문제가 아닌 것 같은데……."

신도원은 당황으로 말끝을 흐렸다. 자신을 향한 사비의 눈빛. 마치 모든 것을 알고 있는 사람처럼 희미한 웃음을 머금고 있는 그의 표정에 일순 발가벗은 기분이 들었다. 사비가 어떤 의도로 물은 것인지 도무지 갈피가 잡히지 않았다. 단순히 친구로서 상의를 하는 건지, 아니면 자신과 신도화수의 관계를 눈치채고 떠보고 있는 것인지 헷갈렸다. 이를 본 신도화수의 눈에 이채가 서렸다.

'호오! 기도에서 원이를 앞선다! 심기에서도 원이가 밀리고 있어!'

신도화수는 아무 소리도 못하는 신도원을 보다가 곧바로 사비를 향해 시선을 옮겼다. 이에 신도화수의 시선을 어서 대답하라는 뜻으로 여긴 사비가 천천히 입술을 뗐다.

"아무래도 땅이 좋겠어요. 물려준 사람이 서운해할 것 같아서요."

"으음! 재고의 여지는 없는 건가?"

"한번 마음먹으면 잘 바꾸지 않는 성격이라서 말입니다."

사비가 피식 웃자 신도화수의 얼굴에 일순 실망이 스쳤다. 신도원의 친구라고 해서, 그리고 대면한 순간 강한 호감이 일어서 기회를 줬던 것인데, 사비는 안타깝게도 바람직하지 않은 쪽으로 결론을 내렸다.

‘아쉽군. 곁에 두고 쓰면 좋은 재목이 될 친군데.’

신도화수가 쓴웃음을 머금고 자신에게 고개를 돌리자 흑뇌당주의 손이 천천히 들려지기 시작했다.

사비를 향해 조여들기 시작한 은밀한 기운. 이를 포착한 신도원이 다급히 입을 열었다. 하지만 그는 사비를 말려야겠다는 생각에 몰두한 나머지 찰나지간 빛을 발한 사비의 눈은 미처 보지 못했다.

“왜 굳이 화평 땅이어야 하냐? 여기 말고도 다른 좋은 땅도 많잖아. 난 여기 살던 사람들을 모두 내쫓으면서까지 꼭 화평이어야 할 이유는 없다고 본다.”

“내가 언제 여기 사람들을 내쫓는다고 했어?”

“그, 그럼……?”

“방금 한 말, 무슨 뜻으로 받아들여야 하지?”

신도원과 사비가 나누는 대화에 모든 이들의 시선이 일제히 모아졌다. 흑뇌당주에게 제거하라는 명을 내리려던 신도화수도 행동을 멈추고 사비의 입술을 뚫어져라 쳐다봤다.

“그냥 별거없어요. 다른 건 필요없고 화평에서 제일 큰 기루 하나만 넘겨줘요. 화평 제일 유지니까 그 정도는 할 수 있죠?”

“그럼 나머지는…….”

질문을 던지던 신도화수는 이내 말끝을 흐렸다. 나머지라는 단어가 전혀 적절한 표현 같지 않았다.

“글쎄요. 그건 영감님이 알아서 하세요. 나야 처음부터 그런 많은 땅을 바라고 왔던 게 아니니까요.”

“하지만 화평은 모두 자네 소유 아닌가?”

“아니! 나는 아저씨가 물려준 땅이 큼직한 기루 하나쯤 될 거라고 생

각하고 있었어요. 아저씨도 그렇게 말했고요. 그러니깐 난 괜찮은 기
루 하나만 받으면 그걸로 족해요! 노력하지 않은 대가는 취하지 말라.
이런 걸 유식한 말로 불로불욕(不勞不慾)이라고 하지요! 하필이면 이런
중요한 순간에 그 인간 얼굴이 떠올랐지 뭐예요. 하하하!"

　사비가 유쾌한 소성을 터뜨리자 신도화수를 비롯한 객잔 안에 있던
중인들은 모두 입을 다물었고, 사비의 웃음소리에 객잔 안에 감돌던 긴
장감이 눈 녹듯 사라졌다.

　"야! 이 미친 인간아! 지금 그걸 말이라고 해!"

　유백이 저도 모르게 버럭 고함을 쳤다. 사비는 지금 본인이 어떤 짓
을 저지르고 있는지 모르고 있음이 분명하다. 세상에 어떤 바보가 황
금을 버리고 돌멩이를 주우려 하겠는가.

　"으음! 정말 요즘 보기 드문 젊은이로세. 하지만 나도 물욕에 눈이
멀어 도리를 모르는 사람은 아니네. 내 자네 뜻은 충분히 알아들었으
니 다른 좋은 방도를 모색해 보지. 화평 주민들을 대신해 감사하네."

　신도화수가 정중히 포권을 취했다. 이를 본 신도원과 흑뇌당주의 얼
굴에 놀라움이 가득하다. 신도화수가 어디 남에게 머리를 조아리는 사
람이던가. 그는 신도세가에서 도망쳐 나온 그날 이후 세상의 어떤 누
구에게도 머리를 조아린 적이 없다. 그것은 선조들의 위업을 양어깨에
짊어진 신도세가주로서의 자긍심이기도 했다. 그런 신도화수가 이제
갓 약관을 넘긴 사비를 향해 고개를 숙인 것이다.

　'결코 남의 눈에 잘 보이고 싶어서 할 수 있는 행동이 아니야! 더욱
이 이 친구의 눈매와 말투로 보건대 다른 이의 시선은 발톱의 때만큼
도 여기지 않는 성정을 지니고 있다. 원이가 잠룡을 낚아왔구나.'

　그는 진심으로 사비의 마음 씀씀이에 경탄하고 있었다.

"뭐 이깟 일로 고개를 숙이고 그래요? 주책없게시리."

사비는 신도화수의 감탄한 눈빛을 보며 멋쩍은 미소를 지었다.

"주책? 으허허허허!"

신도화수의 입에서 대소가 터졌다.

"아무튼 이왕 주는 거, 신경 좀 써줘요."

사비는 한쪽 눈을 찡긋하며 자리에서 일어났다.

"알겠네! 그건 염려 말게. 내 천하 모든 명장들을 불러 모아서라도 반드시 자네가 만족할 만한 객잔을 지어주지!"

신도화수가 크게 고개를 끄덕이자 사비가 눈썹을 찌푸렸다.

"누가 새로 지어달래요? 그냥 있는 것 중에 좋은 놈으로 하나 달라니까. 그리고 객잔이 아니라 기루라니까요! 기루!"

"으음. 그건 조금 곤란하군. 화평에는 기루가 없어서 말이야."

신도화수가 짐짓 곤혹스러운 표정을 짓자 사비가 어깨를 으쓱하며 입을 열었다.

"그럼 객잔이라도 줘요. 그냥 개조해서 쓰지 뭐."

"그렇다면 여기가 적격이겠군! 이곳이 화평에서는 가장 큰 객잔이니 말일세."

신도화수의 말에 객잔 한쪽 구석에서 이들의 대화를 엿듣고 있던 객잔 주인이 울상을 지었지만 그 표정은 순식간에 밝은 웃음으로 교체됐다. 흑뇌당주가 그를 향해 눈을 흘겼기 때문이다.

"흠! 네가 보기에는 어때?"

사비가 신도원을 향해 고개를 돌렸다.

"난… 좋다. 아주 마음에 들어!"

신도원이 엉겁결에 고개를 끄덕이며 대답했다. 사비의 시선이 이번에는 신도원의 곁에 서 있던 유백에게 향했다.

"휴우! 이곳이면 어떻고 다른 곳이면 어떤가? 어차피 자네 눈에는 모두 금칠한 곳으로 보일 것을……. 무량수불!"

"도사 아니라고 펄쩍 뛸 때는 언제고, 무량수불은 무슨."

사비가 입술을 삐죽 내밀며 빈정거리자 유백은 얼굴을 붉히며 슬며시 뒤로 물러섰다. 당사자인 사비보다 오히려 물욕에 눈이 어두워진 모습을 보인 자신이 몹시 부끄러웠다.

"좋습니다. 이곳으로 하죠."

장내 모든 이들의 시선을 한 몸에 받으며 사비가 고개를 끄덕였다.

신도화수가 객잔을 빠져나간 후, 사비 일행은 객잔 주인, 아니, 이제는 졸지에 전 주인으로 전락한 오동통한 사십대 장한의 안내를 받아 화평객잔을 둘러봤다.

객잔은 총 삼층에, 후원까지 딸려 있는 꽤 넓은 건물이었다. 입구로 들어서서 보면 양옆으로 이층과 삼층으로 올라갈 수 있는 계단이 있고, 그 계단을 밟고 이층, 삼층으로 올라가면 일층의 정경이 한눈에 들어온다. 객잔 중앙이 뻥 뚫려 있기 때문이다. 다시 일층으로 내려와 중앙에 가지런히 놓여 있는 탁자들을 지나치면 벽면 삼분에 이 정도를 차지하고 있는 길쭉한 주방이 앞을 가로막는다. 주방은 요리로 유명한 광동 지방답게 꽤 큰 규모이다. 그 주방 끝 좌측으로 돌아가면, 우측으로는 객실로 올라가는 계단이 나오고, 그냥 전면으로 직진을 하면 후원과 통하는 출입구가 보인다.

"이층과 삼층에는 각각 열다섯 호의 객실이 있습니다. 대인께서는 이층에 마련된 거처에서 묵으시면 될 것 같습니다."

"그럼 방이 총 삼십 개군! 좋아. 그럼 잘만 개조하면 하루에 이삼백

명은 받을 수 있겠는걸! 그리고 저기다가는 기녀들의 가무를 감상할 수 있는 무대를 설치하면 딱이겠어! 흐흐흐!"

사비는 전 주인의 풀 죽은 목소리에는 아랑곳하지 않고 양 손바닥을 쓱쓱 비비며 흐뭇하게 웃었다.

"가만! 혹시 내가 당신 걸 뺏은 거야?"

사비는 갑자기 떠오른 혹시나 하는 생각에 불안한 얼굴로 전 주인을 쳐다봤다.

"아닙니다! 저는 그저 장주님을 대신해 관리했을 뿐입니다. 주인이라니, 가당치 않은 말씀입니다."

"흠! 그래? 그럼 품삯은 얼마나 받았지?"

사비가 내심 안도하며 다시 묻자 사내는 두 눈에 일말의 기대감을 담고 입을 열었다.

"소인이 경력이 좀 되는지라 쬐금 많이 받았었습니다."

"얼마나?"

"한 달에 은자 두 냥은 받았습지요."

"그래? 그럼 내가 세 냥 줄 테니 한번 같이 일해볼 생각 있나?"

"헉! 세, 세 냥씩이나요?"

사내는 너무 놀란 나머지 말까지 더듬으며 되물었다. 졸지에 직장을 잃을 위기에 처해 있다가 오히려 더 많은 품삯을 받고 일할 수 있는 전화위복의 기회가 찾아온 것이다.

"왜 싫어?"

"아, 아닙니다! 앞으로 잘 부탁드리겠습니다, 대인 어른!"

사내는 힘차게 대답하며 머리가 땅에 닿을 정도로 허리를 굽혔다.

"험! 이름이 어떻게 되나?"

"황초명이라고 하옵니다. 그냥 황 집사라고 불러주시면 됩니다요!"

사비가 짐짓 의젓한 어투로 묻자 사내가 허리를 굽실거리며 답했다.

"알겠네! 그럼 황 집사는 내일 아침까지 객잔의 매출 장부를 정리해서 가지고 오게! 지금은 우리가 묵을 방부터 안내해 주도록 하고."

"알겠습니다! 대인 어른! 이쪽으로 오시지요."

큰 목소리로 대답한 황 집사는 엉덩이를 뒤뚱거리며 객잔 이층으로 걸음을 옮겼다.

지금껏 사비와 황 집사의 대화를 지켜본 신도원과 유백은 서로를 쳐다보며 고개를 갸우뚱했다. 이런 일에 전혀 어울릴 것 같지 않은 사비, 황 집사를 다루는 솜씨가 보통이 아니었기 때문이다. 그들은 사비가 취화루 이호점을 차리기 위해 얼마나 오래도록 꿈에 부풀어 있었는지 알지 못했다.

어스름한 달빛을 품고 잔잔히 일렁이는 호수. 그 호면 위로 한 노인의 늙수그레한 얼굴이 비친다.

수정호(修正湖)라 불리는 이 인공 호수는 노인이 마음을 닦고 수양하는 곳으로 아무나 함부로 올 수 있는 곳이 아니다. 오직 흑천의 천주와 그의 허락을 받은 자만이 발을 디딜 수 있는 곳. 호면을 바라보는 노인은 당연히 신도화수였다.

"이제 오는 게냐?"

호면에 비친 달에 물끄러미 시선을 던지던 신도화수가 슬며시 고개를 돌렸다. 그의 노안에 이젠 너무 듬직해서 눈물이 날 정도로 장성한 아들의 얼굴이 들어온다.

"그동안 별래무양하셨습니까?"

　신도화수의 앞으로 다가온 신도원이 정중히 배례를 올렸다. 절을 받는 신도화수의 체구가 더 왜소해졌다는 생각에 가슴이 찡해온다.

　"그동안 성취가 있었구나!"

　"아직 모자랍니다만 이곳을 나설 때보다는 나아진 것 같습니다."

　신도원이 조심스레 답했다. 그는 신도화수 앞에서 굳이 겸손하고 싶지 않았다. 그럴 이유가 없었다. 효의 근본은 부모의 마음을 기쁘게 하는 데 있기에. 지금 신도화수가 바라는 건 아들의 겸손이 아니라 얼마나 많은 성취를 이뤘느냐를 직접 두 눈으로 확인해 보고 싶은 바람이다. 신도원은 이를 잘 알고 있었다.

　"그렇구나! 드디어 정령신공의 구성 성취를 이뤘어! 전대 가주들께서도 꿈이라 여기던 그 경지에 도달한 게야! 허허허!"

　신도화수의 노안이 촉촉이 젖어들었다. 비록 자신은 정령신공 자체를 익힐 수 없을 정도로 피폐한 몸이었으나, 아들을 통해서라도 가문의 숙원을 풀었다는 사실에 가슴이 뛰었다.

　"이제 죽어도 여한이 없구나."

　신도화수는 이제 아무것도 바라지 않았다. 가문의 복수? 흑천? 솔직히 그런 것에는 더 이상 미련이 없다. 이와는 비교도 할 수 없을 정도의 가치있는 일을 이뤘기 때문이다. 신도원이 정령신공을 구성까지 익혔으니 이제 흑천도, 가문의 복수도 모두 신도원의 몫이다. 자신은 그저 뒤에서 신도원을 응원하며 그가 잘해 나가기를 바라면 그뿐이었다.

　"장하다. 잘해주었어! 하지만 성취가 있다고 했던 말은 다른 뜻이었다. 내가 어찌 감히 네가 이룬 정령신공의 성취를 알아볼 수 있겠느냐? 나는 사비라는 친구를 사귄 너의 안목을 칭찬해 주고 싶었던 게다."

　"그렇게 여겨주시니 감읍할 따름입니다."

신도원은 얼굴을 붉혔다. 신도화수의 칭찬이 칭찬으로 들리지 않고, 가문의 복수는 뒷전으로 하고 친구를 사귄 자신의 행동이 감정의 사치라고 탓하는 것 같았다. 하지만 그런 뜻으로 받아들이기에는 신도화수의 표정이 너무도 흐뭇해 보였다.

"처음으로 욕심이 나는 친구더구나. 그래 네 신분은 알고 있느냐?"

"사비는 저를 곤륜 출신으로 알고 있습니다."

"사비라는 그 아이 말이다. 혹시 그의… 아들인 게냐?"

"정확히 확인된 바는 없으나 그럴 가능성이 농후합니다. 사비와 사군우 대협은 부자지간이든, 사제지간이든 둘 중 하나였을 겁니다."

"하긴! 검성이 아니면 어느 누가 그런 사내를 키워냈겠느냐?"

신도화수는 천천히 고개를 끄덕이며 생각했다. 보아하니 무공은 신도원에 비하기는커녕 흑천의 하급 무사와 비교해도 형편없을 것 같았다. 하지만 배짱과 기도, 그리고 지닌 눈빛은 사군우의 그것과 무척이나 흡사했다.

"무공이야 가르치면 되는 것이고, 공력이야 늘려주면 그만인 것을. 그래! 그를 우리 쪽으로 데리고 올 수 있겠느냐?"

"으음. 그것이……."

"산동에서 꽤 잘나가는 주먹이라고 들었다. 최근 삼악파라는 야문의 지부를 단신으로 박살 냈다는 소문도 들었고……."

"하지만 사비는 무림에 전혀 관심이 없는 친구입니다."

신도원의 얼굴이 당황으로 굳어지자 신도화수가 피식 웃으며 입을 열었다.

"알고 있다! 어디에 얽매일 성격이 아니라는 것은……. 하지만 무공을 익히지 않은 몸으로는 도저히 해낼 수 없는 불가능한 일을 해냈더구나. 물론 너와 타락수라라는 친구가 거들긴 했지만 말이다. 그런 사내라면 어딜 가나 큰일을 해내기 마련. 흑천에 꼭 필요한 인재인 것 같아 좀처럼 욕심을 버리기 힘들구나.”

“타락수라라니, 그게 무슨 말씀이십니까?”

신도원의 두 눈이 짧게 빛을 발했다.

아직 자신조차 파악하지 못한 사비의 조력자가 신도화수의 입에서 툭 불거져 나왔기 때문이다.

‘타락수라! 그자였어! 그자가 사비를 도왔던 거야! 하지만 백천맹의 추격도 벗어났던 인물을 아버님께서 어찌 알고 계시는 걸까?’

신도원은 흑천의 정보력이 얼마나 대단한지 새삼 절감하면서도 다른 한편으로는 강한 의구심이 일었다. 삼 년간 백천맹에 몸을 담고 겪어본 바로는 백천맹은 결코 무시할 수 있는 세력이 아니다. 물론 그가 굳이 겪어본 경험을 살리지 않더라도 천하에서 백천맹을 무시할 수 있는 세력이나 인물은 전무하지만, 백천맹의 전력을 직접 겪은 신도원으로서는 세간에 도는 소문은 한참 모자라다고 판단하고 있었다. 신도원은 그런 백천맹도 모르는 정보를 신도화수가 파악하고 있다는 것이 믿기지 않았다.

“타락수라는 흑화검성 사군우의 죽음과 더불어 네 숙부가 마련한 안배 중 하나였다.”

그의 이런 내심을 눈치챘는지 신도화수가 가볍게 웃으며 말했다.

“그럼 숙부님께서 마령심공을 그자에게 주셨단 말입니까? 그렇다면 타락수라가 마령심공을 익혔다는 세간의 소문도 사실이겠군요?”

신도원의 놀란 물음에 신도화수가 천천히 고개를 끄덕였다.

“그렇단다. 하지만 타락수라는 자신이 배운 마령심공이 화정이 넘겨

준 것임은 모르고 있지. 본인이 선혜원에서 훔쳐 배운 것으로 알고 있다. 하지만 정작 중요한 안배가 황실에서 준비되고 있다는 거지.”

“황실이라고요?”

“육패를 지우고, 나아가 천하를 바꾸기로 결심했다. 때가 이르렀다.”

“…….”

신도원은 신도화수의 너무나도 놀라운 발언에 잠시 입을 꾹 다물었다. 하지만 예상했던 바다. 자신이 생각해도 육패나 백천맹 정도를 상대하는 정도로 쓰기에는 아까울 정도로 흑천의 힘은 강했다. 또한 흑천의 힘으로 천하를 바꾸고자 했던 건 신도원도 바라던 바였다.

“이제 네가 돌아올 때가 된 것 같은데 네 생각은 어떠냐?”

“때가 됐다는 말씀… 저도 인정합니다.”

“그럼 백천맹으로 돌아가지 않겠다는 게냐?”

“아닙니다. 아직 할 일이 남아 있습니다.”

“할 일이라니?”

신도원이 고개를 가로젓자 신도화수의 얼굴에 일순 실망이 스치고 지나갔다.

“아버님과 숙부님이 흑천을 움직여 가문의 복수와 천하를 바꾸시는 동안, 저는 흑화검성이 가지고 있던 천하제일인이라는 자리를 다시 본래의 자리로 되돌려놓고 싶습니다!”

“역시 너는 나보다는 네 조부를 더 닮았구나. 알겠다! 흑천은 흑천대로 움직일 테니, 너는 네 뜻대로 하려무나. 어차피 이제는 네 세상이 아니더냐? 허허허!”

신도화수는 환하게 웃으며 고개를 끄덕였다.

"아버님……! 제가 떠난 뒤, 사비를 부탁드리겠습니다."

"그건 걱정 말아라. 하지만 나도 대신 조건을 하나 걸겠다!"

"조건이라시면……?"

"네 성취가 어느 정도인지 보고 싶구나!"

"그럼 아버님의 눈과 귀를 조금 어지럽혀 보겠습니다."

신도원은 살며시 허리를 숙였다.

쉭!

신도원의 좌수에 들린 검이 검집을 벗어나며 허공으로 둥실 떴다. 이와 동시에 신도원도 천천히 앞으로 한 걸음을 내디뎠다.

"오오!"

신도화수는 저도 모르게 감탄성을 터뜨렸다.

신도원의 발이 수정호의 호면 위에 닿았다. 하지만 수정호에는 그 어떤 잔물결도 일지 않는다. 그의 발이 물에 닿을 듯 떠 있었기 때문이다. 절정의 신법 경지인 무력답수(無力踏水)를 뛰어넘어 오행지경(五行之境) 이상의 고수여야 시전이 가능하다는 능공허도(凌空虛渡)가 그의 발에서 펼쳐지고 있는 것이다.

쉬쉬쉭……!

신도원이 수면 위를 걸어 전면으로 이동하자 그의 신형이 호면 위로 수많은 잔상을 남기며 사방으로 퍼져 갔다.

쒜에에엑!

그가 남긴 잔영들을 뚫고 허공을 가르며 솟구치는 하얀 빛줄기. 좀 전에 신도원의 품을 먼저 떠났던 청강검이었다.

'음! 광명비검!'

신도원의 신위를 목도하던 신도화수는 저도 모르게 양손을 맞잡고 숨을 죽였다.

신도원이 팔과 다리를 모으며 전신을 웅크리는 순간, 그와 그의 검이 수정호의 정중앙 하늘에 멈춰 섰다.

그리고 잠시 후.

쿠류류류류……!

잔물결조차 일지 않던 수정호가 요동치기 시작하더니 이내 수십 개의 물기둥이 솟구쳤다. 무려 칠 장 높이까지 솟아오른 물기둥들은 나선형의 회오리를 만들며 신도원과 그의 머리 위에 떠 있는 청강검을 중심으로 급회전하기 시작했다. 하지만 그런 강한 회전을 통해 하나로 합쳐져 가는 동안에도 아무런 소리가 들리지 않았다.

이윽고 신도원의 전신을 감싸고 거대한 물의 장막이 형성되었다. 그 장막은 마치 아기에게 영양분을 공급해 주는 어미의 탯줄처럼 가느다란 선으로 수정호의 호면과 연결되어 있었다.

푸아아악!

신도원이 양팔과 다리를 쭉 펴며 전신을 펼치자 허공에 멈췄던 장막이 사방으로 흩어졌다. 처음부터 하늘에서 떨어지는 비였다는 듯이 수정호 호면 위로 낙하하는 하얀 포말이 신도화수의 망막에 비쳤다.

"역시 구성에 이르렀구나! 정령신공으로 수정호에 담긴 물의 기운을 검에 흡수하다니! 물의 기운을……!"

신도화수의 노안이 눈에 확연히 띌 정도로 붉게 물들었다. 그가 더듬어본 기억 속에는 물의 기운[水氣]은 오직 정령신공이 구성에 이르렀을 때만 끌어올릴 수 있는 힘이었다.

방 안의 인기척을 살핀 신도원은 아직 사비가 자지 않고 있음을 확인하고 잠시 망설였다. 그리고 잠시 후 신도원은 애써 무심한 표정을 지으며 방문을 밀었다.

"잘 갔다 왔어?"

"가다니 어디를?"

"부자 상봉은 잘하고 왔냐고."

"부자?"

신도원은 이번에도 시치미를 뚝 떼며 되물었다. 하지만 그는 속으로 극심한 충격을 받은 터라 좀처럼 입을 열기가 힘들었다.

"말하기 싫으면 관둬라. 하지만 말이야… 너를 보면 자꾸 예전에 내 생각이 난다."

"……."

신도원이 입을 열지 않자 사비가 씁쓸한 미소를 머금고 다시 말을 이었다.

"예전에 나도 그랬었거든. 누가 봐도 빼다 박은 생김새를 하고 있었는데도 혼자만 아닌 척 시치미를 뗐지. 혹시 너도 그런 거면… 하지 마! 나중에 후회한다."

사비는 신도원을 잠시 바라보다가 이내 한쪽 눈을 찡긋해 보인 후 곧바로 문 쪽으로 몸을 돌렸다.

"쉬어라!"

"아버님이다."

신도원의 말에 사비가 걸음을 멈췄다.

"어떻게 알았는지 모르지만 제대로 봤다. 그분은 내 아버님이시다. 그리고 내 이름은 도원이 아니라 원이다!"

신도원의 목소리가 떨렸다. 처음으로 흑천인이 아닌 다른 이에게 자신을 밝히고 있었다. 하지만 아무리 생각해도 스스로를 이해할 수 없었다.

"그동안 속여서 미안하다. 어쩔 수가 없었다. 하지만 너를 친구로 생각하지 않아서 그런 건 절대 아니다! 그리고 내가 백천맹에 몸담고 있는 것도……."

"그만!"

막 입을 열던 신도원은 사비의 짧은 외침에 천천히 고개를 들어올렸다.

"……."

"억지로 말할 필요 없다. 몰라도 상관없는 얘기를 굳이 하려고 애쓸 필요 없다! 네가 도원이든, 원이든 그건 중요한 게 아니야. 중요한 건 나는 네 친구고, 넌 내 친구라는 거다. 그냥 그런 마음이면 되는 거다."

"……."

신도원은 사비의 물음에 고개만 끄덕였다. 각오하고 한 말이었다. 자신의 정체가 탄로나는 것도 모자라, 아직은 결코 드러나서는 안 될 흑천의 세력까지 모두 드러날 수 있는 상황이었다. 하지만 사비는 이를 막았다. 어떤 벌이라도 달게 받겠다는 각오로 입을 연 자신을 단 한 마디 말로 막았다. 친구라는 한마디로.

"아무래도 유백 그 인간에게는 말하지 않는 게 낫겠지? 그럼 난 자러 간다. 아 참! 근데 말이야. 내가 친구라고 할 수 있는 인간은 딱 둘이거든. 너 말고 장도라는 놈이 하나 더 있어. 나중에 그 녀석 소개시켜 줄 테니까 그때 우리 진하게 한번 마셔보자! 알았지? 가만! 그리고 보니 너하고는 술 마신 기억이 별로 없는걸. 내가 요즘 이렇게 정신이 없다니까."

덜컥!

사비가 고개를 절레절레 저으며 문을 닫고 나가자 신도원은 그 자리에 털썩 주저앉았다.

"난… 점점 네가 두려워진다."

신도원이 지그시 두 눈을 감았다.

"내 마음속에서 점점 커져 가는 네가 두려워!"

신도원은 두 주먹을 와락 움켜쥐었다. 사비의 느닷없는 질문에 자기도 모르게 그동안 감춰왔던 비밀을 털어놓을 뻔했다. 만일 사비가 말리지 않았다면 천추의 한으로 남을 실수였다. 본인뿐만 아니라 흑천의 전 식솔들을 위기로 몰아갈 수도 있는 엄청난 실수. 그러나 신도원은 자신의 행동을 결코 후회하지 않았다. 아니, 오히려 사비에게 다 말하지 않은 것이 못내 걸렸다.

"하지만 앞으로도 그 일만은 말하기 힘들 것 같구나."

신도원의 꼭 다문 입술 선이 가늘게 떨렸다. 지금 그의 머릿속에는 얼굴조차 모르는 한 사내가 떠오르고 있었다. 비록 한 번도 본 적은 없지만 사비와 닮았을 흑화검성 사군우의 얼굴이.

그 다음날부터 화평객잔은 문을 닫았다. 하지만 객잔은 이전보다 더욱 시끌벅적한 소음이 끊이질 않았다. 고급 기루로 거듭나기 위한 새 단장에 들어갔기 때문이다.

그로부터 보름 후, 화평객잔의 외관과 내부는 몰라보게 바뀌었다. 하지만 지금도 여전히 수십 명의 인부들이 흙먼지로 가득 찬 화평객잔 안을 분주히 오가고 있다. 신도화수가 지원한 목수들이었다. 이들은 사비의 관리 감독을 받으며 객잔의 용도 변경 공사를 아무 무리 없이 착착 진행시켜 나갔다. 사비는 고급스러우면서도 아늑한 실내 공간에, 차별화된 봉사로 자신의 기루를 화평제일기루, 아니, 광동제일기루로 만들 생각이었다. 일층 중앙에는 기녀들의 다양한 공연이 진행될 커다란 무대를 설치했고, 이층과 삼층의 내실은 좀 더 아기자기하고 다양한 크기로 나누고, 은은한 조명과 편안한 침상을 설치해 술을 마시기에 최적의 공간으로 탈바꿈시켰다. 그렇게 보름간 진행된 공사는 순조롭게 마무리가 되었다. 하지만 아직은 여유를 부릴 만한 상황은 아니었다. 기녀의 모집과 손님들을 과연 어떻게 집객시킬지에 대한 아주 중요한 문제가 남아 있었기 때문이다.

일단 칠 일 뒤에 있을 개업식 홍보는 자칭 중원 최고의 마당발이라는 유백이 큰소리를 떵떵 쳤으니 조금은 안심이 됐지만, 기녀 문제는 꽤 심각했다. 사비는 요 며칠, 아직까지 기루에 지원한 기녀가 없다는 것 때문에 골머리를 썩었다. 기루에 기녀가 없다는 건, 주루에 술이 없는 것과 같은 의미. 사비로서는 난감하지 않을 수 없었다.

'세상에! 아무리 농사꾼들이라고 해도 그렇지. 어떻게 기루가 하나도 없을 수 있지? 이 인간들은 마누라 하나면 다 만족한다는 거야, 뭐야……?'

사비는 어이없었다. 기루가 없다는 신도화수의 말을 흘려들었던 것이 실수였다. 관아에서 기루를 금지한 것도, 화평 주민들이 단체로 기루를 몰아낸 것도 아니었는데도 정말 화평에는 기루가 없었다. 사비는 흑천의 본진이 있는 이 화평이 흑천인들에게 있어서는 성역이나 다름없는 곳임을 모르고 있었다. 만일 다른 사람들이 이런 기루를 차리려고 했다면 쥐도 새도 모르게 사라졌으리라는 것도.

'큰일이군. 서두르지 않으면 초반부터 초치게 생겼어!'

사비는 기녀 모집 공고를 내볼 생각이었다. 그런데 막상 공고를 내려고 하니 기루의 이름을 짓지 않았음이 생각났다. 그래서 오늘은 아침 일찍부터 기루의 작명 문제로 한참을 고심 중이었다.

객잔 이층 탁자에 기대어 서서 흙먼지가 자욱한 일층 바닥공사 현장을 바라보던 사비가 슬며시 고개를 돌렸다.

"의견들 좀 내보라니까 왜 꿔다 놓은 보릿자루처럼 말이 없는거!"

"어떤 식의 이름을 원하는지 알아야 의견을 내든지 할 거 아닌가?"

유백은 소매로 코를 틀어막으며 맹맹한 음성으로 되물었다. 일층에서부터 자욱하게 올라오는 먼지를 먹지 않기 위해서였지만 그의 머리와 어깨 위에는 이미 희뿌연 먼지가 그득했다.

"쳇! 그걸 꼭 설명해 줘야 아나? 내가 차릴 게 기루잖아. 그러니까 당연히 야시꾸리하고 끈적끈적한 거면 딱이지! 원래는 취화루 이호점이라고 하려 했는데… 그건 좀 아닌 것 같아. 명색이 신장개업인데 이호점보다는 본점으로 시작해야지!"

"그럼… 이건 어떠냐?"

신도원의 활기찬 음성에 사비와 유백이 동시에 눈을 돌렸다.

"단아루! 단아한 기녀들이 있다는 뜻이야. 어때?"

"흠! 정말 깊은 뜻이 담겨 있군!"

"그렇지?"

사비가 고개를 끄덕이자 신도원이 두 눈을 반짝였다.

"그래! 좋아! 그런 좋은 이름은 나중에 네가 차릴 기루에다가 갖다 붙이자. 알았지? 이 한심한 녀석아!"

"으음. 그럼 도취루는? 벽운루, 천연루, 우아루는 어때?"

사비가 설레설레 고개를 젓자 신도원이 눈살을 찌푸리며 급하게 말을 뱉었다. 신도원이 쭉 읊어대는 기루 이름에 사비가 단호히 고개를 저었다.

"그만! 어이구, 누가 샌님 아니랄까 봐 티내는 거야? 그건 너무 고상하잖아. 넌 그냥 조용히 있는 게 낫겠다. 어이! 도사 양반. 이제 밥값좀 할 때 되지 않았어? 참, 그리고 개업식 때 손님들 모으기로 한 건 확실한 거지?"

"험! 이미 중원 전역에 서찰을 띄어놨으니 그런 걱정은 붙들어 매고자네는 그저 술이나 떨어지지 않게 준비 잘해놓으시게! 그리고… 그이름 짓는 거 말인데… 기루라면 아무래도 눈에 확 띄고 기억에 팍 꽂히는 그런 이름이 좋지 않겠나?"

"그렇지!"

"그렇다면 이런 이름이 좋을 것 같군."

사비가 맞장구를 치자 유백이 신이 난 목소리로 다시 말을 이었다.

"이름하여 쾌락루! 자고로 기루의 이름으로는 쾌락루가 최고지! 예로부터 천하에서 *끈적끈적한* 곳 하면, 단연 빠지지 않고 등장하는 이름이니 전혀 무리가 없을 것 같은데 자네가 보기에는……."

사비의 표정이 조금씩 굳어지자 유백이 슬며시 말끝을 흐렸다.

"그럼. 환락루는 어떤가?"

"하여간 작명 감각들 하고는… 됐어! 그냥 내가 짓고 말지!"

유백의 기어들어 가는 음성에 사비가 설레설레 고개를 저으며 다시입을 열었다.

"이럴 줄 알고 내가 생각해 둔 게 몇 개 있긴 한데 말이야. 나는 화끈하면서도 이전에는 없던 그런 참신한 이름으로 짓고 싶거든……."

사비가 입가에 침을 바르자 유백과 신도원이 기대에 찬 눈초리로 그의 얼굴을 바라봤다.

"유……! 방……! 루……!"

"커억!"

유백과 신도원은 혼비백산한 표정으로 주위를 둘러봤다. 혹시 자신들 말고 다른 사람들이 들었을까 봐 걱정하는 눈치였다.

"왜들 그래? 별로야?"

"이 사람아. 세, 세상에 유방루가 뭔가? 유방루가? 왜 그럴 거면 차라리 거대 유방루라고 하지 그러나? 으하하하……!"

사비가 눈썹을 꿈틀하며 묻자 유백이 절레절레 고개를 저으며 되물었다.

"거대 유방루? 그것도 괜찮은데!"

"헉! 정말 이 사람이……."

사비의 진지한 음성을 들은 유백은 그가 농담을 하는 것이 아님을 깨닫고 두 눈을 치켜떴다.

"왜? 거대 유방루도 이상해?"

"유방루는… 아무리 생각해도 너무 노골적이군. 생각해 보게. 세상에 어느 누가 '이봐, 우리 유방루 가서 술 한잔할까?' 이렇게 말하겠나? 그런 이름이라면 기녀들도 일하기 싫다고 다 짐 싸겠네."

"그런가? 난 그냥 솔직하고 화끈하게 가면 오히려 좋을 것 같은데. 으음, 그럼 자궁루는? 이 이름은 괜찮지 않아?"

"그, 그만! 우리 이름은 좀 더 생각해 보세. 참! 그것보다 개업식 때 할 만한 행사는 뭐 생각해 둔 게 있나? 아니지, 아직 기녀조차 확보 못 했는데 그럴 정신이 어디 있으려고."

황급히 사비의 말을 가로챈 유백은 화제를 개업식 행사로 돌리다 말고 고소를 머금었다.

"아니! 있어! 그건 이 녀석이 맡아줄 거야!"

사비가 유쾌한 목소리로 답하며 신도원의 어깨를 툭 쳤다.

"나……?"

신도원이 의구심 가득한 얼굴을 한 채 제 손가락으로 스스로를 가리켰다. 불길했다. 추밀요원으로 맡은 임무를 처리하기 위해서는 한시라도 빨리 화평을 떠야 하는 상황이었으나, 그래도 개업식 때까지는 있어줘야 되지 않겠냐는 사비의 성화에 그러지 못하고 있었다.

"내가… 할 줄 아는 게 뭐 있다고?"

"에이! 화평 최고의 차력 공연을 펼칠 분이 왜 이러시나? 흐흐흐!"

사비의 음침한 괴소가 신도원의 귓전을 때렸다.

|第二章|
앵화지의(櫻花之意)

두두둑! 두두둑!

세찬 말발굽 소리와 함께 뿌연 먼지구름이 다가오자 관도를 따라 나란히 걷던 남녀가 길 가장자리로 비켜섰다. 순식간에 거리를 좁히고 옆을 스쳐 지나가는 이들 역시 두 남녀. 하지만 생긴 모습은 전혀 달랐다. 말을 타고 이동한 남녀는 붉은 홍의를 걸친 아리따운 여인과 검은 장포를 뒤집어쓴 젊고 잘생긴 사내인 반면, 길을 비켜준 이들은 가냘픈 체구를 지닌 승려와 사내 못지않게 덩치가 큰 여인이었다.

두두두두둑!

또 잠시 후 다시 말발굽 소리가 들려왔다. 방금 전 스쳤던 이들에 비해 더욱 요란한 소음이다. 이에 막 길로 들어서려던 여인이 살짝 눈살을 찌푸렸다. 하지만 곁에 선 승려가 인자한 미소를 지어 보이며 뒷걸음질치자 여인도 더는 못마땅한 내색을 드러내지 못하고 다시 몸을 물렸다. 그 직후 이번에는 탄탄한 체구의 중년 무사 둘이 스쳤다.

"과연 유 사형 말이 사실일까요?"

여인은 순식간에 자신들을 추월하며 까맣게 멀어져 가는 무사들을 보며 입술을 달싹였다. 청의 경삼을 입은 이십대 초반의 여인. 이제 한참을 가꾸고 꾸밀 나이였지만, 어린아이 허벅지만 한 팔뚝 근육과 떡 벌어진 어깨로 보아 외모에는 전혀 관심이 없는 여인이 분명했다.

"이런 중차대한 일에 허튼소리를 하실 분은 아니니 사실이겠지요."

승려는 사내치고는 맑고 가는 음색으로 대답했다. 여인은 아미파의 속가제자 단리무옥이고, 승려는 소림의 후기지수 중 최고라는 무휴다. 서로 성별을 잘못 타고난 것처럼 상반된 외모를 하고 있었지만, 보이는 외모와 달리 둘의 공통점은 꽤 많은 편이었다. 둘 모두 중원 후기지수 중 수위를 다투는 고수이며 사문이 불문 쪽이라는 점, 주력 무공이 장법이라는 점, 그리고 현재 그들이 속한 백천맹에서의 지위 역시 청룡대 향주인 같은 위치라는 공통점이 있었다. 그리고 무엇보다도 단리무옥과 무휴의 연대감을 다져 주는 가장 중요한 공통점은 그들이 바로 평심회라는 모임에 함께 가입되어 있다는 것이었다.

이윽고 단리무옥과 무휴가 어깨를 나란히 하고 다시 걸음을 옮겼다.

"혹시 지금 지나친 저 사람들도 유 사형이 부른 걸까요?"

"글쎄요. 워낙 발이 넓으신 분이니 어쩌면 그럴지도 모르지요."

아미파에는 남제자가 없다. 그런데도 단리무옥이 스스럼없이 사형이라 부르는 사람, 그는 단리무옥, 무휴와 함께 평심회 후기지수를 대표하는 무당의 장문제자 유백이었다.

"그러고 보니 유 사형을 못 본 지도 꽤 됐네요. 서두르지요!"

"참으로 오랜만에 단리 소저의 밝은 음성을 듣는 것 같습니다."

"솔직히 기분이 좋은 건 사실이에요! 유 사형 말대로라면 정말 중요한 우군이 생기는 거잖아요."

"사실 저도 기대가 큽니다. 유 시주께서 그 정도로 칭찬을 하시는 걸 보면 뭐가 달라도 다른 인물이겠지요."

단리무옥과 무휴가 마주 보며 빙긋이 웃었다. 유백의 서찰을 받자마자 수천 리 길을 마다 않고 달려온 이들은 이제 조금 있으면 화평의 초입에 들어설 수 있다는 사실에 다소 긴장이 풀렸다. 그렇게 한결 여유로워지니 자연스레 유백이 서찰에 빼곡한 글씨로 자랑을 늘어놓았던 사내에 대한 얘기가 튀어나왔다. 무림인도 아니면서 산동 일대에서는 모르는 사람이 없을 정도로 유명해진 한 사내의 동화 같은 얘기가.

앵화루(櫻花樓).

화평객잔의 바뀐 이름이다. 앵화루는 그 이름에 걸맞게 이층과 삼층에 벚꽃 문양이 새겨진 기와를 얹었다.

"그럼! 이제 슬슬 시작해 볼까?"

뒷짐을 진 채 앵화루 주변을 돌고 또 돌던 사비는 입가에 함박웃음을 머금고 중얼거렸다. 하지만 마냥 기분 좋은 웃음을 흘리는 사비의 모습은 어딘지 모르게 어색해 보였다. 미끄러질 듯 반짝거리는 붉은 비단옷에, 챙 없는 둥근 흑모를 푹 눌러쓴 모습 때문이었다. 영락없는 기루 주인의 모습. 모두 사비에게 충성(?)을 다하기 시작한 황 집사의 작품이었다.

"잉! 뭐야, 이거? 어이, 도사씨! 지금 이게 어떻게 된 거지?"

흡족한 얼굴로 앵화루 안으로 들어서던 사비가 유백을 발견하고 두 눈을 부라렸다.

"그, 그러게! 도대체가 이게 어떻게 된 건지⋯⋯."

유백은 당황으로 고개를 갸웃거렸다. 지금쯤이면 왁자지껄 술판을 벌이고 있어야 할 친구들이 단 한 사람도 보이지 않았다. 그나마 객석에 자리를 잡고 앉은 사람들은 신도화수와 그의 식솔들, 그리고 황 집사가 수완을 발휘해 모은 화평 주민들이 대부분이었다.

'이게 어떻게 된 일이지? 다른 인간이라면 몰라도 혼세광마나 추룡객 같은 친구들은 공짜 술을 마다할 리가 없는데⋯⋯.'

유백은 자신에게 눈을 부라리는 사비의 눈치를 살피며 슬금슬금 문 쪽으로 걸음을 옮겼다. 조금만 더 있다가는 사비의 눈빛에 온몸에 구멍이 뚫릴 것 같았다.

유백이 그렇게 밖으로 나가기 위해 막 문을 열려는 순간이었다. 지축을 울리는 말발굽 소리와 함께 앵화루 앞으로 두 필의 준마가 멈춰 섰다.

말에서 내린 이들을 확인한 사비의 눈이 흔들렸다.

"백색아!"

"주공!"

혹시 자신이 부른 이들 중에 누군가가 온 게 아닐까 하는 기대로 고개를 돌렸던 유백은 이내 실망한 표정을 지으며 황급히 그 자리를 벗어나기 시작했다. 어떻게 된 일인지 빨리 알아보지 않으면 사비에게 무슨 불상사를 당할지 모른다는 두려움이 그의 걸음을 더욱 재촉했다. 유백은 자신이 보낸 수십 통의 서찰들이 모두 신도화수의 명에 의해 거둬들여졌다는 것을 알지 못했다. 신도화수가 아직 흑천이 외부에, 그것도 무림인들의 눈에 알려지는 것은 원치 않는다는 사실 역시도. 하지만 안타깝게도 외지의 발길을 모두 막을 수는 없었다.

“죄송합니다. 굉천자 노사를 만나지 못했습니다.”

“후후후! 쓸데없는 짓을 했군. 하여튼 때맞춰 잘 왔다.”

사비가 피식 웃는 사이 사비를 살펴보던 화무영의 얼굴이 황당한 표정으로 바뀌었다.

“그런데 복장이 왜 그러십니까?”

“왜? 이상해?”

사비가 양팔을 옆으로 들어 보이며 되물었다. 화무영은 어이없는 얼굴로 곁에 서 있던 혈매화에게 고개를 돌렸다.

“포주 같다.”

“우씨! 뭐… 포주?”

혈매화의 무미건조한 음성에 사비의 표정이 그대로 굳었다. 하지만 혈매화에게 버럭 화를 내려던 사비는 이내 두 눈을 반짝이며 그녀의 얼굴을 빤히 응시했다.

‘흠! 이 정도면 꽤 쓸 만하겠는걸!’

혈매화 주위를 한 바퀴 빙 돌며 그녀의 몸을 아래위로 훑어보던 사비는 한 손으로 턱을 쓰다듬으며 일순 고민에 휩싸였다. 기녀들을 몇 명 구하긴 했지만 자신이 원하던 수준에는 턱없이 못 미쳤다. 어떻게든 개업식에 맞춰야 했기에 외모, 몸매, 가무, 분위기 등의 심사 기준을 적용해 자신이 직접 뽑으려던 애초의 계획은 실행에 옮길 수도 없었다. 그래서 기녀들이 앞을 지나칠 때마다 못마땅한 기분이 들었었는데, 때마침 혈매화가 사비의 눈에 나타난 것이다.

“백색아! 오늘 하루만 좀 빌리자!”

“네? 그게 무슨 소립니까?”

“도무지 마음에 드는 애들이 없네. 매화 정도면 얼굴도 되고, 몸매도 상급이니까 앵화루 수준을 조금은 올릴 수 있지 싶어서 말이다.”

“으으! 그러니까… 지금 매화를 기녀로 쓰겠다는 겁니까?”

화무영의 두 눈이 이글이글 타올랐다. 사비가 기루를 차렸다는 얘기는 이미 들어 알고 있었다. 하지만 그와 혈매화가 갔던 곤륜산이 워낙에 먼 거리인지라 당장 달려오지 못하고 이렇게 시일이 걸려서야 올 수 있었다.

‘으음! 도대체 우리가 뭣 때문에 이런 생고생을 했는데!’

화무영은 사비에게 부득부득 이가 갈렸다. 그의 몸을 걱정해 떠났던 자신들을 이 정도로밖에 생각하지 않는 사비가 원망스러웠다. 하지만 그는 곧바로 두 귀를 틀어막고 몸을 흠칫 떨어야 했다.

[백색아! 여기 있는 인간들… 보통 부류가 아니다. 일단은 내가 하자는 대로 해! 그 얘기는 나중에 하지!]

[주공께서 어떻게 전음을?]

화무영이 당혹스런 눈빛으로 고개를 쳐들자 사비가 급히 그의 어깨에 팔을 두르며 앵화루와 반대 방향으로 몸을 돌렸다.

[공력을 쓸 수 있게 됐다. 전음은 친구 놈이 하는 걸 어깨너머로 배운 거고. 그래서 아직 서툴다!]

사비가 다시 던진 전음에 화무영의 얼굴이 일그러졌다. 사비의 전음 활용이 아직 익숙하지 않아서인지 그가 이번에 펼친 전음을 듣자 고막이 찢어질 듯 아파왔다.

앵화루 내에서 두 눈을 반짝이며 화무영을 응시하던 신도화수는 이내 시선을 거두고 주변에 모여 있는 중인들을 향해 고개를 돌렸다.

“자아! 우리 이럴 게 아니라 일단 앉읍시다. 조금 있으면 우리 화평에도 주민들을 위한 위락시설이 생기는 역사적인 순간이군요. 허허허!"

"그러게 말입니다. 정말 뜻 깊은 날이 아닐 수 없습니다."

신도화수가 너털웃음을 터뜨리자 여기저기서 맞장구를 쳤다. 하지만 신도화수를 제외한 다른 사람들은 입을 열 때마다 신도화수를 향해 머리가 땅에 닿을 정도로 허리를 숙였다. 더욱이 신도화수의 얼굴을 정면으로 보는 이는 단 한 사람도 없었다.

문밖에서 화무영과 대화를 나누던 사비는 이를 보고 일순 눈살을 찌푸렸다. 신도원의 말대로라면 신도화수는 그의 아버지, 즉 신도세가 사람임이 분명하다. 그렇다면 그가 신도세가 출신임을 아는 사람이 과연 몇이나 될까? 정말 믿을 수 있는 심복이 아니면 아는 사람이 없어야 한다. 비록 사십 년이라는 긴 세월이 흐르긴 했어도 발 없는 말이 천리를 가는 법, 중원 무림인들에게 여전히 악의 근원지로 알려진 신도세가로서는 쉽게 정체를 드러낼 만한 상황이 아니었다.

하지만 신도화수를 대하는 사람들의 태도가 심상치 않았다. 그의 수하들이라면 몰라도 다른 화평 사람들 모두의 태도가 어찌 이렇게 극진할 수 있단 말인가. 설령 이곳 화평 사람들이 신도화수가 신도세가 출신이라는 걸 안다 해도 이렇게까지 할 이유가 없다

'마치 무슨 사이비 교주를 대하는 것 같아. 내 눈을 의식하느라 자제하는 것 같은데도 신도화수를 향한 극진함이 그대로 드러난다. 그건 저 인간들 몸에 완전히 배어 있기 때문이야!'

사비는 자신의 언질을 받고 혈매화에게 뭐라고 속닥이는 화무영의 모습을 보고 두 눈에 이채를 띠었다.

'이 인간들 드디어 눈 맞았군! 내 이럴 줄 알았어. 음흉한 자식!'

사비는 그동안 못 보던 사이에 한층 더 가까워진 화무영과 혈매화의

모습을 보고 피식 웃으며 몸을 돌렸다.

"자! 그럼 시작합시다!"

짝짝!

사비가 안으로 들어서며 손뼉을 두 번 치자 황 집사가 잽싸게 무대 위로 뛰어 올라갔다.

"에헴! 그럼 지금부터 앵화루의 개업식을 거행하겠습니다. 앵화루는 말 그대로 만개한 앵화가 함께 피었다가 지는 것처럼 이곳을 찾아주시는 손님 여러분과 기쁨과 즐거움을 함께 나누겠다는 저희 앵화루 직원의 마음이 담겨 있는 이름입니다. 그럼 지금부터 다기능 복합 업소, 저희 앵화루를 찾아주신 귀빈 여러분께 본 기루의 다양한 공연을 선보여 드리도록 하겠습니다. 모두 박수로 맞아주십시오!"

"와아아아!"

무대 위로 올라가 일장 연설을 늘어놓던 황 집사가 왼손을 들어 반대편 무대를 향해 펼치자 장내에 모인 이들의 입에서 환호성이 터져 나왔다.

기녀들의 군무(群舞)로 시작된 공연은 창기(唱妓)들의 노래와 마술 공연으로 이어졌고, 한 사내가 나와 펼치는 차력 공연에 이르자 그 열기가 정점에 달했다. 장내를 떠들썩하게 만든 차력사는 놀랍게도 신도원이었다.

웃통을 벗고 동백기름을 몸에 잔뜩 바른 신도원은 구릿빛 가슴과 복부에 새겨진 왕(王) 자를 다 드러내며 등장해 장내에 있던 이들을 열광의 도가니로 빠뜨렸다. 사내들의 반응도 좋았지만 앵화루 기녀들을 포함한 장내 여인들의 반응은 가히 열광적이었다. 하지만 그 누구보다 좋아하며 박장대소한 사람은 신도화수였다.

신도화수는 처음 보는 아들의 모습에 놀라고, 감탄하고, 나중에는 소리없이 가슴으로 흐느꼈다. 아들에게 저렇게 명랑한 모습이 있다는 것을 처음 알게 된 모자란 아버지의 눈물이었고, 다른 아버지들처럼 아들에게 평범한 행복과 기쁨을 누리지 못하게 한 죄책감이었다. 하지만 신도원의 밝은 표정을 보자 그런 슬프고 씁쓸한 감정은 순식간에 사라졌다. 육감적이고 탄탄한 몸매를 자랑하며 등장한 신도원은 곧바로 다양한 차력 공연에 들어갔다.

"라이! 라이!"

그와 그를 보조하는 보조 차력사 둘의 표정은 사뭇 진지해 보였다.

사비의 황당하고 경악스러운 부탁을 받은 신도원은 야반도주까지 생각했다. 하지만 사비는 그 자리에서 사내로서의 맹세를 강요했고, 신도원은 결국 그의 강압에 못 이겨, 개업식만 치르면 곧바로 화평을 벗어나도 좋다는 조건을 전제로 사비의 부탁을 받아들였다.

그리고 지금 이 자리에 섰다. 세 치 두께의 쇠몽둥이를 엿처럼 구부리고, 복부에 차돌을 올리고 망치로 깨는 위험천만한 묘기를 선보인 신도원의 활약에 관중들의 몰입은 더욱 가속화됐다. 가장 압권이었던 것은 황 집사가 내려친 칼을 맨몸으로 받아넘긴 장면에서였다.

카캉……!

요란한 금속성이 터짐과 동시에 장내는 일순 물을 끼얹은 듯 조용해졌다. 침 삼키는 소리마저 들리지 않을 정도의 고요. 차력에 약간의 기교와 속임수가 동원됨은 기본 상식, 하지만 신도원이 지금 선보인 공연은 어느 누구도 그런 일면을 감지할 수 없었다.

'정말 맨몸으로 칼을 받았어! 더구나 칼이 부러지다니……!'

맨 뒤에서 빙긋이 웃으며 공연을 감상하던 화무영의 눈이 찰나지간

빛을 발했다. 신도원의 차력이 단순한 차력이 아니라 그의 무공이 담겨 있음을 깨달았기 때문이다.

쇠몽둥이를 부러뜨리지 않고 구부렸던 그 기술은 곤륜의 절학인 상청무상신공(上淸無上神功)과 종학금룡수(從鶴擒龍手)였고, 배 위에 차돌을 얹어놓고 깼던 기술은 철포삼(鐵布衫)과 비슷한 류의 외문공부였다. 그러나 마지막 황 집사가 휘두른 두 자루 칼을 어떻게 맨몸으로 받았는지는 도무지 알 수 없었다.

'도검불침이 아니고서는 설명이 되지 않아!'

무대 위에 올라가서 차력 공연 중인 신도원은 사비가 사귄 친구라고 했다. 일전에 추성에서 신도원과 공황작에게 추격을 받아본 경험이 있던 화무영은 그가 추밀원 요원이라는 것을 알고 있었기에 그의 무공에 놀랄 이유는 전혀 없다. 그리고 상청무상신공과 종학금룡수는 적전제자에게만 전수가 허용된 곤륜의 비전절기이니, 신도원이 곤륜 문하라고 한 사비의 얘기도 의심의 여지 없다.

'정녕 저 나이에 도검불침이라는 건가? 하지만 이런 절세기재가 왜 아직까지 알려지지 않은 거지? 그리고 어떻게 주공 같은 인간과…….'

화무영은 설레설레 고개를 저으며 좌측으로 몸을 돌렸다. 후원에서 기다리고 있을 사비에게 가기 위해서였다.

'괜히 망신이나 안 당하면 좋겠는데…….'

후원으로 막 발을 내딛던 화무영이 슬쩍 고개를 돌렸다. 그의 눈에 다소 긴장한 표정으로 서서 차례를 기다리는 혈매화의 모습이 보였다. 기녀 복장을 하고 있는 혈매화의 모습은 꽤 아리따운 모습이었다.

"후후! 생각보다 괜찮군!"

혈매화를 쳐다보던 화무영이 피식 웃으며 중얼거리더니 이내 후원으로 그 모습을 감췄다.

그가 모습을 감춘 직후, 일단의 무리가 슬금슬금 안으로 들어왔다. 유백의 안내를 받은 무휴와 단리무옥이었다. 그리고 그 뒤를 이어 몇 시진 전 화무영과 혈매화를 쫓아 말을 몰았던 무사 둘도 들어왔다. 하지만 앵화루 안에 있던 어느 누구도 그들에게 관심을 보이지 않았다. 그들 외에도 앵화루로 들어서는 인간들이 꽤 많았고, 계속해서 이어진 신도원의 차력 공연이 안에 있던 모든 사람들의 넋을 빼놓고 있었기 때문이다.

그가 지금 펼치는 공연은 좀 전과는 달리 다소 재미있고 익살스럽게 연출된 공연이었다. 이젠 사람들의 환호성과 시선이 익숙해졌는지 신도원은 한결 여유로운 표정으로 관객들을 매료시켜 갔고, 그를 바라보는 이들의 얼굴에서는 밝은 웃음이 떠나지 않았다. 항상 과묵하고 근엄하기만 하던 자신들의 소천주가 저런 모습도 지니고 있구나 하는 생각에 크게 즐겁고 유쾌했다. 유백 일행이나 낯선 무사 일행처럼 뒤늦게 들어온 사람들도 신도원의 차력 공연을 보며 쿡쿡 웃음을 흘리기 시작했다.

'이 정도면 정말 엄청난 성공인데! 이런 사업 수완도 있다니!'

유백은 일층과 이층을 빼곡히 메운 손님들을 보며 싱글벙글 함박웃음을 머금었다.

신도원이 관객의 시선을 한 몸에 받고 있는 사이 신도화수를 향해 한 인물이 조용히 다가가 귓속말을 했다. 이에 신도화수의 눈이 살짝 커졌다. 하지만 이내 안색을 회복하고 신도원이 공연 중인 무대를 향해 고개를 돌렸다.

[지금 여긴 무림인들이 몰려와 있다! 아직 무슨 이유인지는 확인되

지 않았지만 흑천과 관련된 문제는 아닌 듯하다. 그러니 너는 공연이 끝나는 즉시 이곳을 떠나도록 해라!」

신도화수는 신도원에게 전음을 날렸다. 하지만 이를 받은 신도원은 그 어떤 표정 변화도 보이지 않았다. 단지 신도화수 쪽을 향해 가슴을 한 번 치는 것으로 대답을 대신했을 뿐이다.

그리고 잠시 후 장내를 가득 메웠던 사람들 중 몇몇이 앵화루를 하나둘씩 빠져나가기 시작했다. 흑뇌당주에게 앵화루를 찾은 무림인들과의 이목을 피해 벗어나라는 명을 전달받은 흑천의 무인들이었다. 하지만 아무도 이를 이상하게 여기지 않았다. 앵화루에 모인 대부분의 사람들, 즉 화평에서 생활하고 있는 주민들 모두가 흑천인이었고, 그들은 이런 상황에 매우 익숙했기 때문이다.

신도화수는 장내에 있던 흑천 무사들이 모두 벗어남을 확인한 후 흑뇌당주와 함께 천천히 자리를 떴다. 이윽고 밖으로 빠져나온 흑뇌당주가 신도화수의 의자를 밀며 나직이 입을 열었다.

"아무래도 사비라는 자와 타락수라를 노리고 온 것으로 사료됩니다. 어떻게 할까요?"

"일단 지켜보세. 하지만 저자들 때문에 흑천이 드러나거나 피해를 입는 일은 없어야 하니 흑살조만 남겨두고 나머지는 모두 철수시키게. 그리고 명이 있을 때까지 일체의 출입을 삼가도록 하게."

"알겠습니다!"

흑뇌당주가 허리를 숙이며 답했다.

"이번 기회에 타락수라와 사비라는 친구의 실력을 확인해 보지! 그들이 죽든, 무림인들이 죽든 우리에게는 모두 이득이니 말이야."

신도화수의 얼굴에 싸늘한 미소가 걸렸다.

한편 후원으로 이동한 화무영은 일순 멍한 기분에 사로잡혔다.

'비슷하다!'

좌측으로 흐르는 개울과 주변을 둘러싼 숲, 그 가운데로 난 오솔길. 그리고 전면 삼십여 장 앞에 보이는 관제묘. 굳이 다른 점을 꼽자면 이곳 후원 안에 마련된 관제묘가 예전의 그곳보다 훨씬 깔끔하고 정돈되어 있다는 것뿐이다. 이에 화무영은 마치 한 번 와본 사람처럼 익숙한 걸음으로 발을 놀렸다.

"어서 와!"

사비가 뒷짐을 진 채 그를 맞았다.

"무슨 일입니까? 혹시 몸이 더 안 좋아진 겁니까?"

화무영이 근심스런 어조로 물었다. 다른 사람들이었다면 기뻐서 발버둥 쳤을 소중한 시간이다. 사비가 그토록 바라던 꿈을 이룬 날이었으니까. 그런 중요한 순간에 자신을 이곳으로 급히 불러냈다는 것이 아무래도 심상치가 않다. 하지만 사비는 피식 웃으며 고개를 저었다.

"그런 건 아니야. 그냥 불렀다. 일단 이거나 한번 받아봐!"

사비가 오른손을 들어 중지를 튕겼다.

핑!

"헛!"

화무영의 입에서 헛바람이 터져 나왔다. 사비가 튕긴 손가락은 환우마하장법 중에 있는 오음지(五陰指)라는 초식이다. 본래는 다섯 손가락을 모두 튕겨 가슴 중앙 현기혈에 다섯 개의 구멍을 뚫는 초식이나 사비는 한 손가락만을 튕겼다. 화무영은 그가 다섯 개를 모두 날릴 실력이 안 되는 것인지, 아니면 자신에 대한 배려 차원이었는지에 대해서는 아직 알 길이 없었지만 자신이 헛바람을 집어삼킨 이유만은 분명히 알고 있었다.

"헉……! 마령심기!"

화무영은 아슬아슬하게 사비의 지력을 피하며 놀란 외침을 터뜨렸다. 마령심기. 사비가 날린 지력에는 분명 마령심기가 실려 있었다.

"쉿! 누가 듣겠다!"

사비가 피식 웃으며 손가락으로 제 입술을 가리자 화무영은 급히 입을 다물었다. 하지만 여전히 휘둥그레 뜬 눈이 아직까지 그의 놀란 가슴이 진정되지 않았음을 짐작케 해주었다.

"도대체 어떻게 된 일입니까?"

"글쎄. 아마 추성을 떠날 때쯤부터였던 것 같아. 그때부터 그동안 움직이지 않던 진기들이 내 뜻대로 움직이기 시작했어. 하지만 그 이상은 나도 잘 몰라. 그래서 네가 오기만 기다렸다. 어느 정도 위력인지 확인은 해봐야겠는데 도무지 상대가 있어야 말이지. 너 말고 다른 인간이 받아낼 수 있을지 안심이 안 됐거든. 그러다 죽어버리기라도 하면 어떻게 하나? 흐흐!"

사비가 멋쩍은 웃음을 흘렸다.

"으음. 그럼 그 말씀은 저는 주공의 공격을 받다가 죽어도 상관없는 인간이란 말씀입니까?"

화무영이 눈썹을 꿈틀하며 묻자 사비가 조금씩 붉어져 가는 머리카락을 쓸어 올리며 고개를 끄덕였다.

"하핫……! 알긴 아네! 어차피 너는 내가 한번 살려준 몸이니까 다른 사람보다는 죽어도 덜 억울할 거 아냐."

"그게 무슨 말씀이십니까? 그럼 주공이 제게 날린 마령심기는 누가 준 겁니까? 모두 제 몸에서 뽑아간 것이지 않습니까?"

"이 자식이……! 그렇게 따지면 내 화류패기를 빨아 마신 건 너도 마찬가지잖아! 하여간 인간이란 동물은 다 똑같다니까. 어쩌면 저렇게 똥 싸러 갈 때하고 나올 때하고 다를 수가 있을까……?"

"그게 언제 적 얘긴데 지금에 와서 그 얘기를 꺼내는 겁니까?"

"그 말은 네가 먼저 꺼냈잖아!"

사비와 화무영은 옥신각신 언쟁을 벌였다. 하지만 표정은 그리 화난 기색이 아니었다.

"좋습니다! 그러니까 몸이 근질거려서 불렀다는 거 아닙니까? 그럼 한번 붙어드리지요! 하지만 사정은 안 봐드리겠습니다!"

"이하동문이야. 그리고 너는 소리가 새나가지 않도록 신경 좀 써라. 난 아직 그런 건 할 줄 모르거든."

"그건 염려 마십시오. 이미 차단해 놨으니까요."

사비의 당부에 화무영이 흔쾌히 고개를 끄덕였다. 그는 이미 마령심공을 끌어올려 사비와 자신 주변에 막을 쳐서 외부로 소리가 새어나가는 것을 차단한 상태였다.

"그럼……!"

후우웅……!

화무영이 전신 공력을 끌어올리자 그의 주변 대기가 일렁이며 파란 빛으로 물들기 시작했다. 이를 본 사비의 입꼬리가 감겨 올라갔다.

'역시 마령심기만 놓고 보자면 나보다 두 수는 위야……!'

화무영의 마령심공의 화후가 이전보다 더욱 심후해졌음을 느낀 사비의 양 손끝이 바르르 떨렸다. 추성에서 삼악파를 박살 낼 때와는 전혀 다른 긴장감. 풍류비공을 통해 어느 정도 몸속 진기를 다스릴 수 있게 된 이후, 처음으로 맞붙는 무인이 타락수라 화무영이다. 하지만 사비의 눈은 화무영에 대한 긴장감보다 앞으로 벌어질 일에 대한 벅찬 설렘으로 일렁였다. 드디어 그토록 기다리던 순간이 온 것이다.

카라라락……!

화무영은 양 손바닥을 부챗살처럼 펼침과 동시에 사비의 면전으로 짓쳐들었다.

슈슈슉……!

화무영이 양손을 풍차처럼 회전시키자 사비는 허공을 지면 밟듯 연속으로 박차 오르며 이를 피했다. 코끝을 스친 바람에 얼굴 전면으로 차가운 느낌이 전해온다.

"괜찮긴 한데! 그건 너무 뻔히 보이는 수작 아니야?"

지면에 내려선 사비는 싱겁다는 투로 어깨를 으쓱해 보였다.

"흠! 좋습니다! 그럼 이거 한번 받아보십시오!"

화무영이 전면을 향해 미끄러져 나갔다. 가슴 앞으로 쭉 뻗은 그의 양 장에 푸른빛이 감돈다.

화무영의 장심에 엄청난 진력이 실려 있음을 간파한 사비는 양손을 좌우로 빠르게 교차시키며 그의 공격을 차단했다.

사비의 몸놀림을 본 화무영의 눈에 이채가 어렸다. 그는 이번 공격을 과연 사비가 막을 수 있을까 내심 걱정하여 마지막 순간에 장력을 거둬들일 생각이었다. 하지만 사비의 방어 수준이 기대 이상임을 두 눈으로 확인하자 문득 사비의 제대로 된 실력이 어느 정도인지 시험해 보고 싶어졌다.

"마령의 한으로 마화(魔火)의 불꽃을 태우니……."

짓쳐들던 화무영의 신형이 언제 그랬냐는 듯 허공에서 멈추자, 사비의 눈에 일순 당황이 스쳤다. 그사이 화무영은 신형을 한 바퀴 빙글 회전시키며 양 손바닥을 각각 하늘과 땅을 향해 쭉 펼쳤다.

"마령이행(魔靈二行)……!"

화무영이 기합성을 토하며 양 장을 움직이기 시작했다. 밑으로 내려뜨린 우수는 태산을 들어올리려는 듯 묵직하게, 머리 위로 올린 좌수는 미풍에도 날아갈 듯 가볍게 흔들리며 시간 차를 두고 움직였다.

쉬쉭!

"헉……! 이건……?"

화무영의 기이한 공격에 짧은 당황성을 터뜨린 사비가 몸을 가로로 틀며 빙글 회전했다.

"제길!"

화무영의 장력에 큰 화를 입을 뻔한 사비의 입에서 심사가 뒤틀린 소리가 새어 나왔다.

"저라고 놀고만 있었겠습니까?"

사비의 굳은 얼굴을 확인한 화무영이 여유로운 미소를 보이며 어깨를 으쓱해 보였다.

"하긴!"

사비는 다른 말을 하지 않고 다시 자세를 고쳐 잡았다. 화무영의 무공이 자신에 비해 전혀 손색이 없다는 걸 확인했으니 이제라도 마음껏 붙어볼 생각이었다.

"네가 오기만 손꼽아 기다렸다! 무공을 펼쳐 보고 싶어서 말이야. 널 기다리다가 미쳐 버리는 줄 알았어. 그래서 기루를 차리는 일에 더 매달렸지."

"그게 무인입니다! 아무리 무림이 싫다고 부정해도 주공은 사부님께 무공을 배운 그 순간부터 강호와는 뗄 수 없는 관계가 되신 겁니다.”

“후후후! 그런가? 하지만 난 아직도 내가 무림인이라는 게 믿기지 않아. 무림인이라면 이가 갈린다고 했던 내가 너와 비무를 하고 싶어서 이렇게 안달이 나 있다는 게 믿기지가 않고 우스워.”

사비는 사가권을 펼치기 위해 두 주먹을 말아 쥐었다. 그리고 곧바로 화류패공을 운기하기 시작했다.

화르르륵……!

붉은 광채가 그의 전신을 감쌌다. 얼핏 보면 마치 시뻘건 불길에 휩싸여 있는 모습.

‘정말 다시 화류패공을 쓸 수 있게 된 건가?

화무영의 얼굴에 일순 긴장이 감돌았다. 청도에서 삼각비무 수련을 할 때의 사비도 결코 만만한 상대는 아니었다. 그런데 지금은 화류패공까지 끌어올린 상태. 그의 두 주먹에 맴돌고 있는 황색 기운으로 보아 오단계가 끝이라는 화류패공이 벌써 삼단계에 이른 모양이었다.

‘이거 까딱하다가는 망신을 당할 수도 있겠어. 헉! 저건!

화무영의 눈이 찢어질 듯 커졌다. 사비의 전신을 감싸던 화류패공의 기운이 사라지고 새로운, 그렇지만 자신에게는 너무나도 익숙한 기운이 느껴지기 시작했다. 마령심기.

“있을 수 없는 일!”

화무영은 불신이 역력한 눈빛으로 고개를 흔들었다. 지금 끌어올린 마령심기는 사비가 처음 보여줬던 것과는 차원이 다르다. 이번 것은 화류패공을 일으켰다가 갑작스레 공력의 운용을 바꾸며 끌어올린 것으로 몸속의 두 진기가 서로 충돌을 일으킬 수도 있는, 죽으려고 작정한 것이 아니면 결코 시도해서는 안 될 위험천만한 상황에서 끌어올린 마령심기라는 뜻이다.

　물론 사비처럼 몸속에 서로 다른 진기를 지닌 사람이 아주 없는 것은 아니다. 하지만 사비가 지닌 화류패기와 마령심기는 누군가가 익히기는커녕 무림인 대부분이 전혀 구경조차 해보지 못한 극상의 진기로 각기 양과 음의 최상위에 위치한 힘이다. 고금을 통틀어 하나를 얻은 이도 손으로 꼽는 그런 두 절대지력을 한 인간이 지니고 있는 것이다.

　하지만 화무영이 더욱 이해할 수 없는 일은 따로 있었다. 이렇게 강력한 진기일수록 하나를 끌어올렸다가 다른 하나를 끌어올릴 때까지의 간격은 클 수밖에 없다. 자칫 서로 다른 진기들이 몸속에서 충돌하기라도 하면 엄청난 불상사를 초래할 수도 있기 때문이다.

　화무영이 아는 상식으로는 그랬다. 하지만 사비는 화류패기를 끌어올리고 수유가 흐르기도 전에 마령심기를 끌어올렸다.

　'만일 이런 속도로 진기를 바꿔서 사용할 수 있다면 주공과 싸우는 상대는 한꺼번에 두 사람의 적과 싸우는 셈! 화류패공을 막기도 벅찬데 갑자기 마령심공의 기운까지 쏟아져 나온다면…….'

　속으로 고개를 가로젓던 화무영의 얼굴이 급격히 일그러졌다.

　'어찌… 이런 일이!'

　화무영은 화등잔만 하게 커진 눈으로 사비의 신형을 응시했다.

　'이건 말도 안 된다! 설령 삼재경에 오른 고수라고 해도 결코 한 몸으로 두 가지 기운을 동시에 끌어낼 수는 없는 일! 하지만 그렇다면 저건 어떻게 설명한단 말인가?

　사비를 응시하는 화무영의 두 눈이 잘게 떨린다. 사비는 우권에는 화류패기를, 좌장에는 마령심기를 모으고 화무영을 향해 양팔을 들어올리고 있었다. 삼재경을 넘어선 고수가 아니면 결코 보일 수 없는 모

습이었다. 하지만 그동안 곁에서 그를 지켜본 화무영으로서는 사비가
그런 경지에 이르렀다는 사실을 도저히 인정할 수 없었다. 물론 사비
가 다른 사람들에 비해 뛰어난 잠재력을 가지고 있음은 잘 알고 있다.
하지만 아무리 뛰어난 절세기재라고 해도 반 초식의 무공도 모르던 사
람이 단 몇 년 사이에 절세고수로 탈바꿈할 수는 없다. 그것도 삼재경
이라니. 이는 절정고수들이 반드시 거쳐야 한다는 오행지경과 사상지
경의 벽을 한꺼번에 허물었다는 뜻이다.

'현재 삼재경에 이른 고수는 삼황뿐이다! 아무리 강호에 기인이사가
많다지만 이제 스무 살을 넘은 인간이 삼황과 같은 경지에 이르다니…
헉! 저건 또 뭐야?'

화무영은 또다시 당혹성을 터뜨리고 말았다. 사비가 어느새 화류패
기와 마령심기를 몸속으로 감추고 또 다른 진기를 분출시키고 있었기
때문이다.

"화류패기, 마령심기, 그리고 이건 속공단을 취하고 얻은 내공! 지금
부터 난 너에게 이 세 가지 진기를 시험해 볼 생각이야. 그럼 간닷!"

파앗!

사비의 신형이 대기를 가르며 한일 자를 그렸다. 천공을 뚫고 솟구
치는 혜성처럼 사비의 머리에는 속공단을 통해 취한 이 갑자 내공이
서려 있다. 사가권 중 타언불혹이라는 초식이었다.

화무영은 사비의 머리에 실려 있는 이 갑자 진기를 확인하고 다급히
뒤로 물러났다. 마령심기를 끌어올려 사비의 머리를 막아보고 싶은 생
각도 있었지만, 자칫 사비가 자신의 힘을 감당하지 못할까 두려웠다.
아니, 어쩌면 양패구상이 두려웠는지도 모른다. 그만큼 사비의 공격은
예측 불허였다.

퍼픽……!

"크윽!"

화무영은 침음성을 토했다. 직접 맞부딪친 것도 아닌데 기혈이 엉켜오다니, 사비가 날린 진기를 흘려보냈다고 생각한 찰나 그 뒤를 이어 날아온 후속 진기에 가슴을 격타당한 것이다. 피한 진기는 사비의 이갑자 공력이었고, 가슴에 맞은 진기는 화류패기와 마령심기였다. 처음에는 불덩이처럼 화끈한 느낌이 전신을 감싸왔고, 뒤를 이어 혈관이 가닥가닥 얼어붙는 고통이 찾아왔다.

"으음!"

파파파파팡!

화무영은 연달아 다섯 번의 장풍을 발산하며 신속히 뒤로 물러났다. 찰나지간이었지만 다시는 겪고 싶지 않은 고통이었다. 사비를 보니 그나마 사정을 봐줬다는 얼굴이다.

'다시 당하기 전에 선공을 가해야 한다!'

슈팟……!

화무영은 사비가 화류패기와 마령심기가 합쳐지면서 발휘한 엄청난 위력에 치를 떨며 몸을 날렸다. 하지만 사비는 피하지 않았다. 화무영의 공격을 막을 생각은 하지 않고 양 손바닥을 비비며 그가 오기만 기다린다. 이에 화무영은 크게 당황했다.

'설마! 피하지 않고 그대로 맞부딪치겠다는 건가? 이 인간이 도대체 나를 뭐로 보고!'

화무영은 일순 눈살을 찌푸렸다. 자존심이 상했다. 전력을 다하지 않은 건 만일의 경우 때문이다. 그 만일도 자신이 진다는 의미가 아니라 혹여 양패구상을 당할까 하는 걱정이었다. 즉 사비가 지닌 힘이 어느 정도인지 파악하지 못해 피하고 있긴 하지만, 그 위력이 자신보다 월등하리라는 생각은 아니었다.

사비를 향해 쌍장을 날리던 화무영의 그 짧은 망설임. 결국 화무영은 또 한 번의 양보를 택했다. 한때의 호승심으로 불상사를 만들 수는 없었다. 하지만 그 결과는 너무도 참혹했다.

퍼퍼퍼어어어억……!

"흐허……!"

화무영은 신음성을 흘렸다. 전신을 마령심기로 감싸며 피하긴 했지만, 끔찍한 고통만은 어쩔 수 없었다. 피하지 않고 맞부딪친 좀 전의 결정이 후회될 정도였다.

쉬이익……!

화무영이 아픔을 달래기도 전에 사비의 주먹이 대기를 찢어발길 듯 몰아쳐 왔다. 이에 화무영은 자신의 마음을 몰라주는 사비가 내심 야속한 생각이 들었지만, 그가 봐달라고 사정한 것도 아니기에 아무 말도 할 수 없었다.

그렇게 사비는 쉴 새 없이 공격을 퍼부었다. 다행히 이젠 방어에만 전념하기로 결정한 화무영은 더 이상 사비의 손이 닿는 것을 허용하지 않았다. 그러나 사비의 권각이 스치고 지나간 자리로 화류패기와 마령심기의 잔력이 미치는 것만은 그로서도 어쩌지 못했다.

쉬익……!

타타탁……!

사비는 화무영이 방어만 하든 말든 신경 쓰지 않았다. 하지만 사비는 화무영이 야속하게 생각하는 것처럼 그가 자신을 봐주고 있음을 모르지는 않았다.

사자는 토끼를 잡을 때도 전력을 다한다. 하물며 자신과 맞상대하는 인물은 전 중원을 공포에 도가니로 몰아넣었던 타락수라 화무영. 사비로서는 화무영의 사정까지 봐줄 마음의 여유가 없었다. 따라서 화무영의 반격을 피하지 않고 맞받아친 이유 역시 그를 무시해서가 아니었다. 그저 어설프게 피하는 것보다 전력으로 맞대응하는 것이 훨씬 효과적일 거라 판단했을 뿐.

'역시! 순서대로 발출하는 건 가능하군! 그렇다면!'

손발을 놀리는 사비의 눈이 반짝거린다. 그는 점점 즐거워졌다. 화무영과 손을 섞으며 근질거렸던 몸을 푸는 것도 좋았지만, 그동안 혼자서만 하던 진기 발출 수련을 살아 있는 인간을 상대로 할 수 있다는 데 더 큰 즐거움을 느꼈다.

사비는 여태껏 사가권에 진기를 담아 수련해 본 적이 없었다. 처음 사가권을 배웠을 때는 사군우가 허락치 않아 진기를 담을 수 없었고, 사군우가 세상을 뜬 뒤에는 화류패기와 마령심기가 뜻대로 움직이지 않아 담을 수 없었다. 물론 이 갑자의 내공이 있기는 했지만 사가권에 내공을 담아 쓴다는 것은 좀처럼 쉬운 일이 아니었다. 그러다가 그날 이후 모든 것이 달라졌다. 그날부터 이 갑자 공력의 운용도 쉬워졌고, 화류패기와 마령심기 역시 조금씩 말을 듣기 시작했다.

추성을 벗어난 관도에서 느닷없이 찾아온 풍류비공의 득오(得悟). 풍류비공의 깨달음을 통해 새롭게 생성된 풍류기는 서로 다른 세 진기를 사비의 신체에 맞게 가공하기 시작했고, 천명음양단은 풍류기가 진기들을 가공하는 속도를 더욱 촉진시켜 주었다. 자신의 몸속에서 어떤 변화가 일어나고 있는지를 깨달은 사비는 그 뒤로 수련에 몰두했다.

진기의 조절과 제어는 풍류기가 알아서 했기에, 주로 진기를 어떻게 발출하고 거둬들이는지에 대한 수련에만 전념했다. 그리고 지금은 세 진기 모두를 어느 정도는 다스릴 수 있는 힘으로 재탄생시켰다. 그중 이 갑자 공력이 제일 다스리기 쉬웠다. 하지만 화류패기와 마령심기는 어느 정도의 양을 넘어서면 여전히 꿈쩍도 하지 않았다. 게다가 이 두 진기는 차이점도 컸다. 마령심기는 사비가 익힌 무공이 아니어서인지 보유한 양이 더 이상 늘지 않고 고여 있을 뿐이지만, 화류패기는 그렇지가 않았다.

화류패기는 날이 갈수록 그 양이 점점 늘어났고 이제는 중단전 부근을 중심으로 엄지손가락만 한 크기의 화단(火丹)을 생성하기 시작했다. 화무영은 사비의 성취를 삼단계로 봤지만 사비는 이미 화류패공의 마지막 오단계에 들어서 있는 것이다.

하지만 이를 마냥 좋아할 수 있는 입장은 아니었다. 화류패기를 끌어올려 화단을 조금이라도 움직이면 이 갑자 내공이나 마령심기와는 달리 마치 누군가가 온몸에 불이라도 지피는 것처럼 뜨거운 통증이 몰려왔다. 지금도 사비는 화무영을 공격하는 중에도 가급적 화류패기의 사용은 자제하고 있었다. 그저 그동안 수련하며 의문이 갔던 부분, 혹은 나름대로 도달한 결론을 확인해야 하는 순간에만 화류패기를 끌어올렸다.

'이번에는 동시 발출!'

사비가 두 눈을 부릅뜨며 지면을 박찼다. 활짝 펴진 그의 신형이 화무영을 향해 급회전하며 돌진해 들어갔다.

"헛……! 삼기(三氣)를 동시에!"

화무영은 마령심공을 극성까지 끌어올렸다. 피하고 자시고 할 겨를조차 없었다. 사비가 동시에 쏟아낸 세 가지 기운이 모두 자신의 복부

중앙 제문혈(臍門穴)을 향하고 있었다. 그의 머리를 감도는 이 갑자 진기와 양 장에 실린 화류패기, 그리고 두 다리에 맺힌 마령심기까지!

"삼환마벽(三環魔壁)!"

화무영은 짧은 기합성을 토하며 양 장으로 원호를 그렸다. 장력이 미친 대기가 일렁이며 세 줄기 푸른 섬광이 일어났다.

퍼퍼펑……!

화무영의 신형이 뒤로 주르륵 밀려 나갔다.

"사가권에 이런 위력이 있다니… 크윽!"

자신이 남긴 십여 개의 족적을 보며 불신의 시선을 던지던 화무영이 이내 제 복부를 부여잡고 털썩 한쪽 무릎을 굽혔다. 뒤늦게 찾아온 고통과 충격에 등줄기로 식은땀이 흘러내렸다. 하지만 더 이상 멈춰 있을 수는 없는 일. 사비가 또다시 사가권을 펼쳐 왔기 때문이다.

화무영은 뒤로 허리를 꺾음과 동시에 날카로운 경풍이 그의 코끝을 스쳤다.

'이전과 같은 초식인데도 다르게 느껴진다!'

화무영은 사비의 손과 발의 움직임이 낯설었다. 그 낯선 움직임에서 어디 반격할 테면 해보라는 도발이 느껴졌다. 사비는 그런 의지를 증명하고 싶은 사람처럼 좀 전보다 더욱 빠르고 현란한 권로를 만들며 화무영을 압박해 들어갔다.

'정말 잘 막는데!'

사가권을 연달아 펼치는 사비의 입가로 미소가 걸렸다. 처음에는 화무영이 어느 정도까지 막을 수 있을지 몰라 조심스러웠지만 세 진기를 동시에 실었던 삼상일언의 초식까지 막아내는 것을 보자 더 이상 그런 걱정조차 할 필요가 없다고 판단했다.

‘역시 화류패기를 다스리려면 마령심기와 하나로 만들어야 해! 아니, 마령심기가 아니라 속공단을 통해 얻은 공력이라도 상관없어! 화류패기가 지닌 극양의 기운을 조금이라도 완화시켜 줄 수 있는 힘이라면 그 어떤 힘이라도 상관없는 거야! 아저씨는 그래서 풍류비공과 천명음양단을 전했던 거고. 그래서!’

이것이 바로 그동안 사비가 풍류비공을 익혀야 하는 이유다. 사군우를 대신해 천명음양단을 복용해야 했던 이유. 그것은 풍류비공과 천명음양단이 익힌 자의 생기를 태우는 화류패기의 결함을 해소할 수 있는 방법이기 때문이다.

천명음양단은 화류패기를 비롯한 체내의 모든 기운들을 중화시킬 수 있는 방법이다. 이를 복용하면 화류패기로 인해 죽음에 이를 수 있는 위험에서는 벗어날 수 있지만, 다시는 그 힘을 쓸 수 없다. 하지만 풍류비공은 다르다. 풍류비공은 화류패기를 사라지게 하는 것이 아니라 새로운 힘으로 바꾸어주는 방법. 사군우는 이 두 가지 방법을 동시에 써서 화류패기를 사비가 다스릴 수 있는 힘으로 탈바꿈시키고자 한 것이다.

사비는 화류패기를 끌어올려 화무영의 마령심기를 막으며, 또 화류패기를 날려서 화무영에게 마령심기를 끌어올리게 하며 화무영이 쏟아내는 마령심기의 양이 많으면 많을수록 자신이 느끼는 고통이 상쇄된다는 사실을 확인했다.

‘고통이 없다. 백색이 몸에서 뿜어져 나온 마령심기가 내 화류패기와 부딪치는 순간, 고통도 사라져!’

모든 것이 명확해진 사비는 이제 슬슬 비무를 끝낼 때가 됐다고 생각했다. 하지만 이미 마령심공을 극대로 끌어올린 화무영은 그럴 생각이 없는 것 같았다. 마공을 사용하더라도 인성을 상실하지 않는 마황의 경지에 오른 화무영이었으나 그것은 마성을 제어할 수 있다는 뜻이지 완전히 없앨 수 있다는 뜻은 아니다.

화무영은 사악하게 변해 버린 두 눈동자를 번득이며 사비를 뚫어져라 응시했다. 갑자기 그의 목을 짓이겨 놓고 싶은 충동, 인간의 피를 취하고 싶다는 욕망이 솟구쳤다.

"죽여… 버리겠어!"

슈슉……!

화무영의 신형이 좌우로 나뉘며 검은 기류가 주변을 뒤덮었다. 이를 본 사비의 눈동자가 차갑게 가라앉았다.

'한쪽은 허상? 아니야, 양쪽 모두 선명해! 마령심공을 극대로 끌어올렸군!'

사비는 살며시 두 눈을 감았다.

스팟……!

사비가 눈을 감고 풍류비공을 운용하는 순간, 둘로 나뉜 화무영의 신형이 사비의 좌우측을 향해 나란히 장력을 발산했다.

'이런!'

장력을 발산한 순간, 화무영의 눈이 크게 떨렸다. 사비의 입가에 여전히 여유로운 미소가 담겨 있음을 발견했기 때문이다.

'공기를 역으로 가르며 다가온다! 둘 다 실상이었어!'

사비가 양팔을 쭉 펴는 순간 그의 우반신은 붉은빛으로, 그의 좌반신은 화무영의 것과 닮은 푸른빛으로 변했다.

쿠우우우웅……!

사비와 화무영이 부딪침과 동시에 그들이 밟고 있던 지면이 일그러지기 시작했다. 마치 던져진 돌에 파문이 일어난 호수처럼 잔 진동을 일으키던 땅이 서서히 육중한 굉음을 토했다.

우르르르릉!

‘으음!’

화무영은 튀어나오는 침음성을 목구멍으로 밀어 넣으며 두 눈을 부릅떴다. 그제야 주위 음파를 차단해야 하는 자신의 임무가 떠올랐다. 하지만 그는 지금 사비에게 전력을 다하느라 그럴 여력이 없었다. 그런데도 앵화루 안에서 사람들이 나와보지 않는다는 건, 누군가가 자신을 대신해 이번 충돌로 생긴 모든 소음과 진동을 차단하고 있다는 뜻이었다.

화무영은 그럴 여력이 없었으니 그를 대신해 소음을 차단하는 사람은 당연히 사비였다. 이미 마황의 경지에 올라선 자신과 호각지세를 이루는 정도가 아니라 진기의 일부를 다른 일에 쓸 수 있을 정도의 여유를 보이다니. 이렇게 사비에게 일방적으로 밀린다는 사실은 말이 안 되는 일이었다.

“크크크!”

잠시 이지를 회복했던 화무영의 입에서 괴소가 터져 나오며 그의 마성이 다시 폭발했다.

부웅!

퍼퍼퍼퍼퍽!

‘크윽!’

화무영은 사비의 주먹을 막아낸 양팔에 후끈거리는 통증을 느꼈다. 마령심기로 전신을 감쌌는데도. 사비의 진기가 마령심기를 뚫고 몸속으로 파고들어 왔기 때문이다.

"너는 죽는다!"

화무영이 사비를 노려보며 짧게 외쳤다.

"눈깔이 왜 그따위야?"

화무영에게서 뿜어져 나오는 사악한 기운을 느낀 사비가 두 눈을 빛내며 허공으로 튀어 올랐다. 하지만 그의 얼굴에는 한줄기 미소가 그려져 있다. 싸우면 싸울수록 익숙해져 가는 몸속 진기들이 그의 마음을 홀가분하게 해주었다.

'알았어! 아저씨가 내게 했던 말들 모두 같은 이유였어. 음양합일을 이뤄야 살 수 있는 거야! 음양합일지경에 이르는 길이 풍류비공! 이게 모두… 같은 뜻이었어!'

"크아아!"

화무영이 괴성을 토하며 짓쳐들고 있었지만 사비는 이를 모르는 듯 잔잔한 미소를 머금고 하늘로 고개를 들었다.

"타앗!"

화무영이 지척에 이른 순간 사비가 지면을 박찼다. 그리고 그 둘 사이에는 한동안 치열한 공방전이 이어졌다. 화무영의 양손에 맺힌 푸른 기운과 사비의 두 주먹에서 활활 타오르는 붉은 기운이 밤하늘을 밝히며 수많은 원호와 직선을 그려갔다.

'너의 움직임… 너무 선명하다. 그건 내가 마음으로 볼 수 있어서야. 너의 바람이 느껴지니까.'

사비는 두 눈을 감았다. 눈을 뜨지 않아도 화무영의 움직임이 훤히 들어왔다. 이런 모습을 본 화무영은 더욱 광분했다.

퍼퍼퍼퍽!

"크윽!"

어지럽게 손발을 놀리던 화무영이 자신의 주먹을 맞고 나가떨어지자 사비는 히죽 웃으며 나직이 입술을 뗐다.

"이제 그만 정신 차려."

"으음!"

화무영이 천천히 제 눈빛을 찾으며 자리에서 몸을 일으켰다.

'지금 이건… 사부님과 사극이 비무를 할 때와 같은 상황이다!'

화무영의 두 눈이 찰나지간 빛을 발했다. 타는 냄새가 코끝으로 스멀스멀 올라온다. 사비의 주먹이 닿은 자신의 옷이 타는 냄새였다.

화무영의 머릿속으로 사군우의 공격을 막지 못해 절망에 찬 신음성을 터뜨리던 공손천량과 공황식의 얼굴이 스쳤다. 지금 자신의 얼굴도 그들과 다를 바 없을 거라는 생각에 내심 씁쓸한 기분이 들었다.

'내가 이렇게 맥을 못 추다니.'

마황지경. 정도에서는 사상지경으로 알려진 절세고수 화무영. 극심한 낭패감에 사로잡힌 그의 눈가에 잔 경련이 일었다. 하지만 화무영은 자신에게 닥친 현실을 부정하고 싶은지 입술을 강하게 베어 물며 사력을 다해 공력을 끌어올렸다.

우웅!

사비와 화무영은 또 한 번 공방을 이어갔다.

화무영은 노도처럼 몰아붙였다. 반면 그의 파상공세를 받는 사비는 한줄기 바람이었다.

'지금 나는 백색이 너와 춤을 추고 있는 거야! 대붕이 되기 위해 몸부림치고 있는 거다! 구름 위로 날아오르기 위해……!'

사비와 화무영이 동시에 움직임을 멈추고 뒤로 물러섰다. 싸움이 시작되고 꼬박 한 식경이 흐른 뒤였다.

“고마워!”

사비는 감았던 두 눈을 떴다. 다소 거친 숨을 몰아쉬고 있었지만 그의 입가에는 흡족한 미소가 걸려 있다.

쿵!

“주공!”

사비가 맥없이 쓰러지자 화무영이 다급히 달려왔다. 사비의 코와 입에서 흘러나오는 검붉은 액체를 보고 대경한 화무영은 곧바로 그를 들쳐 업고 관제묘 안에 있을 사당으로 달렸다.

역시 청도에서 살던 관제묘와 같은 구조. 게다가 청도를 떠나올 때 혈매화가 정리해 놨던 것처럼 한쪽 구석에는 청도에서와 비슷한 식기들이 놓여 있다.

그리움……!

화무영은 사비가 누군가를 간절히 그리워하고 있음을 직감했다. 하지만 그 그리움이 꼭 사군우를 향한 것만은 아닐 거라는 생각이 들었다. 어쩌면 그의 어머니 현화일 수도 있고, 현현이나 장도일 수도 있었다. 한 가지만은 확실하다. 사비는 화평에서 기루를 차린 지금보다 청도에서 살았던 과거를 더 소중히 여기고 있었다.

화무영은 시큰해진 코를 한 손으로 꾹 누르며 사비를 바닥에 앉혔다. 사비의 등에 장심을 가져간 화무영은 그의 몸속으로 마령심기를 집어넣기 시작했다.

그리고 향 하나가 타 들어갈 시간이 흐르자 사비가 깨어났다.

푸악!

화무영은 사비의 입에서 뿜어져 나온 선홍색 피를 보며 안도의 한숨을 내쉬었다.

"왜 자꾸 쓸데없는 일에 목숨을 거십니까?"

"마음이 급해져서 말이야."

"그렇게 원하시던 기루도 차리지 않았습니까? 그런데 뭣 때문에 이렇게 무공 수련에 조급해하십니까?"

"후후! 기루? 너는 내 꿈이 아직도 기루라고 생각해?"

"그럼……."

화무영은 일순 입을 다물었다. 사비가 모처럼 자신에게 속을 내보이려는 것 같았다. 가뭄에 콩 나듯 드물긴 하지만 속을 내비칠 때마다 자신을 감동시켰던 그런 말 한마디를 툭 던질 것 같았다.

"됐어! 그 얘기는 나중에 다시 하고, 일단 들어가자!"

사비가 힘겹게 입술을 떼며 자리에서 일어났다. 일순 아쉬운 표정이 됐던 화무영이 그 뒤를 따라 몸을 일으켰다.

'이 인간 또 무슨 꿍꿍이인 거야?'

안으로 들어온 사비와 화무영은 앵화루 전체를 가득 메운 군중들을 보고 깜짝 놀랐다. 준비했던 공연은 거의 막바지에 이르렀고, 지금은 거나한 술판이 벌어지고 있었다.

"케케케! 봤지?"

사비가 화무영의 어깨를 툭 치며 괴상하게 웃었다. 너무 기분이 좋으니 웃음소리마저 조절이 안 되는 모양이었다.

"옛 성현의 말씀 중에 첫 끗발이 개 끗발이라는 말이 있습니다."

"하여간 저 주둥아리하고는… 확 찢어버릴까 부다!"

"험! 그나저나 매화 이 녀석은 어디 박혀 있는 건지 모르겠군!"

사비가 눈을 부라리자 화무영이 슬며시 몸을 돌렸다.

그때였다.

강물이 파라니 새는 더욱 희고[江碧鳥逾白]

"……."

이제 공연에는 전혀 관심을 보이지 않고 와자지껄 떠들며 주거니 받거니 하며 술잔을 기울이던 중인들의 고개가 일제히 무대 쪽으로 돌아갔다.

맑고 곱다고 표현하기에는 어딘지 모르게 부족한 음성.

만일 목소리에 색깔이 있다면 투명할 정도로 파란빛을 띠고 있을 것이라는 생각이 들 정도로… 듣는 이로 하여금 머리와 가슴이 시원하게 씻기는 기분을 느끼게 하는 여인의 음성이 들려왔다.

중인들의 고개가 일제히 돌아갔다.

있다!

목소리의 주인공이 무대 위에 있다. 양손을 가지런히 모으고, 두 눈은 살며시 감은 채, 가녀린 목을 길게 내빼고 노래를 부르는 여인.

"으음! 매… 화!"

무대 위에 선 혈매화를 발견하고 막 소리치려던 화무영은 사비의 손에 의해 입이 틀어막혔다. 그리고 다시 혈매화의 노랫소리가 장내에 울려 퍼지기 시작했다. 이를 듣는 청중은 모두 숨을 죽였다. 전혀 다른 생각이 나지 않는다. 오직 그녀의 노랫소리를 단 한 소절도 놓치고 싶지 않다는 간절함만이 있을 뿐.

산이 푸르니 꽃은 더욱 붉구나[山靑花欲然].

이어진 그녀의 노래에 중인들은 마치 눈앞에 붉은 꽃이 만발한 푸른 산이 펼쳐진 듯 착각이 일었다. 혈매화는 두보(杜甫)의 시에 음을 단 노래를 부르고 있었다. 무대에 서 있다는 사실이 조금은 부끄럽고 긴장되는지 그녀의 목소리가 가늘게 떨린다. 하지만 그 떨림이 오히려 듣는 이들의 심금을 더욱 자극했다. 중인들이 숨을 죽이는 사이, 혈매화는 칠현금 가락에 맞추어 나머지 구절을 이어갔다.

올 봄도 눈앞에서 또 휘익 지나가니[今春看又過]
언제가 돌아갈 해일런가[何日是歸年].

혈매화는 두보의 시에 이어 중인들이 처음 들어보는 노래를 불렀다. 처음 불렀던 곡보다 구슬프고 처량한 느낌이 드는, 절로 눈물이 날 정도로 서럽고 한스러운 느낌의 노래였다.

가을바람 애처로이 부는데[秋風惟苦吟]
세상에는 날 알아주는 이 적다네[世路少知音].
창밖에는 삼경의 비가 내리고[窓外三更雨]
등불 앞의 마음은 벌써 만 리 고향으로 가 있네[燈前萬里心].

이윽고 노래는 끝이 났다.
"……."
하지만 어느 누구 하나 입을 열지 못했다. 이에 혈매화는 혹 자신이 실수를 한 것은 아닌지 걱정스런 눈빛으로 장내를 둘러봤다. 그녀가 근심 어린 눈으로 무대 앞 관중들을 빙 둘러보는 순간이었다.

"천음(天音)이오!"

"내 태어나 이런 노래는 처음이외다!"

"정말 대단한 노래였소!"

여기저기서 탄성이 터져 나왔다. 이윽고 앵화루는 혈매화를 향한 뜨거운 갈채와 함성으로 가득 찼다.

"좋겠네!"

사비가 화무영의 옆구리를 툭 치며 웃었다.

"뭐가 말입니까?"

혈매화의 노래하는 모습을 넋 놓고 바라보던 화무영이 어깨를 움찔떨며 고개를 돌렸다.

"저렇게 노래 잘하는 마누라 얻기가 어디 쉬운 줄 알아?"

"네에?"

"음흉한 인간! 끝까지 시치미 뗄 생각이야?"

한쪽 눈을 찡긋해 보인 사비는 곧바로 무대를 향해 걸음을 옮겼다.

"주공! 제가 아무리 그런 생각으로……."

당황한 얼굴로 사비의 등에 대고 외치던 화무영은 이내 입을 다물고 설레설레 고개를 저었다. 혈매화가 무대에서 내려오자마자 곧장 자신을 향해 달려오고 있었다.

"봤냐?"

혈매화가 무뚝뚝한 어조로 물었다.

"으, 응? 봤다!"

"어땠냐?"

"잘하드만."

화무영은 엉겁결에 고개를 끄덕였다.

“그런데 백색 대협 얼굴이 왜 그리 빨간 거냐?”

“내 얼굴이 뭐가 어때서? 쓸데없는 데 신경 쓰지 말고 어서 그 옷이나 갈아입어!”

혈매화가 고개를 갸우뚱하자 화무영이 눈살을 찌푸리며 고개를 홱 돌렸다.

“알았다!”

스슷!

혈매화가 대답과 동시에 풀썩 땅바닥으로 꺼져 들어가자 화무영이 크게 당황하며 주변을 두리번거렸다. 다행히 아무도 본 사람은 없는 것 같았다.

“내 그렇게 아무 데서나 무공을 쓰지 말라고 일렀거늘! 쯧쯧쯧!”

화무영은 설레설레 고개를 저으며 몸을 돌렸다. 하지만 그의 생각과 달리 시종일관 화무영과 혈매화에게 온 신경을 집중하고 있던 이들이 있었다.

“화검! 자네가 보기에는 어때?”

“확실해! 분명 마령심기야!”

유백 일행 이후 앵화루로 들어온 무사들이었다. 양쪽으로 머리를 길게 땋은 홍안(紅顔)의 사내와 사자갈기처럼 사방으로 뻗친 머리를 한 사내. 일견하기에는 사십 정도로 보이는 모습이지만, 사실 두 사내는 이미 고희(古稀)를 바라볼 만큼 많은 세월을 보낸 자들이었다.

전륜화검과 창혈빙검.

이들은 마사회의 핵심 고수들로 화무영의 마령심기를 알아보고 중경에서부터 달려온 마도의 절정고수들이었다.

"그런데 말이야. 아무래도 심상치가 않아! 저기 보이는 백천맹 아이들도 그렇고, 천독문에서 나온 계집들도 그렇고… 도대체 이 기루에 뭐 볼 게 있다고 모여든 걸까?"

전륜화검은 한 손으로 길게 땋은 머리를 만지작거리며 주변을 둘러봤다. 그의 시선이 우측 벽면 쪽 탁자에 앉은 유백과 단리무옥 일행에게 멈췄다. 그리고 그의 시선은 다시 중앙 후미에 옹기종기 모여 있는 여인들에게로 가서 멈췄다. 전륜화검은 검은 무복을 걸치고 있는 이 여섯 여인들이 천독문에서 나온 여검수들임을 알고 있다. 요 근래 공손천량과 잦은 교류를 갖던 천독문주가 마사회를 방문할 때 호위로 데리고 왔던 여검수들이었기 때문이다. 그리고 그때 서로 통성명을 했으니 저 천독문의 여인들도 자신들의 정체를 이미 알아봤을 것이다.

"그러게 말이야. 혹시! 우리처럼 저 녀석에게 볼일이 있어서 온 건 아니겠지?"

창혈빙검은 사비 곁에 서서 다른 사람들과 수인사를 나누고 있는 화무영을 바라보며 고개를 갸웃거렸다.

"아무래도 그건 아닐 것 같군. 저 녀석은 이미 마령심기를 감출 정도의 실력을 지니고 있지 않나? 저 녀석이 중경을 지날 때 마령심기를 흘리지 않았더라면 우리라도 전혀 눈치챌 수 없었을 걸세."

"크크크! 아무렴 어떤가? 어차피 마령심기는 우리 차지가 될 텐데."

"물론이야!"

전륜화검과 창혈빙검이 마주 보며 씩 웃었다. 둘은 본래 그렇게 사이가 좋은 편은 아니었다. 오히려 물과 기름처럼 섞이기 힘든 서로 다른 성격이었다. 게다가 익힌 무공 또한 열양공과 빙공으로 서로에게 상극이 되는 무공. 그러나 지금은 필요에 의해 뭉쳤다.

이 둘은 혈매화와 함께 중경을 지나던 화무영에게서 강렬한 마기를 느꼈다. 그것도 마공을 익힌 자라면 꿈에서라도 얻고 싶어한다는 마령심기. 그래서 이 두 마도고수는 모종의 계약을 맺었다. 서로 연수하여 화무영을 잡고, 그에게 마령심공과 그가 쌓은 마령심기를 취하자는.

마도인들에게 있어서는 마령심공은 말할 것도 없고, 천하에서 가장 순수한 마기라는 마령심기는 그 어떤 영약보다 가치있는 보물이다. 취하면 지닌 마공의 성취가 두 서너 단계는 껑충 뛸 수 있을 정도로 엄청난 묘용이 있는데도 불구하고 부작용이 없다. 따라서 마령심기만으로도 그들이 욕심에 눈이 멀기에는 충분한 유혹이었다. 그리고 요 근래 돌아가는 상황도 그들의 욕심을 부채질했다.

몇 달 후에 있을 마사회주의 선출식.

본래 지금쯤 치러졌어야 할 회주 선출식은 공손천량과 마사회 장로들의 합의로 잠정 연기된 상태였다. 이런 때 나타난 화무영은 자신들에게 회주 선출식에 참여하라는 하늘의 축복이었다.

마사회는 기라성 같은 고수가 많기로 소문난 단체. 전륜화검과 창혈빙검도 여기에 속하며 일파의 장문에 버금가는 고수들로 대우를 받고 있지만, 회주 자리를 다투기에는 다소 모자란 구석이 있다. 본인들이 이를 더욱 잘 알기에 회주에 미련이 없었지만 화무영을 보는 순간 눈이 돌아가고 말았다. 그들의 눈에 비친 화무영은 마령심기 덩어리일 뿐이었다.

"언제 처리할까?"

"빠르면 빠를수록 좋겠지."

"그럼 내일 하지!"

"그러지!"

전륜화검과 창혈빙검은 자리에서 물러나 점소이의 안내를 받아 이층 객실로 올라갔다. 내일을 위해서는 충분한 휴식을 취해둬야 했다. 내일은 화무영의 마령심기를 취하고 자신들이 꿈에도 그리던 마성의 경지로 발돋움하는 날이었다.

'또한 네놈의 숨통이 멎는 날이고 말이야! 후후후!'

전륜화검과 창혈빙검은 마주 보며 웃었다. 그들은 서로가 서로에게 속으로 같은 생각을 품고 있다는 사실은 꿈에도 짐작치 못했다.

성황리에 치러졌던 앵화루의 개업식은 막바지로 치닫고 있었다. 어느 잔치나 연회가 그렇듯 앵화루의 개업식도 마지막은 별로 아름답지 못했다. 몸을 못 가누며 토악질을 해대는 취객, 무슨 주제로 얘기를 나누고 있었는지도 까맣게 잊어버린 채 서로 본인들의 의견이 맞는다고 언성을 높이고 있는 사람들, 그리고 마누라의 바가지를 걱정하며 터벅터벅 집으로 발걸음을 옮기는 힘없는 가장들. 하지만 이런 와중에도 아직까지 정신이 멀쩡한 사람들이 있었다.

어느새 예전의 단정한 모습으로 되돌아간 신도원이 환하게 웃으며 사비에게 다가왔다.

"수고해라! 난 이제 가야겠다!"

점원들에게 뒷정리를 지시하던 사비가 몸을 돌렸다.

"자식! 벗으려면 밑에까지 확 벗어버릴 것이지. 쪼잔하게 그게 뭐냐? 웃통만 까고… 사람 감질 맛만 나게."

"뭐얏!"

"하핫! 농담이다! 잘 가라! 나중에 보자."

신도원이 짐짓 눈을 부라리자 사비가 은근슬쩍 뒤로 물러나며 한 손을 흔들었다.

"그리고… 여기 분위기가 심상치 않은 것 같으니 조심해라."

"너나! 안 들키게 조심해!"

"쉿!"

"왜 내가 틀린 말 했어? 백천맹에서 알았다가는 너 끝장 아니냐?"

"끄응! 됐다!"

신도원은 황급히 몸을 돌렸다. 더 있다가는 사비 입에서 어떤 말이 튀어나올지 몰랐다. 더욱이 지금 저쪽 구석에서는 사비의 눈치를 보며 걸레질을 하고 있는 눈치 빠른 인간 유백과 그의 지인들이 있었다.

"휴우! 이 시간에 어디를 가는 거지?"

단리무옥은 밖으로 빠져나가는 신도원을 물끄러미 바라보며 답답한 마음에 짧은 한숨을 토했다. 유백과 함께 앵화루에 들어와 공연 관람을 하고 술을 마신 것까지는 좋았다. 공연은 생각 외로 참신했고 수준도 높은 편이었다. 기루라는 곳이 이런 공연이 펼쳐지는 장소라면 굳이 사내들만의 공간으로 남을 이유가 없다는 생각마저 들었다.

또한 백천맹에 속한 수많은 여인들이 우상으로 생각하는 신도원이 이곳에서 상반신을 드러낼 줄은 상상조차 해보지 못했다. 단리무옥은 그의 벗은 몸을 직접 봤다는 것만으로도 여기까지 온 충분한 보람을 느꼈다. 하지만 지금은 기분이 별로 유쾌하지 않았다. 유백의 간곡한 청에 의해 생각지도 못한 일을 하고 있었기 때문이다.

그것은 연회가 끝난 직후 씩씩거리며 다가온 사비라는 사내 때문에 일어난 일이었다. 유백은 사비에게 누가 보든 말든 손이 발이 되도록 싹싹 빌더니 친구들을 많이 부르지 못한 대신, 청소 하나는 기가 막히게 잘하는 인간 둘을 데리고 왔다며 자신들을 소개했다. 소림과 아미를 대표하는 신진기재들을 청소 잘하는 친구로 소개하다니. 단리무옥은 하도 어이가 없어 버럭 고함을 치려 했지만, 유백의 간절한 눈빛을 보자 차마 입이 떨어지지 않았다. 그 다음부터 지금까지 계속해서 요 모양 요 꼴이었다.

"저어, 유 사형. 꼭 이렇게까지 해야 돼요?"

"쉿! 저 인간 귀가 얼마나 밝은데 그래. 그냥 잔말 말고 어서 여기 있는 얼룩이나 닦으라고! 아이고! 무휴 대사님은 청소도 안 해봤습니까? 그렇게 닦아서 언제 다 닦겠소!"

"허허허! 아미타불!"

유백의 핀잔을 들은 무휴 대사는 나직이 불호를 외며 없는 머리를 긁적였다. 그렇게 시시콜콜 무휴 대사의 걸레질을 감독하던 유백의 손이 갑자기 눈에 보이지 않을 정도로 빨라졌다. 사비의 눈이 잠시 이쪽을 향했기 때문이다.

"유 사형!"

"……."

단리무옥의 부름에도 유백은 열심히 걸레질만 했다.

"유 사형!!"

"응? 왜?"

그녀의 뾰족한 외침에 유백이 찔끔 놀라며 고개를 돌렸다. 그러면서도 사비가 서 있는 쪽을 힐끔거리며 눈치를 살피는 꼴이 보기가 안쓰러울 정도였다.

"저 사람 말이에요. 정말 그 정도예요?"

"뭐가?"

“사형이 이렇게 쩔쩔맬 정도로 대단한 사람이냐고요.”

“글쎄.”

유백이 고개를 갸웃거렸다.

“그럼 도대체 왜 그렇게 주눅이 들어 있는 거예요? 안 그러셨잖아요? 무당이 자랑하는 소요검 유백이 이런 모습을 하고 있는 걸 누가 보고 있다고 생각해 보란 말이에요.”

“그러게 말이야. 나도 내가 왜 이런지 모르겠어. 쩝!”

유백은 본인 스스로도 자신이 이해가 가지 않았다. 사비가 자신을 협박한 것도 아니고, 그렇다고 박 터지게 싸우다 깨진 것도 아니다. 그냥 뭐라고 하지도 않았는데 알아서 설설 기고 있었다.

‘왜지? 무공이야 내가 훨씬 센데! 그렇다고 내가 겁이 많은 체질도 아니고. 내가 잘못한 거라고는……’

잠시 생각에 잠겼던 유백이 결연한 표정을 하며 천천히 고개를 들었다. 이를 본 단리무옥의 얼굴에 안도감이 스쳤다.

‘다행이야! 드디어 예전의 소요검 유백으로 돌아왔어.’

유백의 입이 천천히 벌어졌다.

“그건 말이다! 내가 약속을 지키지 못해서야! 사나이 대 사나이로 한 약속을 지키지 못했어! 그래서 그래.”

“약속이 뭐였는데요? 혹시 아까 말했던 그 친구들을 많이 데리고 오지 않았다는 그 약속을 말하는 건가요?”

“아니야! 그냥 그런 게 있어.”

유백은 일순 당황한 얼굴로 황급히 두 손을 내저었다.

“그럼 뭔데요?”

“그건 비밀이다! 그 이상은 나도 말하기 곤란하니까 더 이상 묻지 마라!"

유백은 입을 꾹 다물고 몸을 돌렸다. 그의 결연한 표정에 단리무옥이 고개를 갸우뚱했다. 좀처럼 진지한 모습을 보이지 않는 유백이 저렇게까지 말하는 것을 보면 필시 다른 사연이 있을 것 같았다.

'그래! 뭔가 있어! 유 사형이 아주 중요한 약속을 지키지 못한 게 분명해! 얼마나 곤란하면 이렇게까지 하겠어! 의리란 이럴 때 도와주라고 있는 거야!'

단리무옥은 이내 고개를 끄덕이며 들고 있던 걸레를 꾹 움켜쥐었다. 그리고 곧바로 앞에 놓여 있는 탁자를 빡빡 문지르기 시작했다.

'이것이 바로 평심회 무인들이 지닌 숭고한 정신이야! 동료를 위해 걸레질조차 마다하지 않는 저 희생 정신! 아미타불!'

무휴 대사는 속으로 나지막이 불호를 외웠다. 결의에 찬 표정으로 걸레질을 하는 단리무옥의 모습을 보자 깊은 감동이 밀려왔다. 일반인이 보기에는 아무것도 아닌 일이겠지만 단리무옥은 그런 일반인이 아닌 아미의 제자였다. 이런 기루에서 걸레질을 해보기는커녕 본인 방 한번 치워본 적이 없이 귀하게 자란 여인.

"거기 둘!"

단리무옥과 무휴의 고개가 동시에 돌아갔다. 손가락을 까딱이며 자신들을 부르는 이가 사비임을 발견한 그들은 서로에게 보일 듯 말 듯 고개를 끄덕였다.

[단리 시주! 드디어 우리와 대화를 나누고 싶은 모양이오.]

[그러게요. 이제야 우리가 누구인지 들었나 봐요.]

단리무옥과 무휴는 들고 있던 걸레를 슬며시 땅바닥에 내려놓으며 허리를 펴고 일어났다. 이를 본 사비가 눈살을 찌푸리며 외쳤다.

"그렇게 농땡이만 피우고 있지 말고 이리로 와서 여기 좀 치워!"

"아니! 그런……."

사비의 손끝이 가리키는 바닥으로 눈을 돌렸던 단리무옥의 얼굴이 샛노랗게 물들었다. 밤새도록 술을 마신 누군가의 토사물이 바닥에 퍼질러 있었기 때문이다.

"으음."

그제야 사비가 자신들을 부른 저의를 알아챈 무휴는 설레설레 고개를 저으며 침음성을 삼켰다. 쉽지 않은 일이었다. 양도 양이었지만 앵화루에서 내어놓은 안주를 모두 확인할 수 있을 정도로 종류도 다양했다.

"저어, 단리 시주."

"할 수 없죠! 어차피 이렇게 된 이상 끝까지 하자고요!"

"알겠소!"

단리무옥이 힘껏 고개를 끄덕이며 걸레를 집어 들자 무휴 대사 역시 두 눈에 힘을 주며 앞으로 나섰다. 토사물을 향해 걸음을 떼는 그들의 눈빛이 크게 흔들린다. 마치 세상 어느 누구도 하기 힘든 일을 해야 하는 사람들처럼 결의에 찬 얼굴.

'저건… 꽃이야. 그리고 이슬이야!'

단리무옥은 바닥을 흥건히 적신 오물을 보자 스스로에게 연신 최면을 걸었다.

|第三章|

완화자분(玩火自焚)

유백의 객실. 이른 아침인데도 불구하고 두 사람이 더 있다. 유백
은 팔짱을 낀 채 창가 쪽을 서성이고, 그의 등 뒤로 나란히 앉은 단리
무옥과 무휴는 어두운 안색으로 그의 등만 쳐다보고 있다.

세 사람 중 어느 누구도 입을 열지 않고 있는 모습이 하나같이 심각
해 보인다. 지난 밤, 청소를 끝내고 녹초가 된 몸을 이끌고 객실로 향
하던 중 마주친 뜻밖의 인물들 때문이었다.

"아무래도 처음부터 우리 뒤를 밟은 것 같은데요."

단리무옥이 굳은 얼굴로 유백의 등을 바라봤다. 그녀는 정의회 측
무사들에게 미행당했다는 것에 크게 자존심이 상한 상태였다.

"그러게. 하여간 냄새 하나는 기똥차게 잘 맡는다니깐."

유백은 고개를 끄덕이면서도 창문 밖에서 시선을 떼지 않았다. 그의
눈에 일층 구석 탁자에 앉아 두런두런 얘기를 나누는 사내 둘이 들어

왔다. 그들은 공동파 출신의 방노달과 종남파 출신의 막첨이라는 인물로 정의회에서도 꽤 촉망받는 구파 후기들이다. 그들을 바라보는 유백의 눈살이 점점 찌푸려졌다. 저만한 인물들이 왔다는 것은 정의회에서 이번 일을 쉽게 보고 있지 않음을 의미했다.

"방 시주와 막 시주는 지닌 무공도 출중하거니와 임기응변에도 능한 자들입니다. 게다가 독한 심성까지 갖추었지요. 어쩌면……."

"사비 공자가 곤경에 처하겠지요!"

무휴가 걱정스런 얼굴로 말을 흐리자 단리무옥이 그의 말을 받았다. 이에 객실에 모여 있던 삼 인의 얼굴이 더욱 굳어졌다. 비록 돌려 말하긴 했지만 그녀의 말이 무엇을 뜻하는지 알고 있었기 때문이다.

"으음! 아니. 그런 일은 결코 일어나지 않는다. 이 소요검 유백이 막을 테니까!"

유백은 완강하게 고개를 저었다. 하지만 그의 두 눈에서는 걱정의 빛이 떠나지 않았다.

"가만있어 보자! 식재료 값이 은자 일곱 냥 두 문이 들어갔으니… 허허! 많이도 먹었구나. 에… 그리고 술은 공짜로 돌렸고, 음식 값은 입장료로 대신 거둬들였으니까… 어이쿠! 대인 어른 나오셨습니까?"

주판알을 튕기던 황 집사는 황급히 자리에서 일어났다.

"수고가 많아!"

"일찍 일어나셨군요."

"뭐 해?"

사비가 계산대로 와 턱을 받쳤다.

"어제 매상을 따져 보는 중이었습니다요."

“그랬군. 그럼 계속 수고해.”

“저어, 얼마나 벌었는지 궁금하지 않으십니까?”

“손님이 많이 왔으니 벌 만큼 벌었겠지 뭐.”

“그래도…….”

“그건 황 집사가 알아서 해. 당신 할 일이 그거잖아.”

“대, 대인!”

황 집사는 크게 감격했다. 사비가 자신을 전폭적으로 신뢰하고 있음에 목이 메었다. 그렇다고 이윤이 얼마인지 물어보지 않을 정도라니.

“앞으로 뼈가 빠지게 일하겠습니다. 두고 보십시오!”

“그냥 지금처럼만 하면 돼. 너무 무리하지는 말라고.”

사비는 황 집사의 어깨를 두 번 두드리더니 곧바로 후원 입구로 몸을 돌렸다. 황 집사는 사비가 후원으로 향하는 이유가 화평에 와서 하루도 거르지 않던 명상을 하기 위해서임을 알고 있다. 처음에는 당연히 무공 수련이겠거니 했으나, 양팔만 쩍 벌리고 하늘로 고개를 쳐들고 있는 자세만 유지하는 것으로 보아 무공 수련은 아닌 것 같았다.

앵화루를 인수하자마자 후원 재개발공사부터 들어갔던 사비는 후원이 완공되자마자, 공사 관리를 하는 일 외에는 거의 그곳에 틀어박혀 나오지 않았다. 처음에는 호기심 어린 눈으로 보던 이들도 사비의 괴상한 행동에 더는 관심을 두지 않았다.

사비는 오솔길을 따라 걸음을 옮기며 잠시 생각에 잠겼다.

‘역시 예상대로야. 화류패기와 마령심기를 쓰고 나면 사지가 벌벌 떨릴 정도로 고통스럽다! 풍류비공으로 두 진기를 합치지 않으면 계속해서 그렇겠지? 아무래도 풍류비공 수련에 시간을 더 할애해야겠어.’

대충 생각을 정리한 사비는 천천히 고개를 끄덕이다가 갑자기 눈살을 찌푸렸다. 관제묘 앞에 앉아 있는 낯선 불청객 때문이었다.

"뭐냐?"

사비가 관제상에 기대선 여인에게 싸늘한 음성으로 물었다.

"흥! 여기 주인은 손님에게 그런 말투를 쓰라고 시키는 모양이지?"

"……."

여인을 앵화루의 기녀 중 하나로 여겼던 사비는 일순 입을 다물었다. 잠시 잊고 있었다. 이곳이 자신이 운영하는 기루이자, 평상시에는 객잔으로도 운영하는 곳임을. 이는 귤의 거래 철이 아닐 때는 손님이 전혀 없는 화평의 특성상 객잔 영업을 병행해야 손익이 난다는 황 집사의 주장 때문이었다.

"미안하게 됐소."

사비가 고개를 짧게 숙여 보인 후 몸을 돌렸다.

"잠깐!"

여인의 표독스런 음성에 막 걸음을 옮기려던 사비가 걸음을 멈췄다.

"다른 볼일이라도 남아 있소?"

"사과를 할 거면 제대로 해! 그런 건방진 태도를 하려거든 아예 하지 말란 말이야!"

사비는 입을 꾹 다물고 여인의 표정을 살폈다. 가는 입술 선과 오똑한 코가 매혹적으로 보였으나 눈꼬리가 양옆으로 길게 올라간 것으로 보아 날카롭고 고집 센 성격을 지녔을 것 같았다.

'귀찮게 됐군. 하지만 나는 전문경영인! 누가 뭐래도 전문경영인이야! 예전처럼 성깔대로 하고 살면 안 되지!'

사비는 속으로 쓸쓸하게 중얼거리며 천천히 허리를 숙였다.

"죄송합니다. 제가 경솔했습니다. 이렇게 정중히 사과드릴 테니 너

그러이 용서해 주십시오."

사비는 자신의 입에서 튀어나온 말에 속으로 크게 만족했다. 본인이 이런 말을 할 수 있으리라고는 전혀 생각해 보지도 못했었다. 하지만 역시 사람은 마음먹으면 못할 일이 없다는 엉뚱한 생각도 들었다.

그의 노력과 정성이 통했는지 여인은 더 이상 말을 하지 않았다. 그저 턱짓을 한 번 하며 사비에게 방해 말고 가라는 의사를 표시했다. 이에 사비는 천천히 몸을 돌렸다. 그는 다시 기루 쪽으로 걸음을 옮기며 생각했다. 다른 곳은 몰라도 관제묘 부근에는 외부인 출입금지라는 팻말이라도 하나 걸어놔야겠다고.

"흥! 그렇게 말대꾸를 하고도 멀쩡하게 움직일 수 있는 걸 하늘에 감사해라!"

상관경은 멀어져 가는 사비의 등을 바라보며 씁쓸한 표정으로 중얼거렸다. 다른 때였다면 입부터 찢어놨을 것이다. 하지만 지금은 그럴 기분이 아니었다.

어젯밤 늦게 이곳에 도착한 상관경은 앵화루에 들어선 직후 보게 된 한 사내의 모습으로 인해 기분이 말이 아니었다.

'다른 여자 앞에서 옷을 벗고 맨살을 보여줬어!'

단리무옥과 무휴의 뒤를 밟아 이곳 화평까지 오게 된 상관경은 그동안 평심회 측에서 보인 심상치 않은 움직임이 신도원을 끌어들이기 위해서였다는 결론에 도달했다. 하지만 그 생각도 잠깐, 그녀는 신도원이 보여준 너무나도 의외의 모습에 큰 충격을 받았다. 그래서 그가 왜 이곳 화평 땅에 있는지에 대해서는 생각해 볼 겨를이 없었다.

'저질! 불결해!'

상관경은 상의를 벗어젖히고 환하게 웃던 신도원의 얼굴을 떠올리며 세차게 고개를 흔들었다. 그렇다고 그녀가 신도원과 연인 사이라든지, 그에 준하는 깊은 관계는 아니었다. 그녀는 그저 속으로 신도원이 다른 사내보다 낫다는 생각을 하고 있었을 뿐이고, 그 생각은 어젯밤 이곳에 도착하기 전까지도 변함이 없었다.

하지만 지금은 다르다. 상관경은 신도원의 낯부끄러운 모습을 목도하고 난 뒤 그 충격으로 인해 잠 한숨 못 자고 뜬눈으로 밤을 지새웠다. 그리고 동이 트자마자 심란한 마음을 추스르기 위해 후원으로 나와 자신이 왜 이런 반응을 보이는지에 대해서 곰곰이 생각해 봤다. 그래서 내린 결론은 자신이 신도원을 사모하고 있다는 것이다.

'단지 내가 인정하지 않았을 뿐이야!'

그러던 차에 사비와 마주쳤다. 여러모로 심란했던 상관경은 사비와 말싸움을 하거나 그를 단죄할 마음의 여유조차 없었다. 그래서 사비가 운 좋은 놈이라고 중얼거리고 있었지만, 그가 운이 좋은지 그녀가 운이 좋은지는 겪어보고 판단을 했어야 할 일이었다.

"그래! 이렇게 혼자 끙끙 앓는 것보다는 직접 물어보는 게 낫겠어!"

그녀는 한 손으로 머리를 쓸어 올리며 아랫입술을 잘근 씹었다. 하지만 신도원에 대한 생각으로 정신이 없던 그녀는 미처 등 뒤에서 은밀히 다가오는 손길을 느끼지 못하고 있었다.

화산빙화 상관경. 화산 장문의 여식인 그녀는 부친을 졸라 백천맹에 와서 생활한 그 순간부터 백천맹의 젊은 무사들의 인기를 독차지했다. 외모도 좋고, 가문도 좋다. 게다가 무공 수위 또한 웬만한 구파 후기들보다 낫다. 그런 그녀가 아무리 깊은 생각에 빠져 있다고 해도 등 뒤에서 다가오는 기척을 못 느끼다니. 이는 그녀의 뒤에서 다가오는 손의 주인이 그녀보다 몇 수 위의 고수라는 얘기였다.

쉭!

짧은 파공음이 들린 순간, 그제야 상관경의 눈이 크게 흔들렸다.

"누구냐!"

상관경은 온몸에 소름이 돋았다. 마치 뱀이 혀를 날름거리며 자신의 목덜미를 감고 있는 것 같았다. 하지만 불시의 기습에 혈을 제압당한 상관경은 어떠한 움직임도 가능하지 않았다.

"누구냐고 물었다!"

"흐흐흐!"

상관경의 뾰족한 물음에 사내는 대답하지 않았다. 자신의 정체가 탄로날까 하는 두려움은 아니었다. 그저 조금이라도 더 이 같은 분위기를 만끽하고 싶은 사내의 욕망이라고나 할까.

"이보게, 화검! 할 거면 질질 끌지 말고 어서 먹어치우게. 난 자네 취미 생활이나 구경하려고 여기까지 온 게 아니니!"

"흠! 알겠네!"

상관경의 목을 한 팔로 감싸 안고 있던 전륜화검은 창혈빙검이 자신의 이름을 부르자 이맛살을 찌푸렸다. 하지만 그것도 잠시 전륜화검은 이내 두 눈을 가늘게 찢으며 웃었다. 그는 여인의 얼굴을 보지 않고 뒤에서 하는 걸 가장 좋아한다. 그것도 이렇게 뒤에서 소리없이 다가와 덮치는 게 단연 최고. 여인이 누구인지는 아무런 상관이 없다. 허리에 찬 검으로 보아 필시 무림에 적을 둔 여인일 테지만, 어차피 자신과 일을 치르고 나면 쥐도 새도 모르게 죽을 여인이다.

"그럼 조금만 기다리게! 크크크!"

전륜화검은 상관경의 가슴으로 손을 쑥 집어넣었다. 그녀의 몸을 돌려 얼굴을 확인할 생각도 없었다. 그에게는 여인의 외모가 어떤지도 상관없다. 어차피 얼굴을 봐도 흥분이 되지 않는다. 그에게 중요한 건 오직 여인의 뒷모습이다.

창졸지간에 벌어진 일련의 사태에 상관경의 일순 하늘이 노래졌다. 이제껏 어느 누구에게도 보여주지 않은 그녀의 소중한 곳들이 누군지 얼굴조차 알 길이 없는 낯선 자에게 무참히 유린당하고 있다는 사실이 믿기지 않았다. 그녀는 지금의 이 상황이 현실이 아니라 악몽을 꾸고 있는 것이라고 자꾸 되뇌었다. 하지만 전륜화검의 목소리가 너무도 선명하게 귓전에 울렸다.

"흐흠! 네년은 정말 죽이는 엉덩이를 지녔구나!"

"아악!"

전륜화검이 솥뚜껑 같은 손으로 자신의 엉덩이를 우악스럽게 움켜쥐자 상관경의 입에서 찢어질 듯 날카로운 비명성이 터졌다. 그 비명 소리를 들은 전륜화검이 침을 꿀꺽 삼켰고, 조금 떨어진 곳에 뒷짐을 지고 서 있던 창혈빙검은 고개를 절레절레 저으며 몸을 돌렸다.

'후후후! 화검! 네놈의 그 고약한 취미가 네 명을 단축시켰다!'

창혈빙검은 피식 웃음을 머금고 십여 장가량 떨어진 나무숲을 향해 걸음을 옮겼다. 흐뭇했다. 이전까지는 전륜화검과의 승부 시기를 놓고 고민했지만 지금은 아니다. 창혈빙검은 그 시기를 화무영의 마령심기를 취한 직후로 결정을 내렸다. 이런 상황에서 여인과 정분을 나누는 전륜화검이 한심하게 여겨지면서도, 한편으로는 오늘의 운이 자신에게로 기운 것 같아 몹시 기분이 좋았다.

"너! 너!"

상관경이 새파랗게 질린 얼굴로 한 단어를 반복했다. 하지만 상관경의 그런 반응에 크게 흥분한 전륜화검은 더는 참지 못한다는 표정으로 입고 있던 하의를 훌러덩 벗어 던졌다.

"흐흐흐! 네년도 좋은 모양이구나!"

전륜화검은 종아리부터 허벅지까지 털로 수북이 뒤덮인 다리를 들어 상관경의 엉덩이에 쓱쓱 비벼댔다. 오래전부터 여인과 일을 치를 때가 되면 하는 자신만의 애무 방법이었다.

"제발… 제발 도와줘!!"

상관경의 애원 섞인 외침을 들은 전륜화검이 문득 엄습한 불길함에 다급히 그녀의 아혈을 제압했다. 조금 전도, 그리고 지금의 외침도 모두 자신이 아닌 다른 누군가를 향한 것일지도 모른다는 생각이 들었다. 이에 급히 고개를 쳐든 전륜화검의 얼굴이 급격히 굳어졌다.

"네놈은 뭐냐!"

"나? 난 여기 주인인데!"

사비가 히죽 웃으며 느릿느릿 걸어왔다.

입을 열던 사비는 상관경을 바라보다가 문득 지난 옛일이 떠올랐다. 자신에게 접근하기 위해 엉뚱한 수작을 벌였던 현현. 아무리 화류패기 때문이었다고 해도 왜 누가 봐도 속이 보이는 그런 뻔한 수를 썼을까? 사비는 속으로 고개를 갸웃거리며 천천히 눈을 들었다. 자신의 대답을 듣고 일순 고민에 잠긴 전륜화검의 얼굴이 보였다.

"……."

전륜화검은 눈알을 굴렸다. 지금은 앞에선 사비보다 상관경과 일을 치르는 것이 훨씬 중요했다. 사비를 처리한 후 일을 치러도 상관은 없었지만, 그렇게 되면 지금 같은 강한 흥분은 느끼지 못할 것이다. 이에 전륜화검이 크게 인심 쓴다는 표정으로 다시 입을 열었다.

"가라! 이년 말대로 넌 정말 운이 좋은 녀석이다! 크크크!"

상관경과 사비가 나눴던 대화를 엿들었던 전륜화검은 그녀가 내뱉었던 말을 따라 하며 음침한 웃음을 터뜨렸다. 그리고는 상관경의 머리에 코를 대고 킁킁거렸다.

"어디서 이런 개… 쓰레기보다 못한 놈이 기어들어 온 거야? 앵화루가 너 같은 새끼가 개수작이나 떨라고 만든 곳인 줄 알아! 엉!"

사비가 짜증에 겨운 목소리로 버럭 외치자 전륜화검의 눈가에 무럭무럭 살기가 피어나기 시작했다.

"지금… 본좌에게 한 소리냐?"

"본좌는 무슨… 본견이지. 아니, 본 번데기라고 해야 하나?"

사비가 손가락으로 자신의 양물을 가리키자 전륜화검의 얼굴이 참담하게 일그러졌다. 사비의 비웃는 듯한 눈초리에 양물이 순식간에 쭈글쭈글해졌기 때문이다.

"오냐! 그렇게 죽고 싶다면 죽여주지!"

우당탕!

전륜화검은 상관경의 머리채를 잡고 아무렇게나 집어 던졌다. 그런데 그녀가 내팽개쳐진 곳이 하필이면 사비가 애지중지 관리하는 사당이었다.

"이런 개… 썅!"

곤두박질친 상관경의 신형이 사당문을 박살 내며 그 안으로 사라지자 이를 본 사비가 성난 눈을 하며 전신 공력을 끌어올렸다. 극도로 화가 난 상태여서인지 절로 마령심기가 쏟아져 나왔다. 하지만 가장 익숙한 진기인 화류패기는 꿈쩍도 하지 않았다. 아무리 화가 많이 났다고 해도 화류패기로 인한 고통을 감당할 만큼은 아니었다.

"헉! 마령심기!"

사비의 몸에서 발산된 마령심기에 전륜화검의 눈이 경악으로 커졌다. 그와 동시에 나무숲으로 모습을 감췄던 창혈빙검이 빠른 속도로 달려왔다.

"네가 어떻게 마령심기를… 그렇다면 설마 사군우의 전인이 둘이라는 건가? 놈! 사군우와 어떤 관계냐?"

전륜화검이 두 눈을 부릅뜨고 묻는 사이 창혈빙검이 그의 옆에 착지하며 어깨에 메고 있던 장검을 뽑아 들었다. 둘 모두의 얼굴에는 긴장의 기색이 역력했다.

"사군우? 왜 흑화검성 사군우 대협의 이름이 너처럼 쓰레기 같은 인간의 주둥아리에서 튀어나온 거지?"

사비가 한쪽 눈썹을 일그러뜨리며 삐딱한 시선을 던졌다.

"흥! 대협? 지금도 사군우를 대협이라 칭하는 걸 보니 네놈은 아직 소문을 듣지 못했나 보군. 아니면 정말 그와 관련이 있다는 뜻인가?"

휙!

전륜화검의 곁눈질을 받은 창혈빙검이 신형을 날렸다.

"지금 그게 무슨 소리야? 소문이라니?"

사비가 미간을 좁히며 물었다. 전륜화검이 말한 소문이라는 것이 사군우의 죽음을 가리키는 것이 아닐까 하는 생각이 들면서도 다른 한편으로는 의구심이 들었다. 사비나 화무영은 그런 소문을 낸 적이 없다. 그렇다고 공황식과 공손천량 같은 십이제천에 속한 고수들이 자신들이 사군우를 합공해서 죽였다는 말을 떠벌리고 다녔을 리도 없었다.

사비가 내심 까닭 모를 불안에 잠겨 있는 사이, 어느새 사비의 후방에 자리를 잡은 창혈빙검이 전륜화검을 향해 가볍게 고개를 끄덕여 보였다. 전륜화검과 창혈빙검은 협공을 감행할 생각이었다. 마령심기를 지닌 인간을 우습게 여겼다가 후회하고 싶은 생각이 없었다. 하지만 사비는 둘 사이에 무슨 신호가 오갔는지 전혀 신경 쓰고 있지 않았다. 지금은 전륜화검이 뱉은 말의 의미를 확인해 봐야 한다는 생각만이 머릿속에 가득 차 있을 뿐이었다.

"도대체 흑화검성이 뭐가 어떻다는 거야?"

사비가 한 손으로 머리를 쓸어 올리며 물었다. 새까맣던 그의 머리색이 조금씩 붉은빛을 띠기 시작했지만 그의 앞뒤에 포진한 두 거마는 그 사실을 미처 발견하지 못했다. 사비의 손과 발, 그리고 눈이 향하고 있는 곳으로 온 신경을 집중하고 있었기 때문이다.

전륜화검이 천천히 오른손을 허리로 가져가며 입술을 뗐다.

"크크크! 끝까지 시치미를 떼고 싶은 모양인데… 그렇다면 알려주지! 똑똑히 들어라! 사군우는 네가 쓰레기라고 말한 나와 같은 부류다. 아니지, 나 같은 건 전혀 비교도 안 되는 아주 간악하고 흉악무도한 인간이지! 그건 이제 어느 누구도 부정할 수 없는 사실이다."

"아가리 닥쳐! 아예 죽고 싶다고 염불을 외는구나!"

사비의 성난 외침에 전륜화검이 의외라는 표정으로 뒤로 물러섰다. 하지만 이는 애초부터 그가 의도한 행동이었다. 전륜화검은 뒤로 물러나며 쥐고 있던 장검을 슬며시 등 뒤로 감추었고 곧바로 그 검에 진기를 불어넣기 시작했다. 하지만 입으로는 계속해서 사비를 흥분시킬 만한 말들을 쏟아냈다. 그는 직감적으로 사비와 사군우가 뭔가 관계가 있음을 알아챘고, 이를 이용해 사비를 도발, 암습할 생각이었다.

"흥! 사군우는 지금으로부터 사십여 년 전, 멸문지화를 당했던 신도세가의 후손! 그리고 그 신도세가의 마공을 익혀 천하제일인 행세를 하고 다녔지. 그것도 무려 이십 년씩이나 말이야! 그뿐이 아니더군. 어디서 마령심공까지 구해서는 타락수라 같은 희대의 마인을 만들었지. 하지만 이제 보니 그 소문이 모자란 구석이 있었군. 후후후! 타락수라 뿐만 아니라 너 또한 마령심공을 익힌 걸 보니 말이야.”

전륜화검은 청산유수였다. 실제 그와 창혈빙검을 포함해 마사회에 속한 마도인들 모두가 전륜화검이 지금 말한 내용을 중원에 흘리고 다니라는 밀명을 받은 상태였기 때문이다. 하지만 사비는 하도 어이가 없어 일순 입을 열지 못했다. 사군우가 신도세가의 후손이라니. 더구나 타락수라에게 마령심공을 전한 이 역시 사군우라는 말은 어느 누가 들어도 전혀 수긍할 수 없는 억지였다.

“그런 개소리를 믿는 사람이 누가 있다고 그렇게 씨부리고 다녀?”

“하하하! 믿는 사람이라. 무림에 적을 둔 인간들은 누구나 알고 있는 사실이다. 하지만 너무 속상해할 것 없다. 반응 또한 천차만별이니까. 정도인들은 사군우를 천하에 다시없을 무림공적으로 몰고 있지만 본좌가 속한 마사회를 포함해 마도인들의 생각은 다르다. 천하는 물론이거니와 황실까지 속인 사군우야말로 진정 최고의 마도인이지! 게다가 그런 사실을 무려 이십 년간이나 속여왔으니……. 으하하하!”

“후후후! 재미있군. 그래, 누가 그러디?”

“……”

사비가 실실 웃으며 묻자 전륜화검이 일순 당황으로 입을 다물었다.

“흑화검성이 그런 인간이라는 말을 처음 지껄인 자식이 누구냐?”

사비가 착 가라앉은 음성으로 다시 물었다. 이에 전륜화검과 창혈빙검의 눈이 찰나지간 흔들렸다. 하지만 사비의 뒤에 서 있던 창혈빙검은 턱을 살짝 끄덕이며 계속해서 말을 이어가라는 신호를 보냈다. 이를 본 전륜화검이 다시 입술을 뗐다.

"공손천량 회주와 공황식 맹주가 정파 마를 대표해 공동으로 발표한 내용이다! 사군우는 참 많은 민간인들을 죽였더군. 이 전류화검이 두 손, 두 발 다 들 정도로 말이야. 게다가 죽인 인간들이 모두 젊은 계집이나 애들이라지? 후후후!"

사비는 그제야 일련의 상황이 이해가 갔다. 자신들의 명예가 달린 일이었으니 그들이라면 당연히 그러고도 남을 것이다. 더욱이 죽은 사군우는 아무 말도 할 수 없지 않은가.

"그렇군! 그런 식으로 나오겠다면… 더 이상 나도 참지 않겠다!"

사비는 씁쓸한 표정으로 하늘로 눈을 들었다. 미친 세상이다. 자신이 아는 최고의 사내, 진정한 장부가 졸지에 천하에서 가장 극악무도한 인간으로 낙인 찍혀도 누구 하나 의심하지 않는… 상식이 통하지 않는 세상. 사비는 강호를 다 돌아다녀 보지 않았는데도 그 세상이 어떤 곳일지 짐작이 갔다. 위선자들이 판을 치는 세상. 진실 같은 건 전혀 통하지 않고, 힘을 가진 자들에 의해 진실이 만들어지는 세상.

'아저씨가 왜 낭인으로 남았는지 이해가 가는군.'

사비는 천천히 고개를 끄덕였다.

강호는 늘 강자 편이었고 앞으로 그럴 것이다. 약자와 아녀자를 보호하고, 악한을 무찌르는 협객 같은 건 애초부터 존재하지도 않았다. 그저 강한 힘을 지닌 자들을 향한 미화일 뿐이다. 더욱 참담한 현실은 그 강함의 척도가 일개 개인이 아니라 서로 간의 이득을 위해 뭉친 이합집산들에 주어져 있다는 것이다.

사군우만 봐도 그렇지 않은가. 그가 살아 있을 때는 아무 소리도 못 하던 것들이 이제는 그에게 오물을 뒤집어씌우려 하고 있다.

'백천맹, 마사회! 오냐! 그래, 갈 데까지 가보자고!'

사비는 두 눈을 번득이며 어금니를 꽉 깨물었다. 복수 같은 건 하지 말라던 사군우의 얼굴을 떠올리자 더욱 큰 분노가 온몸을 휘감았다.

우우우웅!

전신을 부르르 떨던 사비의 두 눈이 놀람으로 떨렸다. 화류패기와 마령심기가 조금 더 뭉쳐진 느낌이었다.

"너희들도 그렇게 생각하니?"

"……?"

"너희들도 아저씨가 그런 인간이라고 생각하냐고……. 힘없는 인간 이나 괴롭히고 다니다가 운이 좋아 천하제일인이라는 감투를 쓴 그런 어쭙잖은 인간 같으냐고… 그렇게 생각해?"

사비는 끓어오르는 분노를 가까스로 억누르며 나직이 입을 열었다. 입을 여는 동안 그의 눈썹과 머리, 그리고 그의 전신 피부가 핏빛으로 활활 타오르기 시작했다.

"으음!"

사비의 몸에서 뿜어져 나오는 강력한 화류패기에 전륜화검이 주춤 주춤 뒤로 물러섰다. 그 직후 사비나 전륜화검 모두의 입에서 가느다 란 핏줄기가 새어 나왔다. 사비는 본인 스스로의 화류패기에 상한 것 이고, 전륜화검은 화류패기에 내장이 진탕되며 나타난 현상이었다.

"그럼 그 말도 개천량과 개황식 그 쏩새들이 나불댄 거냐?"

사비가 말을 뱉자 전륜화검이 일순 어깨를 움찔했다. 사비가 입을 열자 용암보다 뜨거운 열기가 전신을 엄습해 왔다. 열양마공을 익힌 전륜화검으로서도 견디기 힘들 정도로 강력한 화기였다.

전력을 다해 열양마공을 끌어올린 전륜화검이 힘겹게 입을 열었다.

"물론이다. 현재 마사회와 백천맹이 공조해 사군우를 잡기 위해 중원 전역을 뒤지고 있지! 그러니 아마 조만간 행적이 드러날 것이다. 또한 사군우의 전인 타락수라도 곧 잡힐 것이다."

"네 녀석들… 타락수라가 여기 있다는 것까지 알고 왔다는 건가?"

"그렇다. 하지만 타락수라가 잡히는 건 우리에게 마령심기를 바친 다음이 될 것이다. 바로… 너처럼 말이다!!"

후아악!

전륜화검은 등 뒤에 감췄던 검을 전면을 향해 휘둘렀다. 이와 함께 그의 검에서 싯누런 불길이 뿜어져 나왔다.

'넌 끝이다!'

전륜화검은 속으로 회심의 미소를 지었다. 전륜십화검을 펼치기 위한 만반의 준비를 끝낸 상태에서 나온 공격이다.

화검기(火劍氣). 이른바 검기에 열화마공의 힘까지 더한 것으로서 검기의 예리함과 화기의 뜨거움이 한데 뭉친 힘이다. 검기로 몸통을 뚫고 화기로 몸속을 녹인다. 또는 화기가 먼저 몸을 녹이고, 검기가 그 안을 헤집는다. 아무래도 상관없다. 어차피 화검기에 당한 상대는 두 기운 중 하나만으로도 끝장이니까.

이런 화검기의 위력은 전륜화검이 가장 잘 안다. 시전하기 전까지의 시간이 약간 길다는 단점을 제외하면 세상 그 어떤 힘보다 강한 파괴력을 지닌 힘이 바로 화검기다. 철갑을 두르고 있다고 해도, 또는 도검이 불침하는 엄청난 호신강기를 발휘하는 고수라 해도 피하지 않고 맞는다면 그대로 끝이다. 그렇기 때문에 사비는 결코 살아날 수 없다. 전륜화검은 확신했다.

처음에는 창혈빙검과 합격을 못하고 단독으로 진행한 것이 좀 걸리긴 했지만, 막을 생각조차 못하는 사비를 보니 오히려 그런 걱정을 했던 자신이 한심하게 느껴졌다.

화검기가 사비의 지척에 이른 그 짧은 순간, 전륜화검의 머릿속으로 수많은 생각이 스치고 지나갔다. 조금 있으면 사비의 몸은 형체를 알아볼 수 없을 정도로 녹아 없어질 것이다. 그렇다면 남은 문제는 과연 어느 정도의 힘으로 작살을 내야 마령심기를 다치지 않고 취할 수 있냐는 하는 것. 하지만 전륜화검은 이내 그 생각을 접었다. 그는 창혈빙검을 믿기로 했다. 자신과 엇비슷한 공력을 지닌 그의 빙공이라면 사비의 시체가 다 타버리기 전에 마령심기를 취할 시간을 벌어줄 수 있으리라.

피시시식!

순간 전륜화검의 눈이 당황으로 일그러졌다. 방금 전의 소리는 결코 자신이 예상했던 소리가 아니다. 굵은 땀방울이 그의 이마를 타고 흘러내렸다.

"죽을 똥을 싸는군! 병신 새끼. 그렇게 시간을 줘도 안 돼? 도대체 그런 실력으로 어떻게 그런 말을 지껄일 생각을 했지? 그러다가 흑화검성이라도 만나면 어쩌려고 말이야."

"뭐, 뭣이!"

전륜화검의 눈이 크게 흔들렸다. 하지만 사비의 비아냥이 비아냥으로 들리지 않았다.

'우리 의도를 알면서도 기회를 줬다! 그만큼 자신이 있었던 거야!'

화검기를 토해내고 빨갛게 달아올랐던 그의 검끝이 바르르 떨렸다.

단박에 드러난 실력 차이. 하지만 인정하기가 쉽지 않았다. 그는 마사회에서도 상위에 속하는 고수. 창혈빙검이나 다른 마도고수 몇몇과 함께 소장로라는 위치에 있는 절정고수였다. 그런데 저런 한낱 애송이에게 밀리다니. 더욱 어이없는 건 사비가 자신이 전력을 다해 날린 화검기를 고스란히 몸으로 받았다는 데 있었다. 설령 마사회주나 공황식 같은 십이제천의 고수라도 감히 흉내 내지 못할 행동.

'그렇군! 이제 보니 난 이놈이 언제 왔는지도 몰랐어!'

전륜화검은 불신의 눈빛으로 창혈빙검을 돌아봤다. 그 역시 믿기지 않는다는 표정을 짓고 있었다. 그들은 사비가 배운 만류흡(萬流吸)이라는 무공을 알지 못했다. 그 만류흡이라는 무공이 단 한 번도 상대의 공격을 피한 적이 없는 사군우의 신화를 만들어줬다는 것은 더 더욱 몰랐다. 결국 전륜화검이 내릴 수 있는 결론은 단 하나였다.

"으음. 사술……!"

"닥쳐!"

사비의 눈에 불이 일었다. 입을 열던 전륜화검의 인상이 보기 안쓰러울 정도로 일그러졌다. 사비의 외침과 동시에 진기가 뒤엉켜 버렸다. 사비가 흘린 살기 때문이었다. 일생을 피가 튀는 싸움터를 누비며 살아온 자신에게 살기만으로 내상을 입히다니 도무지 믿기지가 않았다. 순간 전륜화검은 문득 사비가 흘린 살기가 어쩌면 마령심기일지도 모른다는 생각이 들었다.

'이자! 어쩌면 우리가 잘못 건드렸는지도……'

속으로 크게 당황한 전륜화검이 황급히 입을 열었다.

"빙검! 우선 이놈부터 처리……"

슈칵!

"헛!"

입을 열던 전륜화검이 헛바람을 집어삼키며 뒤로 물러났다. 하지만 민첩하게 등 뒤의 장검을 빼낸 그의 얼굴에는 이전보다 한결 여유가 넘쳐흐르고 있었다.

"흠! 내가 착각을 했군. 고작 이 정도에 놀라다니. 크크크! 이제 내 차렌가?"

전륜화검이 전신 마공을 극대로 끌어올리며 앞으로 한 걸음을 내디 뎠다. 사비에게서 쏟아져 나왔던 섬뜩한 기운은 씻은 듯이 사라지고 없었다. 이에 화검기를 막은 것이나 자신에게 가공할 기운을 보냈던 것이 모두 사술이라는 결론을 내린 전륜화검은 뭐가 그렇게 기분이 좋 은지 계속해서 실소를 흘렸다.

"착각? 설명하기도 귀찮다. 그냥 조용히 뒈지도록!"

사비가 귀찮다는 듯 고개를 돌리자 일순 안도하던 전륜화검의 눈에 당혹감이 어렸다. 마치 속이 더부룩한 사람처럼 아랫배 쪽으로 한 손 을 가져간 그가 설레설레 고개를 저었다.

"이, 이건! 마령……!"

사비 뒤에서 전륜화검의 모습을 지켜보던 창혈빙검이 고개를 흔들 며 아랫입술을 씹었다. 도대체 눈앞에서 무슨 일이 일어나고 있는지 쉽게 파악이 되지 않았다. 대충 분위기를 보면 전륜화검이 그의 장기 인 화검기를 시전했던 것 같긴 한데 전혀 꿈쩍을 하지 않는 사비를 보 면 그런 것도 아니었다. 사비는 화검기에 맞은 인간이라면 결코 보일 수 없는 반응을 보이고 있었다. 이 때문에 그는 자신이 언제 나서야 할 지조차 혼란스러워져 잠시 사태를 주시하는 중이었다.

'끄응! 도대체가 이렇게 손발이 안 맞아서야.'

제멋대로 출수하려는 전륜화검이 못마땅해 눈살을 잔뜩 찌푸리고 있던 창혈빙검이 천천히 입을 열었다.

"화검! 같이 나서는 것도 싫고, 자네 혼자서 나서기도 싫다면 이번에는 내가 나서도록 하지! 내 저 녀석을 당장 창혈마검법으로……."

쩌어억!

"화, 화검!!"

창혈빙검이 찢어질 듯 커진 눈으로 놀란 외침을 터뜨렸다. 눈앞에서 온몸이 반으로 갈라져 나가는 전륜화검이 보였다. 눈을 부릅뜨고 있던 이전의 표정을 그대로 유지하고 있는 것으로 보아 자신이 당했다는 것조차 모르는 상태에서 몸이 양분된 것 같았다.

창혈빙검은 전륜화검의 몸에서 피가 흐르지 않는다는 사실을 발견하고 뒤늦게 뭔가가 뇌리를 강타했다. 지금은 실전됐지만 음양마교의 삼대지존 마공 중에 격중당한 자의 전신을 산산조각 내버리는 장법이 있음이 생각났다. 그 성취가 뛰어날수록 당한 자의 시체를 마치 얼음 조각들이 부서진 것처럼 보이게 만든다는 그 장법.

채채챙!

반으로 쪼개진 전륜화검의 시신이 땅에 닿은 순간, 유리 조각처럼 반짝이는 알갱이들이 사방으로 데굴데굴 굴러간다.

"환우마하장! 그것도 마령심공으로 펼친……."

창혈빙검은 불신이 가득한 눈빛으로 고개를 들었다. 그의 눈에서는 이제껏 그가 단 한 번도 보인 적이 없던 감정이 드러나고 있었다.

두려움. 창혈빙검은 자신과 비슷한 무위를 지닌 전륜화검이 속수무책으로 당했다는 사실에 절로 등줄기가 오싹해 왔다.

챙그렁!

창혈빙검의 손에서 빠져나간 철검이 땅에 부딪치며 금속성을 터뜨렸다. 저항도 어느 정도 상대가 되어야 가능한 일. 어떤 수를 썼는지조차 보지 못한 창혈빙검으로서는 저항할 엄두조차 나지 않았다. 창혈빙검의 입 안에서 딱딱 이 부딪치는 소리가 났다. 사비가 뿜어내는 기운은 마치 자신이 무엇을 두려워하고, 무엇에 공포심을 느끼는지 알고 있는 사람처럼 너무나도 교묘히 감싸왔다. 창혈빙검이 무의식중에 자신의 오른쪽 어깨가 다칠 것 같다는 생각을 하면 사비의 눈과 손은 어김없이 그곳을 향했다. 이에 창혈빙검은 사비의 시선이 닿는 곳, 그의 손이 향하는 방향에 따라 절로 가슴이 철렁 내려앉았다.

'오지… 말았어야 했어!'

창혈빙검은 극심한 후회감에 온몸이 떨렸다. 마령심기에 눈이 멀어 자신의 실력이 어떤지, 상대의 힘이 어느 정도인지 가늠해 보지 않고 무작정 쫓아왔다. 그저 아무리 강한 고수라 해도 전륜화검과 본인 둘의 합공이면 승산이 있다고 생각했던 자신감이 문제였다. 그리고 그 결과는 이렇게 참담한 모습으로 나타났다.

순간 창혈빙검의 얼굴에 안도감이 스치고 지나갔다. 사비가 그에게서 시선을 떼고 머리를 내려뜨리고 있었기 때문이다.

이에 창혈빙검은 사비의 모습을 살피며 조심스레 입을 열었다.

"노부는 창혈빙검이라 하오! 오늘 일은……."

퍼억!

입을 열던 창혈빙검의 머리가 그대로 터져 나갔다. 그리고 곧바로 전신이 타오르기 시작했다.

화르륵!

"으으!"

사비의 두 눈이 잘게 일렁인다. 마령심기와 환우마하장법으로 전륜화검을 죽이자 갑자기 마성이 튀어나왔다. 그 마성을 갈무리하기 위해 애쓰던 사비는 창혈빙검의 목소리를 듣자 결국 참지 못하고 살초를 전개한 것이다.

"으음!"

창혈빙검의 목소리가 더 이상 들려오지 않자 사비의 눈이 제빛을 찾기 시작했다.

그는 자신이 뿜어낸 엄청난 화력에 벌써 까만 재로 화하며 툭툭 바닥으로 무너져 내리고 있는 창혈빙검의 시신을 씁쓸한 얼굴로 바라봤다. 마사회의 절정고수 둘에게 변변한 반항 한번 해볼 기회조차 주지 않은 힘이 있음에도 전혀 기쁘지 않았다. 아니, 사비는 지금 죽은 이들이 마사회 고수들이라는 것조차 모른다. 그저 이들이 자신의 영역에서 본인이 제일 싫어하는 짓거리를 하는 것이 싫었고, 사군우에 대해 함부로 주둥이를 놀리는 것이 싫어 힘을 쓴 것뿐이었다. 하지만 이렇게 죽일 생각까지 했던 건 아니었다.

"내 의지가… 아니었어!"

사비는 망연자실한 얼굴로 고개를 흔들었다. 그는 창혈빙검을 곧바로 죽일 생각은 없었다. 전륜화검은 처음부터 그가 싫어하는 말만 골라서 했으니 그렇다 쳐도, 창혈빙검은 자신의 눈에 그리 크게 벗어나는 행동을 하지는 않았다. 그런데도 가차없이 죽여 버렸다. 사비는 그 이유가 자신이 좀 전에 펼친 마공 때문이라고 생각했다. 하지만 그는 이내 고개를 저었다. 창혈빙검을 죽인 힘은 화류패기. 결코 마령심기가 아니었다.

"하지만 화류패기를 쓸 생각은 없었는데……."

사비는 생각하면 할수록 지금의 상황이 혼란스러워 그 자리에 털썩 주저앉았다. 머릿속으로 지금까지 벌어진 사태들이 스쳐 지나갔다.

'마령심기나 환우마하장법 때문이 아니야. 살의는 마공 때문이었지만, 마지막 순간에 자연스럽게 튀어나온 화류패기는 풍류비공 때문이었어. 상극의 기운이라는 건 생각도 못했었는데, 화류패기에 당한 놈의 무공이 빙공! 그래서 가장 대적하기 편한 화류패기가 튀어나왔던 거야. 그리고 처음에 마령심기와 환우마하장법을 썼던 것도 그 쓰레기 새끼의 무공이 열양공이라는 것 때문에 반사적으로 튀어나왔고…….'

사비는 고개를 끄덕이며 자리에서 일어났다. 풍류비공은 자신의 몸 속에 내재된 진기들을 조절해 주는 정도에서 그치는 게 아니라, 상대의 진기를 파악하고 이에 빠르게 반응하는 특이한 묘용도 있는 것이다.

그렇게 한참을 자기만의 생각에 빠져 있던 사비는 사당 안에 널브러져 있을 상관경을 향해 걸음을 옮겼다.

"지금 뭐 하냐?"

상관경을 발견한 사비가 실소를 흘렸다. 바닥에 모로 누워 두 눈은 질끈 감은 채로 굳어 있는 그녀의 모습을 보니 난감함이 밀려왔다. 게다가 전륜화검에 의해 하의가 반쯤 내려진 모습은 차마 혼자보기 아까울 정도로 민망한 모습이었다. 전륜화검에게 짚인 혈도를 아직 풀지 못했기 때문이다.

"……."

일순 어색한 침묵이 사당 안을 휩쓸었다.

상관경은 자신이 할 수 있는 최대한의 힘을 다해 자하신공을 운용했었다. 사비와 전륜화검 등의 싸움이 끝나기 전에 어떻게든 막힌 혈도를 풀기 위해서였다. 하지만 사비의 목소리를 들은 그녀는 크게 당황하여 두 눈을 질끈 감았다. 현재로서는 그것 말고 할 수 있는 것이 아무것도 없었다.

이윽고 상관경의 모습을 잠시 살피던 사비가 혀를 차며 그녀를 향해 다가갔다.

"말세군, 말세야! 도대체 세상이 어떻게 되려고……. 쯧쯧쯧!"

사비가 고개를 좌우로 흔들며 상관경의 머리맡에 쭈그리고 앉았다.

"너 정말 그런 쭈그렁하고 *끄당끄당할* 생각이었어? 그래서 그렇게 내게 가라고 성화를 부렸던 거야? 이궁. 그렇게 하고 싶었으면 차라리 내게 말할 일이지. 이해할 수가 없군."

사비는 짐짓 의젓한 어투로 입을 열며 설레설레 고개를 저었다. 하지만 상관경은 그의 말을 듣지 못한 듯 요지부동이었다. 움직일 수도 없었을뿐더러, 설령 혈도가 뚫렸다고 해도 지금은 도저히 일어나고 싶은 생각이 들지 않았다.

망신. 차라리 무인으로서 당당하게 싸우다가 죽음에 이른 상황이면 좋겠다는 생각이 그녀의 뇌리에 가득했다. 그런 상황이었다면 화산과 부친의 이름에, 그리고 화산빙화로 알려진 자신의 명성에도 먹칠을 할 일이 없었을 테니까. 그리고 마음 같아서는 지금 당장이라도 벌떡 일어나 앞에서 간죽대고 있는 사비를 찢어 죽이고 싶었다.

하지만 그것 또한 여의치 않다. 아니, 어쩌면 절대 불가능한 일인지도 모른다. 사당 안에 있어 보지 못했지만, 전륜화검과 창혈빙검을 죽이지 않았다면 사비는 결코 이곳으로 들어올 수 없었을 테니까. 그리고 사비가 그 둘을 죽일 때 보였던 가공할 투기와 살기는 직접 눈으로 보지 않은 상관경에게까지 느껴질 정도로 강렬한 것이었다.

'이자는 나 같은 건 전혀 상대가 되지 않는 고수야. 어쩌면 아버님이 나서도 상대가 안 될지 몰라. 어쩌면 좋지?

상관경은 사비의 놀리는 소리에도 이를 악물고 참았다. 그저 어서 빨리 이 자리를 벗어났으면 하는 마음에 굳어버린 머리를 굴리기 위해 애를 태울 뿐이었다.

'호오! 요것 봐라!'

사비는 상관경을 처음 봤을 때부터 그녀의 성격을 한눈에 알아봤다. 이런 여인은 대개 집안에 돈이 많거나, 세도가이거나, 또는 무가의 여식일 확률이 크다. 도도함으로 보나, 몸에 밴 오만한 분위기로 보나 십중팔구는 확실하다. 그런데도 이런 비아냥거림을 꿋꿋이 참고 있다는 것은 그녀가 자신의 선입견에 들지 않는 여인일 수도 있다는 반증이었다. 보기와 달리 겸손하고 선한 성품을 지녔거나 아니면……

'지금은 이를 악물어서라도 참고 나중에 복수를 하겠다는 수작이지……. 독한… 년……!'

사비는 피식 웃으며 입을 열었다.

"약속 하나만 해! 그럼 얌전히 보내주지!"

"……."

상관경은 여전히 눈을 꼭 감은 채다. 하지만 속으로는 사비의 저의를 파악하기 위해 분주히 머리를 굴렸다.

"오늘 일, 무덤까지 가지고 가는 거야. 내가 너를 구한 것도, 네가 저 자식들에게 봉변당할 뻔한 일도… 모두!"

"……."

"알아들었으면 이제 눈 뜨시지!"

상관경이 두 눈을 번쩍 떴다. 사비의 말 때문이 아니라 그의 손이 자신의 민감한 부분을 스쳤기 때문이다.

사비도 일순 당황한 눈치였다. 상관경의 뽀얀 엉덩이가 자꾸 눈에 거슬려서 그저 순수한 의도로 하의를 입혀주려던 것뿐이었는데 본의 아니게 그녀의 엉덩이에 손이 닿았기 때문이다.

'으흠! 고것 참 신기하네!'

사비는 일순 야릇한 기분이 들었다. 자신의 손끝이 닿는 순간 상관경의 엉덩이가 움찔하고, 직후 그 뽀얀 엉덩이 위로 하얀 소름이 오톨도톨하게 돋기 시작하던 좀 전의 광경이 자꾸 눈앞에 아른거렸다.

"미안! 일부러 그런 거 아니니까 인상 펴! 젠장, 누가 그렇게 툭 튀어 나오래?"

무심한 척 시치미를 떼려던 상관경의 얼굴이 일순 붉게 물들었다. 전륜화검에게 당했을 때는 너무 놀란 나머지 부끄러움을 느낄 겨를조차 없었는데, 지금은 부끄러운 차원을 넘어 치욕스럽기까지 했다.

'이자! 혹시 다른 생각을……'

혈도만 풀어주면 알아서 옷을 입었을 텐데, 굳이 직접 입혀주려던 사비의 저의가 의심스러웠다. 그녀는 사비가 혈도와 관련된 무공에는 문외한임을 모르고 있었다. 하지만 사비는 상관경의 불안한 기색을 느꼈는지 급히 그녀의 옷을 추슬러 준 후 더는 의심스러운 행동을 하지 않았다.

"흠! 이거 그냥 놔두면 풀리려나?"

"……."

"야! 무슨 말 좀 해봐! 가만! 이거 아혈인가 뭔가 하는 것도 짚인 거 아니야? 그런 거야?"

사비가 자리에서 일어나며 물었지만 상관경은 묵묵부답 입을 열지 않았다. 이에 그녀가 아혈까지 짚였다고 판단한 사비는 잠시 주저하다 가 이내 그녀의 머리로 한 손을 얹었다.

"아파도 참아!"

휘이잉!

상관경은 자신의 머릿속으로 한줄기 시원한 바람이 분다고 생각했다. 상쾌하다. 그리고 짜릿했다. 마치 전신에 있는 모든 신경을 혀로 애무해 주는 듯 부드럽고 감미로운 느낌. 상관경은 저도 모르게 전신을 부르르 떨었다.

"아아!"

"너 지금 뭐 하냐?"

사비가 어이없는 표정으로 물었다. 그는 상관경의 막힌 혈도를 풀기 위한 방법으로 풍류기를 이용했다. 완전히 합치지는 못했지만 전륜화검 등을 상대하며 조금 더 합쳐진, 그래서 이제는 풍류비공을 운용하지 않아도 몸속을 휘도는 풍류기. 마령심가나 화류패기 같은 진기를 넣었다가는 난리가 날 것 같았고, 그렇다고 이 갑자 진기를 흘려주자니 그것도 아무 무리 없이 받아들일지 의문이었다. 해서 풍류기를 넣어본 것인데 상관경은 전혀 엉뚱한 반응을 보였다.

"……."

상관경의 얼굴이 또 한 번 새빨갛게 물들었다. 태어나 처음으로 느껴본 기이한 전율, 강렬한 쾌락이었다. 하지만 다른 한편으로는 이런 치욕스런 상황에서 그런 느낌에 빠진 자신이 이해가 가지 않았다.

"오늘 일은 너무 마음에 두지 마라. 나고 자란 곳이 기루라 그런지 그동안 못 볼 꼴 많이 봤는데 말이야."

사비는 잠시 입을 다물고 상관경의 얼굴을 쳐다봤다. 그녀의 얼굴이 자신이 아는 한 여인의 얼굴로 변해갔다.

어쩌면 그래서 잔인했었는지도 모른다. 상관경을 유린하려는 전륜화검을 보고 역류하는 폭포수처럼 피가 거꾸로 치솟아올라 눈에 보이는 게 없었는지도 모른다.

‘나도 사내지만 짐승 같은 새끼들을 보면 그 씨를 말려 버리고 싶은 충동이 일어!’

한동안 상관경의 얼굴을 애처로운 눈길로 바라보던 사비가 이내 그 눈빛을 고치고 천천히 입술을 뗐다.

“그리고… 내가 아는 사람에 비하면… 넌 운이 좋은 거야.”

탁!

사비가 몸을 돌리고 사당 밖으로 빠져나갔다.

그의 뒷모습을 지켜보던 상관경이 천천히 자리에서 일어나 방문을 열었다. 사비는 이미 자리를 뜨고 없는지 인기척이 느껴지지 않았다. 이에 용기를 내어 사당 밖으로 빠져나온 상관경은 조심조심 걸음을 옮기다 말고 그 자리에 뚝 멈췄다.

“세상에! 어떻게 이렇게까지……!”

상관경은 관제묘 주변에 펼쳐진 잔인한 광경에 혀를 내둘렀다.

처음 눈에 들어온 것은 머리통이 잘려 나간 창혈빙검의 몸통이었다. 그 몸통이라는 것도 이미 몸을 지탱하던 뼈가 앙상하게 남아 있을 뿐, 그 밑으로 검은 재만 수북이 쌓여 있어 시신이라는 것도 알아보기 힘들 지경이었다. 하지만 창혈빙검은 그나마 나은 편이었다.

몸이 양분되고, 다시 그 양분된 몸이 지면에 닿으며 작은 얼음 알갱이로 화해 사방으로 퍼져 나간 전륜화검의 육편들은 창혈빙검의 시신이 뿜어내는 화류패기의 열기에 녹아버린 상태, 전륜화검의 흔적은 사방에 널려 있는 누렇고 찐득한 액체 외에는 아무것도 없었다.

“그러고 보니 아까 창혈빙검이라고 했어! 그렇다면 이자들은 마사회의 소장로들! 그런데 도대체 어쩌자고 이렇게 시체들을 방치해 놓은 거지?”

치이익!

　상관경은 설레설레 고개를 저으며 품속에 있던 화골산을 전륜화검과 창혈빙검의 시신에 골고루 나누어 뿌렸다.

　괴이쩍었다. 마사회의 소장로를 무려 둘씩이나 죽여놓고, 시신 처리조차 안 하고 그냥 가버리는 사비가 너무도 괴이쩍었다.

　"그만큼 자신이 있다는 건가? 마사회 전체가 몰려와도 전혀 문제가 되지 않을 만큼?"

　상관경은 의구심 가득한 얼굴로 고개를 갸웃거렸다.

　마사회. 이십 년 전 황실비무대회에서 단체전 우승을 차지할 정도로 엄청난 힘을 지닌 마도 세력.

　상관경은 이 세상에 그들과 맞붙을 수 있는 전력을 가진 세력이 몇 되지 않음을 알기에 만일 자신이 전륜화검에게 일을 당했다고 하더라도 화산파로서도 어쩔 수 없었을 것이라는 사실을 알고 있었다. 개인의 원한보다는 문파의 존망이 더욱 중요했고, 화산파에 있어 마사회와의 전면전은 멸문의 길임을 어느 누구도 부정할 수 없는 사실이기 때문이다. 하지만 상관경은 화산 장문뿐만 아니라 화산의 모든 문하생들이 애지중지 여기는 여인. 어쩌면 전력의 열세에도 불구하고 화산과 마사회는 붙었을지도 모른다. 그렇게 따지면 사비는 상관경과 화산을 구한 대은공이었다.

　"그렇군! 단리무옥과 무휴가 이곳에 온 이유가 저자 때문이었어! 저자를 포섭하기 위해서!"

　상관경이 두 눈을 빛냈다. 그동안 수상히 여기던 평심회의 동태에 대한 의문이 풀렸다.

　"입 닥치고 가라! 무슨 계집년이 그렇게 부끄러움이 없냐? 넌 나 아니었으면 벌써 뒈졌을 년이 창피한 것도 모르냐? 아니면 나한테 뽕 가서 날 어떻게 해보려고 수작 중인 거야?"

"……."

상관경이 급격히 굳어진 얼굴로 몸을 휙 돌렸다. 언제 다시 돌아온 것인지 전혀 몰랐다. 하긴 마사회의 소장로들을 죽일 실력을 지닌 인간이니 자신이 기척을 감지한다는 것이 오히려 이상한 일이었다. 또한 사비 말대로 지금 자신은 이러고 있을 정신이 없어야 정상이었다. 마도인들에게 아무런 반항 한번 못해보고 능욕을 당할 뻔했고, 사비에게 무인으로서, 그리고 여자로서의 자존심이 무참히 짓밟힌 날이었다. 하지만 괴이하게도 기분이 그렇게 나쁘지 않았다. 사비의 눈길을 피하며 급히 몸을 돌려 걷는 지금도 그런 기분은 마찬가지였다.

'창피한 것도 모르냐고? 나를 정말 그런 인간으로 생각하는 건가?'

상관경은 씁쓸한 얼굴로 자문했다. 순간 코끝이 찡해오고, 가슴이 찌르르 아팠다. 그제야 자신이 오늘 당한 일에 대한 충격이 밀려왔다.

여느 여인이었다면, 아니, 다른 때의 상관경이었다면 벌써 자결하고도 남을 일을 겪었다. 하지만 상관경은 그러지 않았다. 좀 전까지만 해도 오늘 겪은 사태가 마치 본인이 아닌 다른 사람의 일처럼 아무렇지도 않게 느껴졌었기 때문이다. 자신의 그런 반응은 스스로가 생각해도 좀처럼 이해할 수 없는 일이었다.

머릿속에 얽힌 여러 가지 생각들을 정리하며 어느새 앵화루 본관 입구까지 다다른 상관경이 왔던 길을 향해 힐끔 고개를 돌렸다.

"저 사람 때문이야!"

상관경은 그 이유가 사비 때문이라는 생각이 들었다. 그가 아무 일도 없었다는 듯 대해주니 그녀 역시 오늘 일이 마치 남의 일처럼 느껴졌던 것이다.

"그래! 저 사람 때문이야!"

상관경은 고개를 끄덕이며 한 번 더 되뇌었다. 그러자 자신의 판단이 맞는다는 확신이 들었다. 그리고 사비를 떠올리는 순간 방금 전까지 느꼈던 충격이 또다시 남의 일처럼 여겨지기 시작했다.

앵화루 안으로 들어서던 상관경은 여느 객잔과는 다른 낯선 느낌에 주위를 쓱 둘러봤다. 이른 아침부터 해장술을 하는 사람이나 그 옆에서 술을 따르는 여인의 모습이 지극히 자연스러워 보였다. 이들의 건너편에 앉은 남녀도 부부 사이로 보이지는 않았다. 사내는 밤새 마신 술로 속이 말이 아닌지 연신 트림을 해대면서도 손은 그의 옆에 앉은 여인의 둔부에서 떨어지지 않았다. 그런 엽기적인 모습들이 앵화루 일층 구석구석에서는 당연하다는 듯 벌어지고 있었다. 상관경은 이곳이 기루와 객잔을 동시에 운영하는 특이한 업소임을 알지 못했다.

기루로 보기에는 애매한 구석이 있기 때문이다. 기루라면 당연히 남자 손님만 받아야 정상인데 지금 이곳에는 남자들뿐만 아니라 여인들도 있다. 지금 막 앵화루로 들어온 상관경도 그랬고, 유백 일행에 포함된 단리무옥도 이곳의 손님이었다. 또한 그녀들 외에 다른 여인들도 수두룩했다.

어젯밤의 공연을 성황리에 마쳤던 무대 앞으로 검은 무복 차림의 여인들이 탁자 두 개를 마주 붙여놓고 한담을 나누고 있다.

그 여인들을 발견한 상관경의 눈이 잘게 흔들렸다. 여인들의 어깨에 걸린 장검 때문이기도 했지만, 굳이 그녀들이 소지하고 있는 장검이 아니라 해도 정체를 알아볼 수 있었을 것이다. 그녀들이 머리에 하고 있는 장식이 예사 물건이 아님을 아는 까닭이다.

단잠홍(丹簪紅). 붉은 꽃잎 모양을 하고 있는 이 아름다운 비녀는 당문이 보유한 독질려(毒蒺藜), 육혼망(戮魂芒)이라는 두 암기와 함께 독문삼대암기로 정평이 난 천독문의 암기다. 이 단잠홍에는 스치기만 해도 반 각 내에 사망한다고 알려진 절독이 발라져 있어 천독문 내에서도 몇몇 소수만이 사용한다. 이에 단잠홍을 발견한 상관경은 이를 머리에 꽂고 있는 이들이 누구인지를 대번에 알아챘다.

'천독삼화! 저 셋이 같이 움직이다니 도대체 여기서 무슨 일이 일어나고 있는 거지?'

상관경은 고개를 갸우뚱했다. 단잠홍을 꽂은 여인들은 모두 셋. 기다란 의자에 나란히 앉은 그녀들은 맞은편에 앉아 있는 다른 세 여인들과 두런두런 이야기에 한창이다. 맞은편 여인들은 천독삼화와 달리 방갓을 깊이 눌러쓰고 있었다. 마사회나 천독문의 고수들, 그것도 하급 무사가 아니라 해당 세력 내에서 꽤 높은 위치에 있는 인물들이 앵화루에 몰려든 건 결코 우연일 리가 없었다.

상관경은 일순 의아한 얼굴을 하며 그녀들에게서 눈을 떼고 천천히 시선을 옮겼다. 천독삼화 일행과 탁자 두 개를 사이에 두고 앉은 사내 둘이 들어왔다. 익숙한 얼굴들, 그들은 여기까지 그녀와 함께 온 일행이었다.

막첨과 마주 앉아 자못 심각한 얼굴로 대화를 나누던 방노달이 상관경을 발견하자 한 손을 들고 손짓했다. 이에 가볍게 고개를 까딱해 보인 상관경은 곧바로 그쪽을 향해 움직였다.

'천독문, 마사회가 함께 움직인 건가?'

그녀의 머릿속은 여러 가지 생각으로 복잡했다. 천독삼화는 그동안 외부로 잘 나서지 않는 천독문의 고수들 중 그나마 가장 많이 알려진 여인들로 출중한 미모와 더불어 지닌 무공 역시 뛰어나고, 암기까지 잘

다룬다고 소문난 고수들. 또한 같은 복장과 비슷한 용모를 하고 있으면서도 한데 몰려다니기보다는 독자적인 행동을 해서 더욱 유명해진 이들이 바로 천독삼화다. 따라서 그런 여인들이 한자리에 모여 있다는 건 좋지 않은 징조다.

"그쪽은?"

상관경이 막첨의 옆에 앉으며 물었다.

"아직 객실에 있어!"

상관경이 평심회의 동태를 묻는 것임을 눈치챈 방노달은 턱을 들어 이층을 가리켰다. 전체적으로 둥근 얼굴선을 가진 편안한 인상이었다.

"그런데 어떻게 된 거야? 아침부터 통 보이지도 않고."

방노달이 의아한 눈으로 물었다.

"일이 좀 있었어! 그것보다……."

방노달의 의심스런 눈초리가 부담스러운지 상관경은 살짝 눈살을 찌푸렸다. 그리고는 슬며시 천독삼화 쪽으로 고개를 돌렸다. 이에 그녀의 곁에 있던 막첨이 무겁게 입술을 뗐다. 방노달에 비해 상대적으로 각진 턱과 굵은 눈썹을 가진, 꽤나 고집스러운 인상의 사내였다.

"어제 우리가 도착했을 때 이미 와 있었던 것 같아. 이쪽에 그다지 신경을 쓰지 않는 것으로 봐서는 우리와 부딪칠 일은 없을 것 같고. 문제는 저기지!"

막첨이 자신의 머리 뒤쪽을 향해 힐끗 눈짓을 했다. 그의 눈짓을 따라 시선을 옮긴 상관경이 어깨를 살짝 떨었다.

"설마 야문?"

"음!"

"저들이 왜 여기까지 온 거지? 혹시 우리를 따라온 건가?"

막첨이 굵은 눈썹을 모으며 고개를 끄덕이자 상관경이 당황한 표정으로 물었다.

야문은 중원 밤을 지배하는 세력으로 행적이 항상 은밀하다. 하지만 상관경의 흔들리는 눈동자에 들어 있는 이들처럼 야문이라는 이름을 새긴 검은 피풍의를 입고 백주대로를 활보하는 경우가 있다. 바로 야문의 공적으로 몰린 자를 처단하기 위해 야문 순찰단이 움직일 때다. 그래서 검은 피풍의를 입고 있는 자들의 신분은 정해져 있다. 야문의 총순찰과 순찰들. 대문파의 장로나 호법에 버금가는 무공과 위치를 지닌 고수들이었다.

"마도 쪽인 것 같아? 아니면 우린 것 같아?"

"잘 모르겠어."

막첨이 심란한 표정으로 고개를 저었다. 단리무옥과 무휴의 뒤를 은밀히 따를 때만 해도 이 정도로 심상치 않은 일이 벌어지리라고는 미처 예상치 못했다. 물론 평심회의 핵심 인물들이 동시에 움직이는 것으로 봐서는 그래도 어느 정도는 중요한 일이겠거니 했지만, 이렇게 천독문이나 야문까지 개입된 일인 줄 알았다면 결코 자신들 셋만 오지는 않았을 것이다.

막첨, 방노달, 상관경은 백천맹 내에서도 전도유망한 후기지수들로 웬만한 일에는 눈 하나 깜짝하지 않는 사람들이다. 셋이 함께 모여 있는 지금과 같은 상황이라면 더 말할 필요도 없다. 하지만 오늘은 다르다. 오늘 주변을 감싼 이들은 막첨 등이 근심스런 얼굴을 할 수밖에 없을 만큼 강호에서도 실력과 명성이 비범한 자들이었다.

육패 중 하나인 야문과 운남의 패자 천독문. 그리고 자신들 또한 정도무림을 대표하는 백천맹의 요인들. 이런 강력한 힘을 지닌 단체의 인사들이 약속이나 한 것처럼 화평 땅의 한 기루에 모인 것이다.

"혹시 누군가가 우릴 의도적으로 이곳까지 유인한 게 아닐까?"

"글쎄. 우리는 백천맹 소속이야. 과연 우릴 건드릴 정도로 겁없는 세력이 존재할까?"

막첨이 어림없다는 투로 고개를 젓자 상관경이 아미를 찡그리며 다시 입을 열었다.

"그게 야문이라면……."

상관경은 근심스런 눈초리로 야문인들이 모여 있는 입구 근처의 식탁 쪽을 힐끗 쳐다봤다.

"그건 아닐 거야! 그래도 명색이 같은 백천맹 소속인데 설마 그러기야 했겠어. 이건… 우연일 거야."

막첨이 강한 어조로 말했다. 하지만 그의 두 눈에도 조금은 불안한 기색이 보였다. 야문이 백천맹에 속해 있다 한들 어디 자신들을 동료로 여기겠는가. 강소공가 출신들의 인물이 있다면 몰라도, 야문은 결코 막첨 등을 동료라고 생각하지 않을 것이다. 야문을 포함한 육패에서는 백천맹을 정도 연합 단체가 아니라 강소공가나 다른 육패들의 모임 정도로 보고 있다는 것은 천하가 다 안다. 하지만 육패가 이런 식으로라도 백천맹에 발을 들이고 있기에 중원이나 세외의 그 어떤 세력들도 감히 지금의 질서를 무너뜨릴 생각을 하지 못한다는 것도 무림인이라면 모두가 알고 있는 사실이었다.

"어떻게 할까?"

막첨은 상관경을 바라보며 그녀의 입이 열리기를 기다렸다. 종남파의 장문제자 막첨은 누구의 명령이나 지시를 따르는 성격이 아니다. 하지만 그는 유독 상관경의 말은 잘 들었다. 어떤 때는 정의회에 속한 다른 이들, 막첨에게 지시를 내릴 수 있는 높은 위치에 있는 사람들보다 상관경의 말을 더 따랐다.

상관경의 말을 들어서 곤란한 경우를 당했던 적이 한 번도 없었기 때문이기도 했지만 그보다는 더 큰 이유가 있었다. 막첨, 그에게 있어 상관경은 도도하고 얼음처럼 차가운 마음으로 유명한 화산빙화가 아니라 세상 그 어떤 여인보다 따뜻하고 자상한 성격의 현숙한 여인이었다. 지금도 막첨은 오늘따라 유난히 더 발그레한 상관경의 얼굴을 보며 그녀가 날이 갈수록 더 예뻐진다는 생각을 하고 있었다.

바로 그때.

후원 출입구를 통해 막 안으로 들어오던 사비가 누군가를 발견하고 짧게 외쳤다.

"어? 너희들이 여긴 웬일이지?"

장내에 울려 퍼진 사비의 목소리에 상관경의 두 눈이 크게 흔들렸다. 하지만 막첨은 사비가 들어오는 동시에 앵화루 안으로 들어오는 낯익은 얼굴들을 발견하느라 미처 이를 신경 쓰지 못했다.

"공 형! 남궁 형!"

방노달이 벌떡 일어나 입구 쪽으로 달려갔고, 막첨의 눈에는 일순 반가움이 스쳤다.

"두 분이 여긴 어쩐 일이시오?"

입구에 이른 방노달이 반가운 얼굴로 포권을 취했다.

"그게……."

공황작이 말끝을 흐리며 자신을 돌아보자 남궁원예가 피식 웃으며 그를 대신해 입을 열었다.

"방 형이 우리 도움을 필요로 할 것 같아서 쫓아왔소이다."

"하하하! 그러셨습니까? 자! 이럴 게 아니라 어서 안으로 드시지요."

방노달이 크게 웃으며 한 손으로 앞을 가리키자 남궁원예가 가볍게 머리를 숙여 보인 후 막첨과 상관경이 있는 탁자로 걸음을 옮겼다.

이후 이들 세 사람이 각기 자리를 잡고 앉는 사이, 상관경이 슬며시 의자에서 일어나며 입을 열었다.

"죄송하지만 저는 잠시 올라가 있겠어요."

"왜 그래? 어디 아픈 거야?"

"그러게 말입니다. 안색이 안 좋아 보이시는군요."

막첨이 근심스런 기색으로 묻자 막 그의 우측에 자리를 잡고 앉던 남궁원예가 그의 말을 거들었다.

"몸살 기운이 있는 것 같아서요. 한숨 자고 일어나면 나아질 테니 너무 신경 쓰지 않으셔도 돼요. 그럼!"

"저희는 상관치 마시고 어서 들어가 쉬시지요."

상관경의 짧은 인사에 남궁원예와 공황작이 살짝 일어났다가 앉으며 인사를 받았다.

'흥! 일류급 고수가 몸살이라? 한낱 화산에 속한 년이 주제도 모르고……!'

남궁원예는 기분이 상했다. 비록 겉으로는 웃는 낯을 보였지만 속은 말이 아니었다. 상관경은 다른 구파 후기들과 달리 오대세가 후기들에게 전혀 위축됨이 없었다. 정의회에 속해 있으려면 당연히 자신들의 눈치를 봐야 하는데도 그런 기색을 보이기는커녕 오히려 오대세가의 젊은 후기들을 무시하는 발언과 행동을 서슴지 않았다.

그녀로 인해 불쾌했던 건 비단 오늘뿐이 아니다. 이에 언젠가는 상관경의 오만한 콧대를 꺾어주겠노라 다짐하던 남궁원예가 일순 얼굴을 찌푸렸다. 자신을 빤히 쳐다보는 눈동자가 느껴졌다. 사실 앵화루에 들어설 때부터 알고 있었지만 남궁원예는 공황작에게까지 아는 척하지 말라고 미리 언질을 준 상태였다.

'재수없는 놈은 눈밭에 굴러도 흙탕물이 튄다고 하더니만 내겐 네놈 이 흙탕물이다!'

남궁원예는 자신을 주시하고 있는 사비의 눈동자가 심히 부담스러 웠다. 하지만 사비는 오기가 발동했는지 그 시선을 거두지 않았다. 이 에 남궁원예도 점점 기분이 불쾌해졌다. 이전 청도에서의 어이없는 패 배, 그리고 추성에서 몰래 지켜봤던 사비의 이해할 수 없는 힘과 능력. 이런 일들까지 떠오르자 그 불쾌감은 점점 극으로 치달았다. 하지만 그는 지금 당장 사비를 요절낼 생각은 없었다. 아무리 방심했다고 해 도 청도 관제묘에서는 분명 패한 것이 사실이었고, 추성에서 봤던 사비 의 몸놀림도 일반적인 것으로 보기에는 힘들었다.

남궁원예는 두 번 다시 망신을 당하고 싶지 않았다. 만에 하나 사비 에게 또 한 번 패한다면 무인으로서의 자신의 앞날에는 치명타가 될 것이 분명했다. 그래서 사비의 본 실력과 정체를 확실히 파악하기 전 까지는 이를 악물고 참을 생각이었다. 그러던 차에 하필이면 이런 곳 에서 사비를 만나게 되다니. 남궁원예는 아무래도 오늘 일진은 사나우 리라 생각하며 힘겹게 고개를 들어올렸다.

"잘 오셨습니다. 자칫하면 평심회 녀석들과 연계를 할 뻔했습니다."

막첨이 이층 쪽을 힐끗 쳐다본 후 안도의 한숨을 내쉬었다. 그는 공황 작과 남궁원예가 오지 않았다면 실제로 평심회와 잠시 힘을 합칠 생각 이었다. 천독삼화가 포함된 천독문의 여검수들은 물론이거니와 야문의 고수들이 이곳에 왔는지 이유를 모르는 상태에서는 그게 최선이었다.

다행히 지금 합류한 공황작과 남궁원예는 정의회 소속. 게다가 공황작은 야문인들을 견제하고 위급한 상황에서는 도움까지 청할 수 있는 강소공가 출신이었다. 이에 막첨과 방노달은 공황작과 남궁원예가 이곳에 왔다는 사실에 크게 안도했다. 막첨과 방노달은 공황작과 남궁원예가 추밀원의 요원으로서 받은 구파 후기들의 감시 임무를 수행하기 위해 자신들을 은밀히 따라온 것임은 꿈에도 짐작치 못했다.

"제때에 왔다니 다행입니다."

남궁원예가 자신의 어깨를 툭 치며 피식 웃자 공황작이 어색하게 따라 웃었다.

한편 남궁원예가 자신의 인사를 무시했다는 사실에 약이 바짝 오른 사비는 그에게서 시선을 떼고 앵화루 안을 쭉 둘러보다가 입술을 비틀며 걸음을 옮겼다. 그는 무척 기분이 상했는지 상관경이 이층 객실로 올라가며 자신을 연신 힐끔거렸다는 것조차 전혀 눈치채지 못했다.

'진짜 생긴 대로 노는군. 한 번 졌다고 저따위로 쪼잔하게 굴다니. 에이, 종지그릇 같은 자식!'

사비는 속으로 투덜대며 황 집사가 공손히 시립해 있는 계산대로 가서 걸음을 멈췄다.

"아침 일찍부터 웬 손님이 이렇게 많아?"

"그러게 말입니다. 이게 다 사 대인이 지니고 계신 뛰어난 사업 수완 덕분이 아닐는지요. 헤헤헤!"

"험! 내가 사업 쪽에는 좀 일가견이 있지."

황 집사의 아부에 금세 기분이 풀린 사비는 이전보다 한층 밝은 안색으로 키득거렸다.

'뭐지? 여기 분위기가 왜 이래?'

황 집사의 앞 계산대에 양팔을 괴고 기분 좋은 웃음을 흘리던 사비가 속으로 고개를 갸웃거렸다.

사방에서 휘몰아치는 바람들. 서로를 견제하고 탐색하는 수많은 바람들이 느껴졌다. 사비는 졸린 사람처럼 두 눈을 깜빡거리며 은밀히 풍류비공을 일으켰다.

'저기! 그리고 저기! 그리고……'

사비는 일층을 꽉 채운 바람 중에 기분 나쁜 느낌의 바람을 골라내기 시작했다. 그중에 가장 두각을 나타내는 바람은 네 군데. 천독삼화 등이 앉아 있는 곳에서 불고 있는 초조하고 불안한 느낌의 바람과 남궁원예 등이 앉아 있는 곳에서 부는 긴장과 의구심으로 흔들리는 바람. 그리고 남궁원예들과 마찬가지로 유사한 바람이 이층 객실 쪽에서도 불고 있다. 그 바람의 주인이 유백 일행임을 안 사비는 피식 미소를 머금고 다시 바람을 탐지해 갔다.

'뭐야? 이 새끼들은?'

사비가 두 눈을 번쩍 떴다. 가장 강력하지만 너무나도 은밀하게 느껴지는 끈적끈적함.

'살기!'

사비가 눈살을 잔뜩 찌푸리며 고개를 쳐들었다. 그의 눈에 점잖게 앉아 있는 네 노인이 들어왔다. 이 노인들은 깡마른 체구에 까무잡잡한 피부를 지닌 한 노인을 중심에 두고 호위하듯 앉아 있었다. 일견하기에는 그저 한가로이 차를 마시며 담소를 나누는 모습. 하지만 사비는 안다. 그들이 지금 엄청난 살기를 뿜어내고 있음을. 그리고 그 살기의 대상이 자신이라는 것도.

'저 영감탱이들. 그때 그 아문 영감하고 비슷한 냄새가 나는군!'

안색을 잔뜩 찌푸리며 인상을 구겼던 사비가 언제 그랬냐는 듯 활짝 웃으며 하얀 이를 드러냈다. 정체를 모를 때는 불안했지만 그들이 누구인지가 파악되자 전혀 거칠 것이 없었다.

'후후후! 복수를 하시겠다?'

사비는 속으로 조소를 머금고 곧바로 그들 노인을 향해 성큼성큼 걸음을 옮기기 시작했다.

한편 사비가 한창 장내의 인물들을 살피고 있는 사이, 야문의 낭노 고수들은 연신 전음을 주고받고 있었다.

[문주님! 아무래도 저놈인 것 같습니다.]

[음!]

까무잡잡한 피부의 노인이 짧게 고개를 끄덕였다.

밤의 지배자. 야왕 은강후.

타인 앞에 나서기를 지극히 꺼려하는 그가 직접 검은 피풍의를 입고 나선 이유는 얼마 전 산동성 추성현에서 벌어진 사건으로 야문의 위신이 곤두박질쳤기 때문이다.

야문 순찰 감우련의 죽음. 아직까지 그 흉수가 누구인지는 정확히 파악하지 못했지만, 은강후는 사비가 그 흉수와 직간접적으로 연관이 있다는 사실은 알고 있다.

'감우련이를 죽인 대가는 톡톡히 치르게 될 것이다!'

은강후는 이를 바드득 갈며 사비를 향해 강한 시선을 던졌다. 감우련은 야문 순찰이기도 했지만 자신이 처음으로 키웠던 살수. 그에게는 대제자나 다름없었다.

'그 아이가 실종된 것도 모자라 이젠 감우련까지 잃었다! 네 녀석에 의해서! 내 기필코 이 빚은 갚아주지!'

뚜드득!

은강후의 꽉 움켜쥔 주먹에서 소리가 났다. 자신의 곁으로 다가오는 사비를 발견했기 때문이다.

"손님! 뭐 불편한 건 없으십니까?"

"없네!"

사비의 상냥한 물음에 총순찰이 은강후를 대신해 냉랭한 어조로 답했다.

"저어, 죄송하지만 뭐 하나만 여쭤봐도 되겠습니까?"

"물어보게."

"영감탱이들이 기루에는 무슨 볼일이 있다고 오신 겁니까?"

"뭣이!"

은강후를 위시한 야문 고수들의 눈이 꿈틀했다. 어이가 없었다. 은강후를 제외하더라도 나머지 삼 인은 밤의 세상을 호령하고 다니는 야문 순찰들. 그들은 자신들을 영감탱이라고 싸잡아 말하는 소리도 처음 들어보는지라 혹여 자신들이 잘못 들은 것은 아닌지 하는 생각이 들 정도였다.

"왜 우리는 여기 와서 밥 먹으면 안 되나?"

총순찰이 자리에서 벌떡 일어나자 은강후가 한 손을 번쩍 치켜 올려 그를 제지하며 물었다.

"뭐, 꼭 그런 건 아니지만……."

사비가 멋쩍은 표정으로 실실 웃음을 흘리며 다시 말을 이었다.

"그래도 명색이 기루고, 개업하고 정식 영업을 하는 첫날인데 물 흐린다는 소리는 듣고 싶지 않아서 말입니다. 뭐, 그냥 말이 그렇다는 겁니다. 너무 신경 쓰지 마십시오. 그럼!"

사비가 꾸벅 인사를 하며 몸을 돌리자 이를 본 은강후 등은 분노로 수염을 부들부들 떨었다.

"문주님! 그냥 보고만 계실 겁니까?"

"기다린다!"

"하지만 저 녀석은……."

"아직은 아니다. 지금 여긴 우리만 있는 게 아니다. 천독문, 백천맹의 눈이 있지 않느냐? 오늘밤까지만 참는다. 오늘밤까지만… 허억!"

중얼거리던 은강후가 갑자기 이마를 좁히며 경악성을 토했다. 황 집사가 있는 계산대에 당도한 사비가 몸을 돌리고 자신을 향해 혀를 내밀고 있었기 때문이다.

쿠르르릉!

순간, 야왕 은강후의 가공할 투기가 앵화루 전체를 휘감았다. 이에 지붕을 덮고 있던 기와가 들썩이며 천장 먼지들이 우수수 떨어져 내렸다. 또한 천독문의 여검수들, 남궁원예 등의 정의회 무인들, 이층 객실에서 일층을 내려다보고 있던 유백 일행까지 모두 저도 모르게 공력을 끌어올리며 은강후가 드러낸 가공할 투기에 진탕된 가슴을 진정시키기 위해 사력을 다했다. 하지만 사비는 예외였다. 그는 은강후가 일시적으로 뿜어냈던 투기를 고스란히 받으면서도 히죽 웃고 있었다.

'역시 야왕이군! 이 정도로 거칠고 따가운 걸 보면. 하지만 너무 늙었어! 이제 그칠 때가 된 바람이란 거지. 후후후!'

사비가 속으로 은강후의 무공을 폄하하는 사이 화무영과 혈매화가 이층 계단에서 뛰어내려 와 장내를 둘러봤다.

"주공! 무슨 일입니까?"

화무영이 사비에게 다가와 긴장한 눈초리로 물었다. 그의 곁에 서 있는 혈매화도 다른 때와 달리 꽤 긴장한 모습이었다. 흔들리는 눈으로 연신 주변을 훑어보던 혈매화는 은강후와 눈이 마주치자 주춤 뒤로 물러섰다. 은강후도 놀란 빛을 숨기지 않았다.

"넌 또 왜 그래?"

화무영이 걱정스런 눈으로 물었다. 하지만 혈매화는 아무 말 없이 그저 주춤주춤 뒤로 물러나다가 계산대에 허리가 닿자 그 움직임을 멈췄을 뿐이다. 그리고 장내는 긴장과 호기심이 담긴 수많은 눈동자들이 굴러가는 소리가 들릴 정도로 삽시간에 고요해졌다.

그때였다.

차르륵!

앵화루 입구에 쳐놓은 발을 걷고 일견하기에도 눈부신 미모의 여인이 안으로 들어와 섰다.

"……."

여인의 모습을 본 중인들이 이전보다 더욱 숨을 죽였다.

땅에 살짝 끌리는 얇은 청의를 걸치고, 희고 가녀린 손에는 백색 고검을 쥔 그 여인이 맑은 눈동자를 굴리며 장내를 둘러봤다. 이에 그녀와 눈이 마주친 사내들은 심장이 멎은 사람처럼 일순 움직임을 멈췄고, 여인들은 감히 그 눈을 마주치지 못하고 고개를 내려뜨렸다.

여인은 주변을 둘러보던 시선을 거두지 않고 천천히 걸음을 옮겼다. 중인들은 그녀의 사뿐한 걸음에 마치 그녀가 구름을 밟고 있는 것 같다는 착각에 빠져들었다. 하지만 처음부터 그녀가 누구인지를 알아본 사람들도 있었다. 저마다 서로 다른 반응을 보이는 몇몇 인물들. 하지만 여인을 바라보는 그들의 눈에는 한결같이 놀라움과 당혹감이 서려 있었다.

|第四章|
백절불굴(百折不屈)

입구에서 가장 가까운 쪽에 앉아 있던 은강후. 그의 눈가에 잔 경련이 일었다. 그는 앵화루로 들어온 여인이 누구인지를 알고 있었다.

"당신은… 요미선자!"

"나를 아나?"

요미선자가 눈을 가늘게 뜨고 물었다.

"으음! 본좌는……."

은강후의 얼굴이 급격히 구겨졌다. 요미선자는 자신이 미처 대답을 하기도 전에 시선을 돌렸다. 그가 누구인지는 전혀 관심이 없는, 아니, 더 솔직히 말해 은강후가 말을 걸었다는 것에 무척 귀찮은 표정이었다. 이에 은강후의 얼굴에 당혹감이 번진 사이, 빠르게 장내를 훑던 요미선자의 눈은 한 사내에게 고정됐다.

"너는……!"

"오랜만이야!"

사비가 씩 웃으며 한 손을 흔들었다. 하지만 미소 짓는 입과 달리 그의 눈에는 서늘한 기운이 감돌았다.

장내에 있던 모든 이들이 일시에 숨을 죽였다. 서로를 노려보는 사비와 요미선자. 이들의 눈이 마주치자 터질 듯한 긴장감이 장내를 휩쓸고 지나갔다. 전신이 갈기갈기 찢겨 나갈 것 같은 눈빛의 교환. 하지만 그것도 잠시 요미선자의 시선은 다시 사비의 옆에 선 여인에게로 옮겨갔다.

이 단순한 동작에 장내를 휘감던 긴장감이 일시에 풀렸고, 이 틈을 타 몇몇 손님들이 쭈뼛거리며 자리를 뜨기 시작했다. 객실로 올라가던지 후문을 통해 밖으로 나가던지 하며 일층을 벗어난 손님들이 대부분이 앵화루를 찾은 동기가 순수한 손님들이었다. 하지만 천독문이나 백천맹의 인물들은 어느 누구도 움직이지 않았다.

"그렇지 않아도 네년을 찾아가려고 했었는데 아주 잘 왔어!"

한동안 말없이 요미선자의 얼굴을 노려보던 사비가 천천히 몸을 움직였다.

"주공!"

사비가 두 눈을 번득이며 요미선자를 향해 한 걸음을 내디디자 화무영이 급히 그의 팔을 잡으며 말렸다.

"놔!"

사비의 싸늘한 일갈에 화무영이 어깨를 움찔 떨었다.

'내가… 기도만으로 긴장하다니!'

화무영은 속으로 크게 놀랐다. 하지만 그런 놀람은 잠시 접어둬야 했다. 일단은 요미선자에게 달려들려는 사비를 말리고 봐야 했다. 물론 요미선자는 화무영으로서도 이가 갈리는 복수의 대상이다. 하지만 사군우가 그녀를 경계하라고 한 데는 분명 그만한 이유가 있을 터. 그 이유를 알기 전까지는 결코 요미선자와는 붙지 말아야 한다.

하지만 사비는 전혀 그럴 마음이 없는 모양이었다. 갑작스런 요미선자의 등장에 이성을 상실한 나머지 그는 화무영의 팔을 뿌리치며 그녀를 향해 달려들려 하고 있었다. 그나마 다행인 것은 요미선자가 사비의 그런 행동에 크게 신경을 쓰지 않고 있다는 사실이다. 괴이하게도 그녀의 두 눈은 사비와 화무영 사이에 무심한 표정으로 서 있는 혈매화의 얼굴에 고정되어 있었다.

요미선자가 천천히 몸을 움직였다. 혈매화의 얼굴을 확인하기 위해서였다.

"뭐냐?"

그녀의 시선을 받은 혈매화가 이맛살을 찌푸렸다.

"……."

혈매화가 불쾌한 기색으로 물었지만 요미선자는 혈매화를 뚫어져라 쳐다보기만 할 뿐 아무런 말도 하지 않았다. 이에 불안한 마음이 든 화무영이 혈매화의 앞으로 나서려 하자 사비가 전음을 흘렸다.

[얌전히 있어! 지금 문제는 저 여자가 아니야.]

사비의 전음에 화무영이 발을 멈췄다.

'으음! 야문!'

이후 사비의 눈을 따라 오른쪽으로 고개를 돌린 화무영은 속으로 짧은 침음성을 삼켰다. 야문 순찰들이다. 그것도 넷씩이나. 야문 순찰은 자신이 타락수라라는 별호로 무림을 발칵 뒤집어놨을 당시에도 여러 차례 겪어본 바 있다. 그때는 많아야 둘, 그 둘에게 추격을 당하면서도

고전을 면치 못했었다. 하지만 지금은 야문의 지부 순찰 모두가 몰려와도 눈 하나 깜짝하지 않을 자신이 있었다.

그런데도 침음성이 흘러나온다는 것은… 화무영이 저 순찰들 틈에 끼어 있는 은강후의 기도를 느꼈다는 뜻이었다. 화무영은 사실 계단을 내려올 때부터 이미 은강후의 강인한 기도를 감지했다. 그가 일층에 내려옴과 동시에 요미선자가 등장해 잠시 잊고 있었던 것뿐.

'혹시 저자는……?'

은강후를 확인한 화무영의 얼굴이 대번에 굳어졌다.

[누군지 알아보겠어?]

사비는 눈으로는 요미선자를 뚫어져라 노려보며 화무영을 향해서는 계속해서 전음을 흘려보냈다.

[으음. 야문입니다. 그리고 저기 중앙에 앉은 노인은 아무래도 야왕 은강후 같습니다.]

[야왕이면 십이제천?]

[예! 저 정도 기도를 지닌 인물은 천하에 몇 되지 않습니다!]

[그렇군. 혹시 요미선자하고 친분이 있나?]

[요미선자와 친한 무림인이 있다는 얘기는 들어본 적이 없습니다.]

화무영이 짧게 고개를 흔들자 사비가 앞으로 걸어나가며 다시 전음을 보냈다.

[넌 먼저 객실로 올라가서 튈 준비해 놓고 있어!]

[네?]

[만약을 대비해야지!]

[…….]

사비의 전음에 화무영의 얼굴이 곤혹스레 일그러졌다.

‘마사회, 백천맹, 천독문, 그리고 요미선자까지 사부의 죽음에 관여한 놈들이 모두 다 왔어! 거기에 야문까지!’

하지만 화무영이 미처 간파하지 못한 사실이 있었으니 그것은 바로 은강후와 순찰들의 발밑에 수인이 은잠해 있다는 것이다.

‘후후후! 백색이가 눈치 못 챌 정도의 은신술을 지닌 인간이 일곱이나 숨어 있다니… 하지만 아무래도 상관은 없다!’

사실 사비는 그들이 오기를 기다렸었다. 그래서 관제묘를 떠나지 않았던 것이었다. 하지만 그들은 좀처럼 모습을 드러내지 않았다. 분명 관제묘 주변을 맴돌고 있음이 분명한데도.

사비는 결국 화무영과 함께 청도를 떠났다. 혹시 그들이 자신을 찾지 못할까 하는 걱정에 일부러 더 튀는 행동을 했다. 그리고 이곳 화평으로 와서 기루를 차렸다. 사군우가 물려준 이 땅에 그를 죽인 이들을 불러들여 무덤으로 만들어줄 생각이었다.

그래서 앵화루다. 몰아치는 바람에 한꺼번에 지는 벚꽃처럼, 모두 나락으로 떨어뜨려 주겠다는 다짐으로 지은 이름이다. 그런데 지금 모인 이들은 자신의 예상보다 훨씬 적은 수다. 물론 일건하기에도 꽤 높은 수준의 고수들이 모인 것 같기는 하다. 하지만 이 정도로는 턱없이 부족했다.

사비는 깨달았다. 자신이 의도했던 것과는 다르게 번져 가는 인연의 꼬리.

‘나를 찾아온 게 아니었어! 다른 뭔가가 있어!’

사비는 살며시 눈살을 찌푸렸다. 정작 왔어야 할 공황식, 공손천량, 음선부인의 모습은 보이지 않고, 그들의 수하들이 와서 꼭두각시놀음을 하고 있다.

'그렇다면 요미선자는……? 혹시 신도세가와 관련이 있는 건가?'

사비는 이내 고개를 저었다. 의문의 주체는 현재 정체를 감추고 있는 신도세가일 수도 있고, 아닐 수도 있다는 생각이 들었다.

'놀아달라면… 놀아주지!'

사비는 피식 미소를 머금고 뚜벅뚜벅 걸음을 옮겼다.

그는 걷는 중간 목을 좌우로 꺾어 우두둑 소리를 내며 은강후와 요미선자 사이로 다가갔다. 최종 목표는 은강후였다. 요미선자와의 일은 다음 기회로 미룰 생각이었다. 그녀는 아직까지 자신을 죽일 의사가 없는 것 같으니까. 하지만 은강후는 달랐다. 좀 전에 그에게 느꼈던 바람은 자신과 화무영을 반드시 죽이고 말겠다는 필사의 의지였고, 이와는 다르지만 혈매화를 향해서도 상당히 기분 나쁜 기운을 흘려보내고 있었다. 사비는 마음이 가는 대로, 몸이 가는 대로 일단 부딪쳐 보기로 마음먹었다.

'확실해! 그렇게 말하고 있어! 풍류기가…….'

은강후는 본인이 그런 바람을 지니고 있는지조차 전혀 모르고 있지만 사비는 이를 분명 느꼈다.

바람(風)은 흐름이다. 대기 중에 움직이는 공기의 흐름. 그게 일반인들이 생각하는 바람이다. 하지만 그가 생각하는 바람은 그런 게 아니다. 사비의 바람은 무공(無空)과 유공(有空)이 부딪치며 발생하는 힘이다. 무공은 말 그대로 비어 있음을 말한다. 그리고 유공은 어떤 무언가로 채워짐을 뜻한다. 그 채워진 뭔가는 살아 있는 생명체일 수도 있고, 부피와 무게를 가진 무생물일 수도 있다. 좀 더 나아가면 소리일 수도, 빛일 수도 있다. 무공에 침투하는 모든 기운. 이 모든 기운이 유공이다.

그렇게 유공과 무공이 맞닿는 순간 크고 작은 수많은 바람이 발생한
다. 이러한 모든 바람을 통틀어 풍류기(風流氣)라 한다. 대기 중에 부는
압력의 높낮음에 의해 이동하는 바람들은 이 풍류기의 일부에 불과하
다. 또한 사람에 따라 지닌 풍류기의 특성은 전혀 다르다. 내공을 쌓은
사람의 풍류기는 내력이고, 외공을 쌓은 사람의 풍류기는 외력이며 강
한 염력을 지닌 이의 풍류기는 염력이다. 즉 풍류기는 물리적, 화학적
운동 능력의 통칭이다.

풍류비공은 세상에 존재하는 모든 풍류기를 다스리는 방법이다. 사
비가 처음 느꼈던 자아의 바람은 풍류비공의 일단계 수련은 세상 만물
에 담긴 풍류기 중에 가장 익숙한 풍류기인 본인 몸속의 풍류기를 찾
는 수련이다. 풍류비공에 있어서는 입문 단계에 불과한 이 수련은 무
림인들의 기준으로 봤을 때는 만물에 스민 오행의 기운 중 하나를 축
적하고 사용할 수 있게 되는 경지, 오행지경에 해당한다. 적어도 자신
의 몸에 있는 한 가지 기운만큼은 스스로가 조절하고 억제할 수 있는
엄청난 성취가 바로 풍류비공 초입 단계인 것이다.

하지만 사비는 자신의 풍류기, 즉 화류패기를 찾음과 동시에 화무영
의 마령심기, 그리고 그 뒤를 이어 굉천자가 전한 이 갑자 공력이 한
몸에 들어왔다. 이 때문에 그는 풍류비공 일단계 성취를 이뤄놓고도
아무런 능력을 발휘할 수가 없었고, 이후 추성에서 삼악파와의 싸움 중
에 얻은 깨달음이 있고 나서야 비로소 자신의 몸에 얼마나 엄청난 힘
이 있는지를 체감하며 이를 조금이나마 사용할 수 있었다.

그리고 이후 화류패기와 마령심기, 그리고 이 갑자 공력은 풍류비공
을 통해 하나로 만드는 과정에 들어갔다. 이는 자신의 풍류기를 느끼

고 쌓는 풍류비공의 일단계, 상대의 풍류기를 느끼고 조절할 수 있는 이단계를 뛰어넘어 자신과 상대의 풍류기를 하나로 묶는 삼단계에까지 들어섰음을 의미한다.

화류패기와 마령심기는 인간이 지닐 수 있는 풍류기 중에서도 가장 강력하고 순수한 힘. 이를 하나의 힘으로, 하나의 풍류기로 만드는 데 는 자연 시간이 걸릴 수밖에 없었다.

현재 사비는 사군우가 풍류비공을 일컬어 바람을 다스리는, 불을 다 스리는 방법이라고 말한 것도 모두 같은 맥락임을 깨닫고 있었다.

그 자체의 힘이 아니라 지닌 힘을 최대로 발휘할 수 있게 해주는 방 법이 풍류비공이다. 이는 풍류비공이 인간의 잠재의식 속에 있는 절대 선, 신성을 끌어내는 도교 일파의 신선술에서 비롯됐기 때문이다.

아무튼 사비는 그가 의도하지 않았음에도 불구하고 조금씩 자신의 몸속에 있는 기운을 풍류기라는 하나의 기운으로 만들어 나가고 있었 다. 그리고 그러한 성장 중에 자신이 지닌 새롭고 놀라운 능력들을 하 나하나 발견하고 있다. 지금도 그런 경우였다.

사비는 은강후를 비롯한 장내에 있는 모든 이들의 움직임을 예측하 고 있었다. 추성에서도 한번 경험했던 일이지만 지금은 그때와 비교할 수 없었다. 더욱 선명하고 더욱 명확했다. 그리고 그때는 관조하는 입 장이었다면 지금은 주도를 하는 입장이다. 사비의 손짓이나 눈짓 한번 에 장내의 분위기가 뜨겁게 가열됐다가 차갑게 식기를 반복하고 있었 다.

‘후후후! 정말 희한한데!’

은강후 앞에 멈춘 사비는 장내를 쭉 둘러보며 생각했다. 조금 전까 지만 해도 팽팽한 긴장감이 감돌았는데 자신이 은강후와 요미선자 사이를 가로막자 그런 긴장감이 씻은 듯이 사라져 버렸다.

'어쩌면 시간을 조금 벌 수 있을지도 모르겠어!'

사비가 휙 몸을 돌리자 그의 입에서 무슨 말이 나오기를 기다리던 은강후가 짧게 당황했다. 이에 은강후가 다시 입을 열려는 순간 사비는 그를 등 뒤로 하고 성큼성큼 걸음을 옮겼다.

'음!'

은강후는 속으로 짧은 침음성을 삼켰다. 맥이 끊겼다. 무공으로 표현하자면 막 발검을 하는 순간, 검집에서 빠져나오는 검을 상대가 도로 밀어 넣었다고 할까. 그는 지금의 상황이 뭔가 사비가 의도하는 대로 흘러가는 것 같다는 생각이 들었다. 그것은 계산대 앞에서 혈매화를 뚫어져라 응시하던 요미선자도 마찬가지였다. 하지만 그녀는 여전히 혈매화에게서 시선을 떼지 않고 있다. 마치 잃어버렸던 혈육을 찾고 반가워하는 그런 눈빛이었다.

'분명 월의 기운이 흐르고 있어!'

요미선자의 눈동자가 잘게 흔들렸다. 월의 기운을 흘릴 수 있는 여인은 중원 땅에 흔치 않다. 아니, 전무하다고 봐야 한다. 그런데 생전 처음 보는 여인에게서 그 기운이 느껴진다. 그것이 바로 요미선자가 이곳을 찾은 이유였다.

본인의 추측이 맞는다는 확신이 든 요미선자는 천천히 고개를 돌렸다. 월의 기운을 지닌 여인이라면 자신과 동류. 그렇다면 나중에 따로 얘기해 볼 필요가 있었다. 마음은 급했지만 지금은 자신들을 지켜보는 시선이 너무 많았다.

"내가 사람을 잘못 봤군!"

요미선자의 메마른 음성으로 입을 연 후 곧바로 한쪽 구석에 있는 빈 탁자로 걸어가 앉았다. 이를 본 황 집사가 점소이 하나에게 눈짓을 해 시중을 들게 했다. 이 바닥에서 잔뼈가 굵은 그가 보기에는 오늘 앵화루를 찾은 손님들의 분위기는 심상치가 않았다. 그리고 그 심상치 않은 분위기의 핵심에는 요미선자가 포함되어 있었다. 그런 여인의 심기를 건드려 좋을 것은 하나도 없었다.

점소이가 연신 허리를 굽실거리며 요미선자의 주문을 받는 사이, 사비는 남아 있는 손님들의 자리를 차례차례 휘젓고 다녔다.

그는 지금 몹시 기분이 상한 상태였다. 이른 아침부터 마사회 고수를 둘씩이나 죽였다. 나름대로 거칠게 살아왔다고는 하나 오늘 아침처럼 그런 식으로 사람을 잔혹하게 죽여본 적은 없었기에 기분이 좋을 리 없었다. 하지만 그렇다고 살인에 대한 후회나 자책감에 빠져 있지도 않았다. 어차피 죽고 싶어 안달이 났던 족속들이었고, 그들이 아니었다면 자신이 죽었을 테니까. 그리고 사군우가 했던 말도 떠올랐다.

"십보살인(十步殺人)이라는 말이 있다! 협을 행하고자 마음먹으면 그 순간부터 열 걸음에 한 명씩 죽여야 한다는 뜻이다. 진정한 협은 사람을 상하지 않게 하는 것이 아니라, 사람을 상하게 하려는 이로부터 당하는 사람을 막아주는 것이다. 그러니 적을 죽이기 전에는 세 번 생각해라! 과연 이자가 죽어 마땅한 자인지, 또 이자가 죽어 슬퍼할 자들이 과연 몇이나 되는지. 그리고 죽이기로 결정했다면 한 치의 망설임도 없이 가차없이 손을 써야 한다. 그게 상대의 고통을 덜어주는 길이며 나를 살리는 길이다. 마지막으로 상대를 죽인 후에는 결코 후회하지 마라. 그런 후회는 너에게 아무런 도움이 되지 않을뿐더러 너의 판단과 총기를 흐리는 독으로 작용할 뿐이다."

사비는 후회하지 않는다. 그리고 앞으로도 후회하지 않을 생각이다.
다행히 자신이 상대하려고 하는 인간들이 상황을 그렇게 만들어주고
있었다. 그런 면에서 볼 때는 참으로 고마운 사람들이었다. 그렇게 마
음을 다잡아먹고 앵화루에 들어왔는데 이런 상황이 벌어져 있는 것이
다. 사비는 솟구치는 짜증을 꾹꾹 눌러 참으며 주위를 둘러봤다. 순수
하게 손님으로 왔던 인간들은 모두 쫓기듯 내몰린 지 오래였고, 이전에
는 낯짝 한번 볼 수 없었던 무림인들만 득실거렸다.
'이래서 내가 무림인들을 싫어한다니깐!'
말썽을 피울 줄 알았던 요미선자가 얌전히 한쪽 구석으로 찌그러지
자 사비는 야문 일행이 앉은 탁자를 보란 듯이 스쳐 곧바로 무대 앞쪽
에 앉아 있는 천독삼화에게로 향했다. 왜 이런 잡것들이 앵화루로 몰
려와 자신의 영업을 방해하는지는 중요하지 않다. 일단은 앵화루의 영
업이 아무 걸림돌 없이 진행되는 게 중요했다. 사비는 이런 피라미들
의 핏물로 앵화루 안을 적시고 싶지는 않았다.
"손님이십니까?"
"손님이 아니면? 그럼 너는 우리가 여기 왜 있는 것 같으냐?"
성미 급한 천독일화가 눈썹을 찡그리며 되물었다. 이에 사비의 입꼬
리가 살짝 말아 올라갔다.
"저는 또 취업하려고 온 줄 알았지 뭡니까?"
"뭣이!!"
천독일화가 대노하며 그 자리에서 벌떡 일어나자 그녀의 곁에 앉아
있던 이화가 황급히 소매를 잡아끌었다.

“언니! 참으세요. 지금 이러시면…….”

“흥! 운 좋은 줄 알고 썩 물러가거라!”

천독이화의 만류에 천독일화는 입술을 질끈 깨물며 다시 자리에 앉았다.

“후후후! 요새 유행하는 말이 운이 좋다는 말인가? 오늘 벌써 세 번째 듣는군!”

“이, 이 자식이!”

“일화! 앉아라!”

천독일화가 분기탱천하여 다시 일어나려고 하자 그녀의 맞은편에 앉은 한 여인이 나직한 음성으로 읊조렸다.

“죄송합니다. 제가 성급했습니다.”

천독일화가 찔끔하며 고개를 조아렸다. 하지만 그녀를 꾸짖은 여인은 더 이상 말이 없었다. 그저 앞에 놓인 찻잔을 들어 입으로 가져갈 뿐. 이를 본 사비의 눈에 이채가 서렸다. 방갓을 꾹 눌러쓰고 있어 용모를 확인할 길은 없었지만 찻잔을 쥔 손으로 보아 그리 나이가 많을 것 같지는 않았다. 하지만 지닌 기운은 다른 여인들의 것과는 차원이 달랐다.

‘게다가 내가 일부러 도발한다는 것도 알고 있고……. 음! 이건!’

풍류비공을 끌어올려 여인의 기운을 찬찬히 살피던 사비는 속으로 짧은 침음성을 삼켰다. 여인의 몸에서 나는 기이한 향기는 이전에도 맡아본 기억이 있었다. 이전의 그였다면, 그리고 아무리 후각이 예민한 사람이라도 맡기 힘들 정도로 미약한 향기였지만, 세상 만물을 풍류기라는 새로운 기준으로 느끼고 판별할 수 있게 된 사비에게는 선명하게 떠올랐다.

‘군……! 자……! 산……!’

사비의 눈썹이 파르르 떨리자 그의 주위에 있던 여인들이 경계의 눈빛을 보내며 조심스레 검으로 손을 가져갔다. 하지만 사비가 응시하는 여인은 여전했다. 두 손을 모아 얌전히 차를 마시던 그녀는 들었던 찻잔을 다시 탁자 위에 내려놓을 때까지 그 여유로운 품새를 잃지 않았다. 이에 그녀의 얼굴을 뚫어져라 응시하던 사비가 이내 빙긋이 웃으며 입을 열었다.

“이런, 차가 식었군요.”

여인이 내려놓은 찻잔으로 한 손을 가져간 사비의 얼굴에 한줄기 미소가 걸렸다.

장내의 시선이 모두 사비와 천독문에게로 쏠렸다. 야문, 백천맹, 요미선자, 그리고 이층 객실로 올라가 창문으로 사태를 관망하는 유백 일행이나 상관경에 이르기까지, 앵화루를 찾은 무림인들 모두의 눈이 사비와 천독문 여검수들이 있는 곳에 집중됐다. 그들은 더 이상 사비를 그냥 일반적인 기루 주인으로 생각하지 않았다.

사비는 야문에서 파견한 고수들이나 요미선자와 말을 섞으면서도 전혀 위축됨이 없었고, 그것도 모자라 지금은 천독문의 고수들이 자신을 노려보며 검자루를 잡고 있는데도 아무렇지도 않게 할 말을 다 하고 있었다. 웬만한 자신감이 아니면 절대 불가능한 일이었다.

게다가 사비는 조금 전부터 장내에 모인 사람들에게 자신의 진기를 일부러 드러내고 있었다. 처음에는 화류패기나 마령심기를 드러낼 생각이었지만, 이는 자칫 무림과는 아무런 상관이 없는 무고한 사람들, 앵화루에 종사하는 자신의 직원들까지 다치게 할 수 있었기에, 가장 무난한 이 갑자 공력을 드러내는 중이었다.

찻잔을 빙글빙글 돌리는 사비의 머리 위로 조금씩 김이 피어오른다. 천독문인들을 하나하나 쳐다보며 해볼 테면 해보라는 듯 사뭇 도발적인 눈빛이었다.

이 갑자 공력. 비록 그에게는 가장 약한 힘이었지만 장내에 모여 있는 이들의 생각은 그게 아닌 모양이었다.

"커어억! 이, 이 갑자 공력! 흡!!"

이층에서 내려다보던 유백이 경악성을 토하다가 급히 제 입을 틀어막았다. 저 정도의 기도라면 유백이 겪어본 최고의 고수인 무당 장문과 견주어도 전혀 손색이 없었다. 그에게 있어 지금은 이제껏 사비가 보였던 자신감이 이해되는 순간이었다.

그런 생각을 하는 건 유백 일행과 두 칸 떨어진 객실에 있는 상관경도 마찬가지였다. 하지만 그녀는 유백과 달리 사비의 공력이 예상보다는 약한 것 같다는 생각이 들었다.

'이상해! 확실히 엄청난 공력이기는 한데 마사회의 소장로 둘을 한꺼번에 상대할 정도는 아니야. 뭔가 감추고 있는 게 더 있어!'

상관경의 눈에 담긴 사비는 여전히 천독문 여고수의 찻잔을 쥐고 있었다.

잠시 후 사비가 피식 웃으며 들고 있던 찻잔을 다시 그녀의 앞에 내려놓았다.

"후후후! 한 가지만 당부하죠. 우리 앵화루는 친절 봉사 정신 빼면 시체인 전천후 복합 업소랍니다. 하지만 다른 손님들에게 피해가 가거나 좋은 분위기를 어지럽히는 행동을 하는 인간들에게는 별로 친절한 곳이 못 되지요. 그러니 부디 조용히 있다가 가길 바라겠습니다. 아가씨가 필요하면… 아니지! 아저씨나 젊은 사내가 필요하면 언제든지 말하십시오. 곧바로 대령시켜 줄 테니까. 그럼!"

사비는 짧게 고개를 까딱여 보인 후 곧바로 몸을 돌렸다. 하지만 천독문의 여검수 중 어느 누구도 그의 말에 반박하지 않았다. 자신들의 상관인 여휘가 입을 꾹 다물고 있었기 때문이다.

천독문은 삼봉에 속하는 음선부인과 천독삼화를 제외하면 중원에 명성을 떨치는 고수가 그리 많지 않다. 하지만 천독문을 잘 아는 사람이라면 천독삼화 위에 그녀들보다 더욱 강한 고수들이 있음을 안다.

삼검과 삼절. 삼화와 더불어 천독문에 소속된 특급고수들로 이들 중 천독삼화의 서열이 가장 낮다. 그리고 지금 이 자리에는 천독삼화가 감히 쳐다보지도 못할 정도로 강한 그녀들이 와 있었다.

천독삼절. 이 중 일절 여휘가 오늘 이 자리의 최고 상관이었다.

'일이 어렵게 됐군!'

여휘는 탁자 위에 놓인 찻잔을 물끄러미 바라보며 눈썹을 모았다. 김이 모락모락 피어오르는 사비가 방금 만지고 간 찻잔이었다. 그것이 사비가 보내는 일종의 경고임을 모르는 이들은 아무도 없다. 그리고 사비처럼 삼매진화로 찻잔에 열기를 일으킬 정도의 공력을 가진 이가 흔치 않음도 모두 안다.

이에 장내에서 사비에게 보내는 시선이 바뀐 것은 그야말로 일순간이었다. 하지만 실제 사비의 곁에서 지켜보고 있던 여휘는 다른 이들과는 비교가 안 될 정도로 경악하고 있었다. 어떤 경우에도 감정을 드러내지 않는 혹독한 훈련을 받았기에 망정이지 그렇지 않았다면 벌써 뒤로 벌러덩 넘어갔을 일이었다.

'삼매진화가 아니었어!'

여휘는 속으로 중얼거렸다. 삼매진화였다면 자신이 모를 리 없다.

사비가 찻잔에 가한 힘은 삼매진화와는 전혀 다른 현상을 보였다.

'극상의 열양공을 익혔어! 독공을 익힌 우리와는 상극의 인간이야!'

무심히 찻잔을 바라보던 여휘가 천천히 손을 뻗었다.

"헉!"

여휘가 저도 모르게 경악성을 토하자 주위에 있던 동료들의 눈 또한 경악으로 커졌다. 여휘가 감정을 드러냈다. 눈앞에서 친혈육이 죽어가도 눈 하나 깜짝하지 않을 독심을 지닌 여인이 찻잔을 잡자마자 놀라 비명을 내지른 것이다. 이에 동료들은 그녀가 혹시 사비가 펴놓은 암수에 걸리지 않았나 하는 걱정에 조바심 어린 눈길로 여휘의 얼굴을 살폈다. 잠시 후 그녀는 언제 그랬냐는 듯 다시 이전의 무심한 표정을 회복했다. 하지만 속은 그렇지가 못했다.

'찻잔에서 열기와 냉기가 동시에 느껴지다니……! 이게 도대체 어떻게 된 일이지?'

이것이 여휘가 놀란 까닭이다. 찻잔의 온도가 판이하게 다르다. 한쪽은 뜨겁고, 한쪽은 얼음처럼 차갑다. 그것도 위와 아래의 온도가 차이나는 것이 아니라, 오른쪽과 왼쪽을 기준으로 나는 차이였다.

아무리 뛰어난 공력을 지녔다고 해도 도저히 불가능할 이 기현상으로 인해 천독일절 여휘의 눈이 점점 일그러져 갔다.

그녀의 눈꺼풀이 바르르 떨렸다. 그녀의 눈앞에 한쪽은 부글부글 끓고, 다른 한쪽은 서서히 얼어가는 찻잔이 놓여 있다.

'추측 불가! 지원이 필요해!'

여휘는 슬며시 두 손으로 찻잔을 가리며 천천히 고개를 돌렸다.

그녀의 동공으로 어느새 백천맹 무사들 앞에 가서 멈춘 사비가 들어왔다. 좀 더 자세히 표현하자면 사비가 멈춘 곳은 백천맹에서도 정의회에 속한 이들의 탁자 앞이었다.

"오랜만이군요!"

사비의 시선이 남궁원예에게 꽂혔다.

"음! 오랜만이외다!"

"아까는 못 봤나 보죠?"

"그렇소!"

남궁원예는 불편한 심기를 감추며 마지못해 고개를 끄덕였다. 하지만 그의 얼굴에는 미소가 한가득이다. 어떻게 보면 비웃는 듯한, 또 다르게 보면 사비와의 만남을 반가워하는 듯한, 그런 알 듯 모를 미소였다. 하지만 사비는 그가 어떤 표정을 짓든 자신을 어떻게 생각하든 상관없었다. 그는 그저 이 사람들이 앵화루에서 말썽을 피우지 않기를 바랄 뿐이었다.

"당신들이 이곳에 온 이유는 묻지 않겠습니다! 여자가 필요해서 이런 외진 곳까지 왔을 리는 없을 테니까 말이오. 난 그냥 한 가지만 부탁할 생각이오!"

"이런 건방진 놈!"

막첨이 불쾌한 표정으로 자리를 박차고 일어났다. 이에 맞은편에 앉아 있던 방노달이 고개를 흔들며 다급히 외쳤다.

"막 형! 일단 진정하고 앉게! 여긴 우리만 있는 곳이 아니네!"

방노달의 말에 정신이 번쩍 든 막첨은 입술을 잘근 씹으며 다시 자리에 앉았다. 지금 소란을 피워봤자 다른 세력의 이목만 집중시킬 뿐, 자신이나 동료들에게는 하나 득 될 게 없었다. 지금은 소나기를 피하는 게 상책이다.

남궁원예도 막첨의 생각과 크게 다를 바 없었다. 더욱이 이제는 사비가 어느 정도의 고수인지도 확인을 한 상태. 믿기 싫었지만 사비는 엄청난 고수가 분명했다. 그런 고수와의 싸움이라면 이전 자신의 패배는 당연한 일이다. 하지만 그렇다고 해서 사비에 대한 불쾌한 심정이 상쇄되지는 않았다. 사비는 여전히 남궁원예에게 있어 흙탕물일 뿐이었다. 하지만 남궁원예는 그런 내심을 드러낼 정도로 어리석은 사람도 아니었다.

"어디 말해보시오. 단, 그 부탁이라는 것이 협의(俠義)에 어긋나지 않는다는 조건이어야 하오."

남궁원예가 흔쾌히 고개를 끄덕였다.

"뭐? 협의?"

사비는 일순 어이없는 표정으로 되물었다.

협의라. 그 단어는 적어도 남궁사수라는 별호를 쓰는 자의 입에서 나올 소리는 아니었다. 남궁사수는 그 사실이 천하에 공개되지 않았을 뿐 수많은 여인을 간살하고, 한 젊은이의 일생을 망친 파렴치한들. 남궁원예가 그런 일에 참여를 안 했다고 해도 그런 짓을 하고 다닌 자들과 한패였다는 사실은 틀림이 없다. 그런 남궁원예가 협의를 운운하다니.

'그러고 보니 이상한걸! 이런 인간이 왜 그 일에 관련이 없을까? 혹시 백색이가 잘못 알았던 거 아냐?'

"어험! 말씀해 보시오!"

잠시 딴생각에 빠졌던 사비는 남궁원예의 헛기침에 정신을 차리고 천천히 입을 열었다.

"내가 얘기하는 건 협의하고는 전혀 상관이 없어. 난 그저 당신들이 여기 앵화루 안에서는 싸움박질을 하지 말라는 것뿐이야. 그럴 자신이 없으면 지금 당장 나가라고."

"좋소! 약속하지!"

남궁원예가 엷게 웃으며 고개를 끄덕였다. 사실 사비의 요구는 오히려 자신이 바라던 바다. 여기 모여 있는 이들 중에 만만한 상대는 단 한 군데도 없다. 그나마 만만한 평심회 소속 인간들은 객실에서 나오지 않고 있으니, 현재의 전력으로 따지면 자신들이 단연 열세였다.

"그럼 지켜보겠어! 야!! 너 지금 뭐 하는 거야?"

고개를 끄덕이며 몸을 돌리던 사비가 눈썹을 꿈틀하며 소리쳤다. 이에 장내의 시선이 일제히 사비의 눈을 따라 돌아갔다.

"으음!"

막첨은 침음성을 삼키며 슬며시 하던 동작을 멈췄다. 모든 이들의 시선이 자신에게 집중됐다는 것에 다소 놀란 것 같았다.

"죽고 싶으냐?"

사비는 입술을 파르르 떨며 말했다. 그의 한기 실린 음성에 장내에 모인 이들 대부분의 등줄기로 서늘한 기운이 스쳤다. 사비는 날카로운 눈빛을 번득이며 막첨의 손끝을 응시했다.

막첨도 사비의 시선을 따라 천천히 고개를 내렸다.

자신의 손이 보였다. 그 손은 탁자 모서리를 쥐어뜯고 있었다. 긴장을 감추기 위해 저도 모르게 손이 움직였던 모양이다. 하지만 막첨은 이해가 되지 않았다. 겨우 이 정도 일을 가지고 저렇게 돌변한다는 것이 도무지 이해가 가지 않았다.

"무슨 일이오?"

"몰라서 물어?"

"혹시 이것 때문이오?"

막첨이 한 손가락으로 탁자를 톡톡 치며 물었다. 이에 사비는 눈살을 잔뜩 찌푸리며 고개를 홱 돌렸다.

"황 집사! 이리 좀 와봐!"

"예! 대인!"

황 집사가 뒤뚱뒤뚱 사비를 향해 달려왔다.

"받아!"

"네? 뭘 말입니까?"

"탁자 값 받으란 말이야!"

"예! 알겠습니다요!"

황 집사가 황급히 고개를 끄덕이자 사비가 막첨에게 고개를 돌렸다.

"은자 오십 냥! 깎을 생각 하지 마!"

"헉!"

막첨은 어안이 벙벙한 얼굴로 주변으로 고개를 돌렸다. 하지만 다른 동료들은 황급히 그의 시선을 피했다. 이런 일에 엮이고 싶지 않았다. 이에 다시 사비를 향해 얼굴을 돌린 막첨이 눈썹을 휘며 입을 열었다.

"여기 긁힌 곳을 좀 보고 말하시오! 이것 때문에 무려 은자 오십 냥을 내란 말이오? 세상에 그런 억지가 어디 있소?"

"억지? 그게 왜 억지야?"

"긁힌 부분만 손보면 되는 것 아니오? 난 그 값만 내겠소."

"내가 왜 보수를 해? 새 걸로 교환해야지."

"그럼 이 탁자는 어떻게 하고? 이거 완전 도둑놈 심보군!"

"야! 이 자식아! 개업 첫날 남의 사업장에 와서 초를 쳐도 정도껏 쳐야지. 그 비싼 탁자를 중고로 만들어놓고 누구를 도둑으로 몰아!"

막첨이 눈을 찌푸리며 언성을 높이자 사비가 더욱 큰 목소리로 버럭 고함을 질렀다.

"그만 하시오! 알았소! 내면 될 것 아니오? 내면!"

막첨은 더 이상 사비와 말다툼을 해봤자 자신만 바보가 될 것이라는 생각에 급히 두 손을 내저었다. 이에 사비가 피식 웃으며 입을 열었다.

"후후후! 진작 그럴 것이지. 왜 사소한 일에 목숨을 걸려고 그래? 그리고 이 탁자는 당신이 가지고 가. 나 그렇게 야박한 사람 아니야."

사비가 눈짓을 하자 황 집사가 슬금슬금 눈치를 보며 막첨의 앞으로 다가와 손을 내밀었다.

"오십 냥이옵니다. 은자로……."

"이, 이!"

품속으로 집어넣은 막첨의 손이 몹시 거칠게 움직였다. 하지만 그것도 잠시 막첨이 당황한 얼굴로 슬며시 고개를 돌렸다.

"방 형, 돈 좀 빌리세."

"미안하지만 지금은 나도 그만한 돈은 없네."

막첨이 부끄러운 듯 조용히 말을 걸어오자 방노달이 미안한 표정으로 고개를 저었다.

"으음!"

막첨은 다시 남궁원예와 공황작에게 시선을 돌렸다. 하지만 그들 역시 고개를 젓기는 마찬가지였다.

은자 오십 냥은 우습게볼 돈이 아니다. 강호를 주유하는 무림인들이 은자를 오십 냥씩이나 가지고 다닐 이유는 전혀 없다. 특히 백천맹에 속한 무인들은 더 더욱 필요가 없었다. 그들의 숙식은 대개 백천맹의 각 지회에서 담당을 했고, 현금이 필요할 경우에는 따로 청구를 해야 했다. 하지만 안타깝게도 화평에는 백천맹의 지회가 없었다. 또한 그들이 받은 임무의 특성상 그렇게 많은 돈을 가지고 올 이유도 없었다.

"내일까지 시간을 주지! 그때까지 마련하지 못하면 몸으로 때우는 수밖에 없으니까 그렇게 알고 있으라고."

"몸으로 때우다니 그게 무슨 소리요?"

사비가 중얼거리듯 던진 말에 막첨의 두 눈이 일그러졌다.

"청소 같은 건 안 시킬 테니까 걱정하지 마. 그런 걸로 어느 세월에 오십 냥을 다 갚겠어. 그냥 누이 좋고 매부 좋은 일을 하게 될 거라는 것만 알고 있으면 돼! 후후후!"

사비가 몸을 돌리자 황 집사가 그 뒤를 따라 걸음을 옮기며 막첨을 힐끗 쳐다봤다. 그의 눈가에 핀 잔웃음을 발견한 막첨은 불길한 생각이 들었다.

'도대체 뭘 어쩌자는 거야? 아무튼 이거 참 재수 옴 붙었군!'

속으로 투덜거리던 막첨은 이내 될 대로 되라는 심정으로 입술을 질끈 깨물었다. 지금이야 다른 사람의 시선을 의식해 그냥 대충 넘어갔지만, 이만한 일에 오십 냥을 썼다는 소문이 나기라도 하면 돈이 문제가 아니라 그가 이제껏 쌓아 올린 명성에 다소 타격이 될 수도 있었다. 하지만 사비가 무슨 일을 시킬지 모른다는 불안감만은 그로서도 어쩔 수 없었다. 그는 이곳이 기루임을 잠시 잊고 있었다. 게다가 이곳은 여자 손님도 받는 특이한 기루였다.

사비는 아직까지 계산대 앞에 서 있는 화무영과 혈매화를 바라보고 두 눈을 찌푸렸다. 혈매화는 화무영의 등 뒤에 서서 그녀답지 않은 불안한 눈빛을 하고 있고, 화무영은 맞은편에 선 은강후를 노려보고 있었다.

"뭐 해? 내가 아까 분명히 들어가라고 했을 텐데."

사비가 짜증 섞인 음성으로 다가오자 은강후와 화무영이 동시에 고개를 돌렸다. 고개를 돌린 그들의 얼굴은 딱딱하게 굳어 있었다. 사비의 외침이 들린 순간 몸속에서 들끓던 극도의 긴장감이 일시에 사라졌기 때문이다.

'이거 정말 장난이 아닌데!'

사비는 속으로 흐뭇한 미소를 머금고 약간은 당황한 눈빛이 된 은강후와 화무영의 얼굴을 바라봤다. 상황은 점점 급박하게 돌아가고 있는데도 기분은 이와 반대로 몹시 유쾌하기만 했다. 앵화루로 모여든 고수들을 상대하며 풍류비공의 새로운 묘용들을 새록새록 발견했기 때문이다. 이에 사비는 혹시 앵화루를 찾은 이들이 자신의 풍류비공 수련에 도움을 주기 위해 일부러 모인 것은 아닌가 하는 엉뚱한 생각마저 들었다.

'간격이 비슷해. 하지만 야왕이 조금 더 가늘군!'

사비는 속으로 은근히 감탄했다. 화무영의 실력이 십이제천 중 상위에 위치한 야왕과 비슷할 정도라는 사실이 놀라울 따름이었다.

계속해서 당금 최강 고수에 속하는 저 둘의 호흡이 느껴진다. 나아가 서로를 살피는 시선의 정지 지점이 어디인지까지 모두 한눈에 들어왔다. 들숨과 날숨 사이의 간격, 시선의 이동 경로까지 모두 눈에 들어오니 자연스레 그들의 미세한 허점까지 보였다. 하지만 있을 수 없는 일이다. 그리고 은강후나 화무영이 알면 아연실색할 일이었다. 인간이 다른 인간의 상태를 이 정도까지 세세하게 파악한다는 것은 도저히 불가능한 일이고, 무인이라면, 그것도 은강후와 화무영 같은 절정고수라면 두말할 필요도 없다.

그러나 사비 눈에는 그런 보이지 않아야 할 모든 것들이 실바람이 피부에 와 닿듯 느껴졌다. 그리고 좀 전 사비의 외침은 그들의 호흡이 멈추는 찰나의 틈을 노리고 튀어나온 것이었다. 그 효과는 곧바로 나타났다. 화무영과 은강후는 일순 허탈해진 눈빛으로 사비에게 고개를 돌리고 있었다.

"올라가!"

"하지만……."

"말 들어!"

사비가 얼굴을 굳혔다.

"알겠습니다!"

화무영은 짧게 고개를 끄덕인 후 곧바로 혈매화를 데리고 이층 객실로 올라갔다.

'어쩌면 주공은 지금의 사태를 모두 예견하고 있었는지도……!'

화무영은 사비의 말을 따르지 않을 수 없었다. 사비의 음성과 눈빛에서 이전과는 다른 막연한 신뢰감이 느껴졌다. 그리고 사비는 지금의 상황을 적어도 자신보다는 덜 혼란스러워하고 있는 것 같았다.

은강후는 화무영의 뒤를 졸졸 따라 이층으로 올라가는 혈매화를 보며 쓴 입맛을 다셨다. 어찐 일인지 그녀를 잡고 싶은 생각이 들지 않았다. 아니, 잡으려고 했으나 그 행동이 사비에 의해 교묘하게 막혀 버린 것으로 봐야 옳았다. 자신이 화무영을 막아서려는 순간, 하필이면 사비가 또 말을 걸어왔기 때문이다. 그리고 그 말은 결코 허투루 들을 수 없는 말이었다.

"앵화루는 생선을 파는 곳도 아닌데 야묘(夜猫)들은 왜 끌고 왔지? 먹다 남은 안주라도 얻어가려고 온 거요?"

"지금 뭐라고 했나?"

은강후가 두 눈썹을 서릿발처럼 세우며 사비를 노려봤다. 야묘는 야
문을 좋지 않게 여기는 사람들이 부르는 말이다. 이 때문에 야문인들
은 이 말을 극도로 싫어했고, 그들 앞에서는 당연히 금기시되는 단어였
다. 하지만 사비는 보란 듯이 야묘라는 말을 툭 내뱉고 있다. 더구나
야왕 은강후와 야문 순찰단 앞에서. 이러니 은강후가 노기를 드러낸
것도 어찌 보면 아주 당연한 일이었다. 그러나 사비는 전혀 위축되지
않았다. 오히려 한 걸음 더 앞으로 나온 사비는 은강후를 향해 얼굴을
드밀며 천천히 입을 열었다.

"냄새나는 늙은 고양이들을 끌고 온 이유가 뭐냐고 물었어."

"허허! 냄새라? 나는 아무 냄새도 안 나는데 자네는 맡을 수 있나 보
지? 그렇게 냄새에 민감한 걸 보면 필시 사람보다는 개에 가까운 젊은
이로군. 그렇지 않나?"

은강후는 양어깨를 들썩이며 뒤에 선 수하들을 돌아봤다. 이에 그의
뒤에 시립해 있던 순찰들이 모두 고개를 끄덕이며 쿡쿡 웃음을 터뜨렸
다.

'후후후! 이제 슬슬 덤빌 때가 됐는데……..'

은강후는 내심 흐뭇했다. 저렇게 저돌적으로 나오는 인간은 단순하
다. 그래서 이렇게 받아쳐 주면 오히려 더 화를 내며 바락바락 대들기
마련이다.

'놈! 그 순간이 바로 네가 저승길로 들어서는 순간이다.'

은강후는 만면에 웃음을 머금고 사비를 응시했다. 한없이 인자한 표
정이다. 그는 지금 같은 상황에서는 이런 표정일수록 상대가 더욱 열
이 뻗친다는 것을 잘 알고 있다. 이건 자신이 팔십을 넘게 살아오며 깨
달은 인간 대응법이다. 또한 이 대응법은 은강후가 오늘날의 자신을

만들어준 장기라고 자랑할 정도로 그 효과도 뛰어나다. 적어도 사비를 만나기 전까지는 그랬다.

"히히! 눈치는 빨라가지고. 맞아! 내 별명이 미친개야."

사비가 히죽 웃으며 고개를 끄덕였다.

"허! 미친개라니……."

"한번 눈이 돌면 주먹보다 요놈의 주둥아리가 먼저 나가서 말이야. 그래서 아는 사람들은 다들 날 미친개라고 부르지. 뭐, 다 아는 사실을 가지고 그렇게 대단한 걸 알고 있는 양 자랑스러운 표정을 짓고 그래? 나이를 먹으면 애들처럼 변한다더니 벌써 노망이라도 난 거야? 밤고양이 대장 나리! 아니면 야왕 은강후라고 불러 드릴까?"

"음!"

"흐허헉! 야왕!!"

사비의 입에서 튀어나온 야왕이란 말에 장내의 분위기가 일시에 가라앉았고, 은강후는 튀어나오는 침음성을 삼키며 표정을 감추기 위해 애썼다.

'이거 또 한 방 먹었군!'

예상과는 전혀 다른 반응, 도무지 종잡을 수 없이 튀어나오는 예측 불허의 말들. 일반적인 또는 정상적인 사고방식을 가진 사람이라면 자신의 앞에서 결코 이렇게까지 깐죽대지 못한다. 죽을 각오로 입을 연 게 아니라면 말이다.

'이 갑자 공력! 이 정도면 감우련을 충분히 죽일 수 있는 실력이야. 하지만 내 앞에서 이렇게 기고만장할 정도는 아닌 것 같은데…….'

은강후는 한쪽 눈을 살짝 찌푸리며 뒤에 서 있던 순찰들을 향해 고개를 흔들었다. 아직은 나서지 말라는 뜻.

사비는 본인의 실력에 꽤 자신하고 있는 듯 보였다. 하지만 어찌 십이제천 중 일인인 은강후 앞에서 이리도 당당할 수 있을까. 은강후는 혹시 사비에게 다른 뭔가 있는 게 아닐까 하는 생각에 잠시 망설였다.

'그렇군! 머리가 좋은 놈이야. 이곳에 모인 세력들이 서로를 경계하고 있음을 눈치챈 거야. 내가 함부로 나서지 못할 거라는 걸 알고 있어! 후후후! 귀여운 녀석. 그렇다고 달라지는 건 아무것도 없다. 단지 네 수명이 조금 더 늘어났을 뿐이지!'

은강후는 나름대로의 결론에 도달했다. 자신이 직접 수하들을 이끌고 이곳을 찾은 이유는 사비와 화무영을 처단하기 위해서다. 하지만 다른 세력들, 그러니까 사군우의 죽음과 직접적인 관련이 있는 네 세력이 화평을 찾은 이유는 서로 조금씩 다르다.

지금은 어디 숨어 있는지 모르지만 마사회에서 나온 전륜화검과 창혈빙검이라는 두 소장로는 화무영을 노리고 있고, 천독문에서 나온 천독삼절과 삼화는 비록 요미선자보다 먼저 이곳에 와 있었지만, 이전까지는 그녀를 추격했었다. 그리고 백천맹에서 나온 무인들, 정의회와 평심회는 각기 다른 이유로 이곳을 찾았다. 평심회는 근래 산동에서 명성을 드날리고 있는 사비를 자신들의 세력으로 끌어들이기 위해서 온 것이었고, 정의회는 이를 견제하기 위해서 왔다.

은강후는 이 같은 사실을 모두 알고 있었다. 야문의 정보력을 동원하면 이 정도 일을 알아내는 건 우습다.

'애송이들의 싸움은 관심없다. 문제는 요미선자가 왜 이곳을 찾았느냐는 건데… 그리고 왜 혈매화에게 관심을 보이는 거지?'

야왕 은강후가 나서지 않는 이유는 바로 이것이다. 이곳에 있는 무림인들은 자신의 상대가 되지 않는다. 아니, 그와 함께 온 야문 순찰단이면 충분하다. 하지만 그것은 요미선자가 없었을 때의 얘기다. 마사회의 소장로 둘과 천독삼절 셋의 실력은 야문 순찰들과 동급일 테고, 백천맹 무사들은 이들에게는 한참 못 미치니 은강후의 발밑에 숨어 있는 일곱 살수로도 충분하다. 따라서 지금의 전력만 놓고 봤을 때는 야문, 천독문, 마사회, 백천맹 순이다. 그런데도 선뜻 못 나서는 이유는 바로 요미선자가 어떻게 행동할지에 대한 의문 때문이었다.

어디로 튈지 모르는 성격만 놓고 보면 사비나 요미선자나 모두 마찬가지. 은강후는 그녀가 왜 이곳으로 왔는지 모르는 상황에서는 결코 섣불리 나설 생각이 없었다.

'아무튼 저 계집들과 관련이 있는 일인 것만은 확실하지.'

은강후는 천독문 쪽을 힐끗 쳐다보며 속으로 중얼거렸다. 사비와 화무영을 처단하는 일에 이렇게 많은 걸림돌이 있을 줄 알았다면 수하들을 좀 더 데리고 올 걸 그랬다는 아쉬움이 들었다.

그가 짧은 시간 동안 수많은 생각을 머릿속으로 엮어가고 있는 사이, 사비가 장내에 있는 모든 사람이 들으라는 듯 큰 소리로 외쳤다.

"에잇! 도대체가 짜증나서 못 해먹겠네. 이렇게 뒤로 대가리 굴리는 건 정말 적성에 안 맞는단 말씀이야. 좋아! 우리 딱 까놓고 얘기하자고. 사내답게 말이야!"

사비는 천독문 쪽을 힐끗 쳐다보며 다시 말했다.

"계집은 계집답게 말하던가. 쩝!"

그의 말을 들은 천독문 여검수들 몇몇이 도끼눈을 뜨고 노려봤지만 사비는 계속해서 말을 이어갔다.

"나도 알고, 당신들도 아는 게 하나 있지. 그건 바로 당신들이 앵화루에 손님으로 온 게 아니란 사실이야. 만일 내 말이 사실이 아니고 정말로 당신들이 손님으로 온 거라면 내가 사과하지. 그리고 다시 깍듯이 존대를 할 용의도 있어! 하지만 툭 까놓고 말해서 그건 아니잖아. 안 그래?”

사비가 시원스런 표정으로 주위를 둘러봤다. 속으로만 품고 있던 말을 뱉고 나니 밀린 체증이 싹 가신 기분이 들었다.

“그러니까 우리 이제 좀 솔직해지자고! 무림인이면 무림인답게 굴란 말이야! 왜 서로 힐끔힐끔 눈치나 보면서 아닌 척, 없는 척, 척! 척! 척! 하는 거냐고! 그렇게 본인들 실력에 자신이 없나? 그럴 거면 뭣 하러 여기 온 거야? 엉?”

사비는 자신에게 눈길을 고정한 장내의 군웅들을 둘러보며 바득바득 외쳤다. 이에 그의 앞에서 대화를 나누던 은강후가 일순 황당한 표정으로 사비를 쳐다봤다. 졸지에 바보가 된 기분이다. 자신과 대화를 나누다 말고 다른 사람들의 시선을 한데 모아버리다니. 은강후는 이렇게 장내 모든 이들의 관심이 집중되고 보니 사비의 돌발 행동에 어떻게 대응해야 할지 일순 막막했다. 사비의 말에 맞장구를 쳐줄 수도 없고, 그렇다고 다시 자리로 돌아가 앉자니 그것만큼 겸연쩍은 상황도 없었다. 참으로 묘한 상황이었다.

‘으음, 뭐 이런 놈이 다 있지?

은강후가 어이없는 표정으로 자신을 쳐다봤지만 사비는 두 눈을 착 내리깔고 사뭇 진지한 표정으로 입을 열었다. 동시에 그의 시선이 천독문인들이 있는 쪽으로 돌아갔다.

“내가 지금부터 묻는 말에 솔직히 대답해! 나도 다 까놓고 얘기할 테니까! 그리고 이걸로 천독문이 어떤 곳인지 판단하겠어.”

“……”

사비의 말을 끝으로 장내가 일순 정적에 휩싸였다.

이윽고 그 정적을 깨고 천독삼화 사이로 한 여인이 걸어나왔다. 여전히 방갓을 깊게 눌러쓴 천독일절 여휘였다.

"역시 당신이 대가리였군. 좋아! 그럼 묻지! 당신들 나와 타락수라에게 볼일이 있나?"

"아니오."

사비의 취조하는 듯한 말투에 여휘는 살짝 얼굴을 굳히며 고개를 저었다.

"그럼? 천독문이 왜 이런 촌구석을 찾아온 거지?"

"그건 밝힐 수 없소."

여휘가 고개를 가로젓자 사비가 한 손으로 턱을 어루만지며 잠시 생각에 잠겼다. 이윽고 사비가 힘차게 고개를 끄덕이며 입을 열었다.

"좋아! 그럼 당신들은 여기서 나가!"

"그럴 수는 없지!"

"호오! 그래?"

사비가 의외라는 투로 묻자 여휘가 한 발짝 더 나오며 당차게 입을 놀렸다.

"그럼 이제 내 차롄가? 내가 당신 질문에 답한 건, 당신이 본 문의 명예를 들먹였기 때문이오. 그래서 솔직히 말한 것이니 당신도 당신의 명예를 걸고 대답해 주시오."

"걱정 마! 난 명예 같은 거 안 걸어도 솔직한 사람이야."

"그럼 묻지! 도대체 뭘 믿고 그렇게 겁이 없는 거지? 당신과 타락수라 말고 다른 지원 세력이라도 있는 건가? 아무리 타락수라가 마령심공을 익힌 마도고수이고, 당신 역시 꽤 수준 높은 실력이라고 한들, 당신 둘만으로 여기 있는 모든 사람을 이길 수는 없지 않소.”

“후후후! 당돌한 아가씨군!”

“……”

사비의 한마디에 여휘의 얼굴이 또 한 번 일그러졌다. 다행히 방갓을 쓰고 있어 다른 이들에게 이를 감출 수는 있었지만, 어깨가 살짝 흔들리는 것만은 감추지 못했다. 하지만 다른 이들은 그녀가 어떤 반응을 보이는지에는 전연 관심이 없었다. 여휘가 사비에게 자신들이 가장 궁금히 여기던 물음을 던졌기 때문이다.

입꼬리를 말아 올리며 잠시 생각에 잠겼던 사비가 천천히 입을 열었다.

“없어! 난 내 주먹을 믿어! 청도 바닥에서도 그랬고, 추성에서도 그랬어. 그리고 여기서도… 마찬가지야. 됐나?”

“……”

사비가 고개를 가로젓자 여휘는 아무 말 없이 뒤로 물러섰다. 그녀는 믿지 않았다. 사비가 아무 조력자 없이 이런 겁을 상실한 행동을 한다는 것은 말이 안 된다.

‘어쩌면 요미선자와 한패일지도 모른다!’

여휘는 요미선자를 향해 힐끗 불안한 눈길을 돌렸다 떼며 고민에 잠겼다. 이제껏 추격한 노력이 모두 수포로 돌아갈까 적이 염려되었다.

음선부인의 명을 받고 요미선자를 추격한 지 삼 개월. 하지만 워낙 초절한 무공을 지닌 고수였기에 아직까지 한 번도 공격을 감행하지는 못했다. 천독삼화라는 초일류급 고수들과 천독삼절이라는 절정고수 셋이 요미선자 한 사람을 어쩌지 못해 삼 개월씩이나 질질 끌고 있다는 사실이 내심 자존심이 상했지만 중요한 건 자존심이 아니었다. 음선부인의 말대로라면 요미선자를 죽이느냐 그렇지 못하느냐에 따라 천독문의 존망이 달려 있었다.

'어떻게든 죽인다! 반드시!'

여휘의 몸에서 짙은 살기가 피어올랐다. 이를 느낀 사비는 피식 웃으며 몸을 돌렸다. 그리고는 곧바로 남궁원예 등을 향해 걸음을 옮기기 시작했다.

"당신들은 여기서 빨리 나가고 싶겠지? 그냥 내가 산동에서 좀 떴다 싶으니까 나 하나 어찌어찌 엮어보려고 왔다가 똥 묻은 거지. 아니면 말하고……."

"……."

사비가 정곡을 찔렀지만 어느 누구도 입을 열지 않았다. 무인으로서의 자존심 문제이기도 했고, 섣불리 대답했다가 저런 괴짜에게 무슨 봉변을 당할지 알 수 없었다.

"얼른 말해! 보내주려고 하는 거니까. 지금 아니면 갈 기회가 아예 없을지도 몰라."

사비는 큰 선심을 쓴다는 표정으로 턱짓을 했다. 이에 지금 이 자리의 대표 격인 남궁원예가 조심스레 입을 열었다.

"으음, 우리는……."

"맞아요! 사 공자 말씀대로예요."

입을 열던 남궁원예는 말을 멈췄고 장내의 시선이 일제히 돌아갔다. 사비를 향해 걸어오는 묘령의 여인, 상관경이었다.

"그럼 우린 가도 되는 건가요?"

"후후후! 그래, 가. 이 인간들 중에 당신들이 다치든 말든 신경 써줄 인간은 아무도 없으니까 되도록 빨리 가는 게 좋을 거야."

"고맙군요. 그럼 우린 이제 일어나죠!"

사비에게 살며시 허리를 숙여 보인 상관경이 일행을 향해 시선을 옮겼다. 그녀에게 막 뭐라 반박을 하려던 남궁원예는 즉시 입을 다물었다. 남궁원예도 사비가 만들어준 지금의 기회가 자신들에게는 결코 흔치 않은 기회임을 아는 까닭이었다.

'야왕 은강후와 요미선자, 그리고 천독문이 관련된 일이야. 게다가 타락수라까지 있다니… 엄청난 피바람이 일겠군. 역시 일단은 피하는 게 상책!'

남궁원예는 공황작을 향해 살짝 눈짓하며 자리에서 일어났다. 상황을 살펴보니 지금 이 자리에서 벌어질 일이 결코 심상치가 않았다. 더욱이 수년 전 무림공적으로 몰려 도주했던 타락수라까지 관련된 일이니 길보다는 흉이 많을 터.

그러나 남궁원예는 이렇게 선뜻 일어날 수 있는 입장은 아니었다. 타락수라는 무림공적이기 이전에 남궁세가인들과는 같은 하늘 아래 살 수 없는 불구대천의 원수다.

그런데도 남궁원예는 서슴없이 자리에서 몸을 일으켰다. 가문의 원수보다는 목숨이 중요했다. 그때는 함께 움직이는 동료들에 흑화일심대 소속 무사들까지 끼어 있었고, 또 타락수라의 실력도 조금은 우습게 봤었지만 지금은 상황이 전혀 달랐다. 백리준 같은 절정고수가 보는 앞에서 보란 듯이 천리비호를 납치하고, 자신들 앞에서 순식간에 종적을 감춘 엄청난 고수가 바로 타락수라다. 더욱이 지금까지도 천리비호는 감감무소식.

'야왕과 요미선자가 있으니 제아무리 타락수라라 해도 더는 살지 못할 거야. 혹 저들과 부딪쳤는데도 살아날 수 있는 실력을 지닌 자라면

내가 나선다는 건 더더구나 말이 안 되지!'

남궁원예가 속으로 중얼거리는 사이 맞은편에 앉아 있던 막첨과 방노달도 천천히 몸을 일으켰다. 그들 역시 자신들이 계속 남아 있어봤자 좋은 일을 보기란 힘이 들 것임을 알고 있었다.

"잠깐!"

사비의 외침에 몸을 일으키던 방노달과 막첨의 신형이 흠칫했다.

"넌 가면 안 되지! 오십 냥 갚고 가!"

"으음!"

막첨은 당황성을 터뜨리며 일행을 돌아봤다. 자신들을 이런 상황에서 빼내주어 아주 약간은 고마운 마음이 일어나는 것 같았는데, 사비의 외침을 들으니 그런 마음이 싹 가셨다. 이 와중에 오십 냥을 달라고 하는 것을 보면 정상이 아닌 인간인 건 틀림없었다.

'지독한 놈!'

막첨이 뭐라 말을 못하자 보다 못한 상관경이 그를 대신해 입을 열었다.

"오십 냥이라니 그게 무슨 소리죠?"

"저 인간이 나한테 진 빚이야!"

사비는 턱짓으로 막첨을 가리키며 실눈을 떴다. 오십 냥을 내놓지 않으면 결코 보내줄 수 없다는 굳은 결의에 찬 모습이었다.

"그거 제가 갚으면 안 될까요?"

"그러던가! 나야 누가 갚든 상관없지!"

상관경의 말에 사비가 흔쾌히 고개를 끄덕였다.

"제 이름은 상관경! 사문은 화산이에요."

"화산빙화!"

상관경이 사비를 보며 또박또박 말하는 소리에 이를 듣고 있던 야문 순찰 중 하나가 탄성을 내질렀다. 이에 장내의 시선이 모두 야문 측을 향해 쏠렸다.

퍽!

"윽!"

소리쳤던 이의 얼굴이 급격히 일그러졌다. 다른 순찰에게 옆구리를 가격당했기 때문이다. 하지만 은강후의 성난 눈빛을 받은 그는 그저 입만 꾹 다문 채로 시선을 내리깔고 있었다.

"화산빙화? 잘 어울리는군. 그런데 이름은 뭐 하러?"

"이름을 알아야 저를 찾을 거 아니에요."

사비가 피식 웃으며 묻자 살짝 붉어진 상관경의 얼굴에 가는 보조개가 파였다.

"그렇군! 근데 넌 내가 여기서 살아나갈 수 있을 것 같아? 저런 인간들 틈에서?"

사비는 주위를 빙 둘러본 후 짐짓 과장된 표정으로 몸서리를 쳤다. 하지만 어느 누구도 사비가 겁을 먹었다고는 생각하지 않았다. 그들은 사비의 상태를 딱 한 가지로 규정하고 있었다.

'미친놈!'

하지만 사비는 이에 아랑곳하지 않고 다시 시선을 옮겼다. 이번에는 한쪽 구석에 잠자코 앉아 있는 요미선자였다.

"당신도 그냥 가는 게 좋겠어!"

"……."

요미선자가 자신의 말을 들은 척도 안 하자 사비는 쓸쓸한 미소를 머금고 그녀를 향해 걸음을 옮겼다.

그가 요미선자에게로 걸음을 옮기는 사이 상관경과 백천맹 일행은 조용히 움직이기 시작했다.

입구 쪽에 서 있던 은강후가 몸을 비켜주자 그의 뒤에 있던 수하들도 옆으로 물러섰다. 이에 속으로 깊은 안도의 한숨을 내쉰 그들은 입구를 벗어나자 더욱 빠르게 걸음을 놀리기 시작했다. 마지막으로 나가던 상관경이 힐끗 고개를 돌렸다. 하지만 이내 다시 고개를 돌린 상관경은 어느새 저만치 앞서 가는 일행의 뒤를 쫓아 움직이기 시작했다.

상관경은 앞으로 백천맹을 이끌어 나갈 인간들이 저렇게 겁이 많을까 하는 생각을 하며 속으로 짧은 한숨을 토했다. 하지만 다른 일행 모두는 이 위험천만한 상황에서 벗어났다는 사실에 크게 안도할 뿐이다. 그리고 조금씩 또 다른 감정이 밀려왔다. 그것은 자신들이 이제껏 얼마나 우물 안 개구리로 살아왔나 하는 일종의 자괴감이었다.

잠시 눈을 돌려 상관경 등이 빠져나간 것을 확인한 사비가 다시 요미선자를 향해 입을 열었다.

"좋은 말로 할 때 가. 나 말고 당신 죽이려는 인간이 은근히 많은 것 같아서 그래. 다른 사람한테 죽으면 내가 얼마나 억울할지는 당신이 더 잘 알잖아. 안 그래?"

[화류패기를 믿고 큰소리치는 거면 다른 인간들한테나 가서 쳐라! 내겐 통하지 않는 힘이니……]

요미선자의 전음에 사비의 눈이 흠칫 떨렸다.

"당신이 어떻게 화류패기를 알지?"

[그럼, 내가 천한 종놈의 힘도 못 알아볼 것 같았느냐? 그리고 한 가지 사실을 잊고 있는 것 같구나. 아무리 발버둥 친다 해도 너는 어차피 네 아비처럼 종놈에 지나지 않는다!]

"아가리 닥쳐!"

요미선자의 전음을 들은 사비의 두 눈이 이글이글 타오르기 시작했다. 그녀가 어떻게 자신과 사군우의 관계를 알았는지에 대한 의문은 떠오르지 않았다. 그저 요미선자의 자그마한 머리를 부숴 버리고 싶다는 충동이 일 뿐이었다. 한 손만 뻗으면 됐다. 딱 일 수면 요미선자의 얼굴을 가루로 만들 수 있을 것 같았다. 자꾸 사군우의 가슴에 검을 쑤셔 박던 그녀의 얼굴이 떠올라 미칠 지경이었다. 순간.

화르륵!

"아니!"

장내에 남아 있던 이들의 눈이 경악으로 커졌다. 사비의 몸에 불이 붙었기 때문이다. 아니, 일견할 때는 분명 불이 붙은 것 같았는데 다시 보니 그게 아니었다. 그의 전신 피부가 시뻘겋게 달아오른 것이었고, 눈썹과 머리털이 뻣뻣이 서며 혈귀처럼 붉은색으로 변해 버려 생긴 착시 현상이었다.

"흥! 고작 이 정도에 화류패기까지 드러내다니. 그의 성격까지 쏙 빼다 박은 줄 알았더니 아니었나 보군!"

요미선자의 싸늘한 일갈에 사비의 눈동자가 크게 떨렸다. 그리고 이내 그의 몸 주변을 감돌던 화류패기가 조금씩 사그라지기 시작했다. 이를 본 요미선자의 눈에 이채가 어렸다.

'역시 그와 많이 닮았어!'

하지만 그녀는 내심의 감탄과는 달리 여전히 싸늘한 표정으로 고개를 틀며 입을 열었다.

"가봐라! 오늘은 검성을 생각해서 그냥 보내주겠다."

"후후! 고마워서 눈물이 날 지경이군. 그래서 그렇게 짓이겨 놨나?

아주 심장에 회를 쳐놨더군!"

"너도 떠주랴?"

사비가 싸늘한 미소를 풀풀 날리며 툭툭 말을 뱉어내자 요미선자가 무심한 얼굴로 되물었다.

"됐어! 지금은 저 영감들을 상대하기도 벅차니까 내가 참지. 하지만 다음에는 조심하라고, 당신 목은 내가 썰어야 하니까. 그것도 아주 잘 게 촘촘히 썰어주지!"

"기대하지."

"당연히 기대해야지. 내가 그동안 얼마나 준비를 많이 했는데! 그럼 나중에 다시 보자고!"

요미선자가 입술을 비틀며 자신을 응시하자 사비가 한쪽 눈을 찡긋 하며 몸을 돌렸다. 이에 요미선자가 사비의 뒤통수에 대고 싸늘한 일 갈을 날렸다.

"다음에 볼 때는 주둥아리부터 사려라! 다시 한 번 말하지만 오늘은 검성을 봐서 참아준 것이니!"

"……."

사비는 더 이상 요미선자와 입씨름할 생각이 없는지 뒤도 돌아보지 않고 곧바로 은강후를 향해 걸어갔다. 요미선자가 몸을 일으킨 것도 그 무렵이었다.

천천히 고개를 돌리고 주변을 훑는 그녀의 모습에 장내는 일순 긴장 감이 감돌았다. 이윽고 그녀의 시선이 천독문이 있는 쪽에 멈췄다.

"니들을 데리고 다니는 것도 이제 지겹다. 질질 끌 것 없이 여기서 끝을 보자!"

요미선자의 말에 천독문 여고수들의 두 눈이 빛을 발했다. 알고 있으면서 시치미를 뗴었다는 사실이 다소 의외였다. 이는 자신들이 아는 요미선자의 성격이 아니었다.

"출(出)!"

여휘의 외침과 동시에 천독삼화와 천독삼절 모두가 요미선자를 향해 움직였다. 순식간에 연꽃처럼 활짝 핀 모양새로 산개하며 요미선자를 포위해 들어가는 모습이 미리부터 많은 훈련과 연습을 한 듯 보였다. 하지만 요미선자는 자신에게 다가오는 그녀들을 보며 코웃음을 쳤다.

"홍! 내 목이 필요하면 천독문 전체를 모두 데리고 와야 한다!"

쒜에엑……!

공기가 찢겨져 나가는 소리에 주방 입구에 모여 슬금슬금 눈치를 살피던 앵화루 직원들이 귀를 틀어막으며 두 눈을 질끈 감았다.

그 소음은 천독삼화 중 하나가 던진 단잠홍에서 나는 소리였다.

제비처럼 유려한 곡선을 그리며 빠른 속도로 날아오는 단잠홍. 요미선자는 눈 깜짝할 사이에 지척에 이른 암기를 보며 옆으로 몸을 틀었다. 처음에는 소매로 쳐낼 생각이었는데 단잠홍에 묻어 있을 독이 아무래도 심상치 않을 것 같았다.

쒜쒜… 엑!!

이번엔 두 개다. 처음 단잠홍을 날렸던 천독삼화가 요미선자와 일장 거리에서 탁자를 박차고 날아오르자, 나머지 둘이 좌우측으로 갈라지며 머리에 꽂고 있던 단잠홍을 날렸다. 이를 본 요미선자의 눈이 찰나지간 빛을 발했다.

그 직후 번득인 백광. 그리고 그 뒤를 파란빛이 따랐다. 마치 바늘에 꿰인 실처럼, 하지만 섬전과도 같은 속도로 움직이는 빛줄기다. 요미선자가 자신의 검을 따라 신형을 움직이며 연출된 광경이었다.

타타타아아앙!

순간 요미선자의 몸이 셋으로 갈라지며 양옆에서 날아오던 단잠홍과 전면의 검을 동시에 쳐냈다. 눈에 보이지 않을 정도로 빠른 움직임에 마치 세 명의 요미선자가 동시에 움직인 것 같았다.

"까아악!"

비명은 요미선자의 전면에서 울렸다. 들고 있던 검과 함께 가슴 윗부분이 그대로 잘려 나간 천독삼화의 입에서 들린 소리였다.

퍼퍽!

그리고 또다시 이어진 둔탁한 파열음은 앞선 비명이 채 끝나기도 전에 들려왔다.

쿠쿠… 쿵!

요미선자를 향해 달려들던 천독삼화의 세 신형이 각기 다른 세 방향으로 나가떨어졌다. 양옆에서 달려들다가 그보다 더 빠른 속도로 뒤로 넘어가는 두 신형은 공중에 긴 혈선을 그렸다. 마치 붉은 먹물을 흠뻑 묻힌 붓을 허공에 휘두른 듯, 길게 이어진 일직선은 그녀들의 이마에 뚫려 있는 엄지손톱만 한 구멍에서 시작되고 있었다. 이후 전면에서 달려들던 여인의 잘려 나간 가슴 윗부분이 무대 벽면에 부딪치며 툭 떨어져 내렸다.

이런 참혹한 상황에도 불구하고 요미선자의 자태는 아름답기 그지없었다. 피 한 방울 튀지 않은 하늘하늘한 청의가 미풍이라도 맞은 듯 살짝 일렁인다. 그녀가 내공을 끌어올리고 있음을 알 수 있는 유일한 현상이었다.

요미선자는 햇빛을 가리려는 사람처럼 왼손을 이마 위로 살며시 들어올리고, 나머지 오른손으로는 어느새 검집으로 다시 들어간 장검의 손잡이를 살며시 움켜쥐고 있었다. 아무 일도 없었던 사람처럼 무심한, 어찌 보면 평온해 보이기까지 한 얼굴이었다. 하지만 다른 이들의 얼굴은 결코 그렇지 못했다.

"으으!"

일수유가 지나기도 전에 벌어진 목불인견의 참상에 주방 쪽에서 눈치를 살피던 직원들이 혼비백산하며 사지를 벌벌 떨었다.

"데리고 나가 있어!"

은강후 앞에 이른 사비가 황 집사에게 명했다. 하지만 그는 고개를 돌리지 않았다. 지금은 요미선자와 천독문의 싸움에 관여할 여력이 없다. 십이제천 중 일인인 야왕 은강후를 상대로 싸움을 벌여야 했기에.

"시작합시다!"

"건방진 놈! 본좌가 어찌 너 같은 하찮은 놈을 상대한단 말인가?"

은강후는 눈썹을 꿈틀했다. 요미선자와 천독문이 싸움을 시작했다. 아직 마사회 인물들이 보이지 않았지만 그 정도라면 순찰 둘이면 충분하다. 이제 남은 건 타락수라와 사비, 그리고 총순찰과 자신이다. 더욱이 마사회 인물들이 아직까지 보이지 않는다. 이런 상황이면 굳이 자신이 나설 필요도 없었다.

"안됐구나. 조금은 연장할 수 있었는데… 제 손으로 수명을 단축시키다니, 후후후! 어리석은 녀석. 처리해!"

"존명!"

스스슷!

은강후의 외침과 동시에 총순찰을 비롯한 삼 인의 순찰들과 그 발밑에 은잠해 있던 칠 인의 인영이 쏟아져 나갔다. 이층 벽면이 부서지며 화무영과 혈매화가 떨어져 내린 것도 그와 동시였다.

우당탕!

화무영이 양 장을 번개처럼 휘두르며 사비의 곁에 날아 내렸다. 이에 사비를 향해 달려들던 검은 인영들이 곧바로 허공에서 방향을 틀며 사방으로 분산되었다. 참으로 신출귀몰한 신법이었다.

"괜찮으십니까?"

사비의 곁에 내린 화무영이 주변을 살피며 물었다.

"매화는?"

퍽!

"큭!"

화무영이 사비의 물음에 대답하기도 전에 검은 인영 하나가 뒤로 나자빠졌다. 혈매화의 소리없는 공격에 당한 것이다. 이를 본 은강후의 눈이 분노로 일렁였다.

"혈매화! 그만두지 못할까!"

"……."

어둠 속에서 은밀히 움직이던 혈매화는 은강후의 천둥 같은 고함 소리를 듣자 흠칫 몸을 떨며 바닥으로 은신해 들어가 자신의 기운을 감춰 버렸다.

사비는 그녀의 기운이 미약해지자·화무영을 향해 고개를 돌리며 피식 웃었다.

"매화가 어디 출신인지 알 것 같다."

"듣고 싶지 않군요."

화무영이 고소를 머금고 고개를 저었다. 그라고 왜 모르겠는가. 은강후와 눈이 마주치자 놀라던 혈매화의 눈빛이 자꾸 눈앞에 아른거렸다.

"어서 나오너라!"

"……."

앵화루 바닥 밑에 신형을 감추고 있던 혈매화의 동공이 심하게 흔들렸다. 은강후의 목소리가 무척 귀에 익다. 친숙하고, 익숙한, 그리고 절로 두려움과 경외감이 느껴지는 목소리다. 도저히 거부할 수 없는 불가항력의 기운이 서린 목소리.

'나는… 나는…….'

혈매화는 바르르 떨리는 입술에 힘을 꼭 쥐며 힘차게 날아올랐다.

콰직!

앵화루의 바닥이 박살나며 혈매화의 신형이 그대로 천장을 뚫고 솟구쳐 올랐다.

"혈매화!!"

은강후가 황급히 그녀의 뒤를 쫓아 날아올랐다. 하지만 사비와 화무영은 그러지 못했다. 남은 야문 고수들이 달려들고 있었기 때문이다.

"비켜!"

사비는 달려드는 적들을 보며 화무영의 어깨를 잡아 뒤로 밀쳤다. 어느새 사비의 두 눈은 시뻘건 빛으로 물들어 있었다.

"백절불굴(百折不屈)!"

쿠아아아앙!

사비가 짧은 외침을 터뜨림과 동시에 전신을 급회전시키자 사방으로 강풍이 휘몰아쳤다. 바람에는 엄청난 열기가 담겨 있었다. 사비의 몸에 축적됐던 화류패기가 유형의 강기로 화하며 쏟아져 나왔기 때문이다.

"흡!"

야문 순찰들의 두 눈이 일순 경악으로 물들었다. 그들은 어느 것을 막아야 할지, 사비의 화류패기들이 어느 방향에서 오는지 도저히 가늠할 수가 없었다.

콰콰콰쾅!

요란한 폭음과 함께 앵화루의 지붕이 날아갔다. 그 지붕과 함께 까마득한 점으로 화해 버린 야문 고수들이 허공에서 붉은 폭죽처럼 터져 나갔다.

"으아아악!"

"크억!"

퍼퍼퍼어어억……!

아련하게 들려오던 비명성이 메아리처럼 반복해서 들려왔다. 화류패기에 당한 처절한 고통성이었다.

"아이씨! 골 땡겨!"

전신의 회전을 멈춘 사비가 한 손으로 관자놀이를 만지며 눈살을 찌푸렸다. 앞에 남은 야문 순찰은 단 한 명. 겨우 몸을 피한 야문 총순찰이었다.

그의 두 눈이, 그리고 두 다리가 덜덜 떨린다. 그는 꿈이라고 생각했다. 세상에 이런 무공은 없다고 몇 번을 되뇌어봤다. 하지만 저 앞에 있는 괴물 같은 인간의 몸에서 번져 오는 뜨거운 기운은 너무도 선명했다.

"주, 주공!"

화무영의 두 눈 또한 총순찰과 마찬가지로 잘게 흔들리고 있다. 하지만 느낌이 다르다. 총순찰의 눈이 두려움과 공포로 얼룩져 있다면 화무영의 눈은 벅찬 감동과 환희로 가득했다.

"역시 주공은 사부님의 무공을 완전히……."

화무영은 말을 잇지 못했다. 사비에게 밀쳐지는, 사비가 어깨를 잡은 그 순간, 화무영은 사비의 손끝을 타고 흘러나오는 활화산처럼 타오르는 열기를 느꼈다. 이에 화무영은 직감적으로 피해야 한다고 생각했고, 다급히 마령심공을 끌어올리며 뒤로 물러났다. 사비의 몸에서 쏟아져 나온 화류패기는 자신으로서도 감당할 수 없음을 이미 확인해 본 경험이 있기에 망설임은 전혀 없었다.

그렇게 화무영이 마령심공을 극대로 끌어올린 순간, 사비의 몸에서 수많은 빛줄기가 쏟아져 나왔다.

붉고, 노랗고, 하얀 빛 덩어리들. 거칠고 정제되지 않은 사비의 화류패기가 쏟아져 나온 것이다. 그리고 장내는 순식간에, 그야말로 깨끗이 정리됐다.

야문의 고수는 총순찰 하나만 남고 모두 고혼으로 사라졌고, 사비가 의도했는지는 모르겠지만 천독문과 요미선자의 싸움까지 그대로 끝이 났다.

한편 천독삼화의 공격을 무위로 돌린 요미선자는 그 직후 아연실색했다. 천독삼화의 뒤를 이어 감행되어졌어야 하는 천독삼절의 공격이 없었기 때문이다. 그리고 곧바로 눈으로 따끔거리는 통증이 찾아들었다.

'대군자산!'

요미선자는 빠드득 이를 갈았다. 사군우에게 펼쳤던 것과 같은 수법을 쓸 것이라고는 미처 생각지 못했다. 그리고 사군우를 죽이고 그전에 받았던 군자산의 해약을 모두 버렸던 것이 실수였다. 하지만 천독삼절은 요미선자가 대군자산에 중독됐는데도 여전히 공격할 기미를 보이지 않았다. 요미선자가 더 중독될 때까지 기다리려는 의도였다.

이를 알아챈 요미선자는 이를 악물며 천독삼절의 기척을 감지하기 위해 공력을 끌어올렸다. 하지만 천독삼절은 역시 천독삼화와는 차원이 다른 실력이었다. 개개인의 실력만 놓고 보자면 사비와 싸움을 벌이인 야문 순찰들보다도 한 수 위라는 판단이 들었다. 이에 요미선자는 일순 망설였다. 자신이 간직한 비장의 한 수를 써야 할 것인가.

하지만 이내 그녀는 고개를 저었다. 그 수를 쓴다는 건 요미선자라는 이름으로 살아간다는 걸 포기하는 것과 다름이 없었다. 그녀는 그저 한 줌 공력이라도 남아 있을 때 천독삼절이 공격해 주기를 기다릴 수밖에 없었다.

이후 조급해진 요미선자가 틈을 보였다. 어깨와 다리에 힘을 풀고 두 손마저 내려뜨렸다. 그리하여 요미선자의 오른쪽 종아리에 위치한 축빈혈(築賓穴)과 목덜미의 뇌해혈(腦海穴), 그리고 우측 겨드랑이에 있는 비유혈(臂儒穴)이 천독삼절의 시야에 그대로 노출됐다. 이는 아무리 요미선자가 뛰어난 고수라 해도, 내지는 지닌 공력을 전부 쓸 수 있는 상황이라고 해도 치명적인 타격을 입을 수밖에 없는 무방비 상태의 모습이었다.

이에 천독삼절 모두가 기꺼이 그녀를 양단하기 위해 달려들었고, 그때 사비의 입에서 장내를 뒤흔드는 일갈이 터져 나왔다. 그리고 야문의 순찰들과 살수들을 향해 폭출시킨 화류패기가 요미선자와 그녀와 맞서고 있는 천독삼절에게까지 미쳤다.

엄청난 폭음과 함께 먼지구름이 시야를 가렸다. 그리고 그 뒤를 이어 모든 것을 태워 버릴 듯 거센 화기가 밀려왔다.

잠시 후 먼지가 가라앉고 쑥대밭이 된 앵화루의 광경이 나타나자 살아남은 자들이 서로를 둘러봤다.

다섯.

팡!

이제 넷이다. 주춤주춤 뒤로 물러서던 총순찰이 전신을 부르르 떨더니 그대로 앞으로 고꾸라졌다.

와장창!

땅에 닿은 그의 육신이 사기그릇 깨지듯 사방으로 산산조각이 나며 퍼졌다. 화무영의 마령심기가 유감없이 발휘된 것이다.

마령심공을 거둬들인 화무영은 다시 사비의 곁으로 다가갔고, 발그레했던 사비의 안색도 어느새 제빛으로 돌아오고 있었다.

사비는 천천히 고개를 돌렸다. 그의 눈에 들어온 요미선자는 좌정을 한 채다. 싸우다 말고 좌정을 하다니. 생각할수록 어이없는 모습이었지만 모든 상황을 한눈에 꿰뚫어 본 사비로서는 전혀 그런 생각이 들지 않았다.

"내가 조심하라고 했을 텐데."

"네가 나를 살린 것이라 생각하느냐?"

사비가 피식 웃으며 말하자 요미선자가 입술을 달싹거렸다.

"그럼 아닌가?"

"……."

사비가 고개를 갸웃거리자 요미선자가 두 눈을 질끈 감았다. 이에 요미선자에게서 눈을 뗀 사비가 그녀와 대여섯 장 맞은편으로 시선을 옮겼다.

군데군데 그을린 흑의무복의 여인이 보였다. 천독일절 여휘. 그녀는 가쁜 숨을 몰아쉬며 사비를 바라봤다. 놀라움, 경악이 뒤범벅이 된 그녀의 동공은 크게 확장된 상태였다. 순간 그녀의 입술이 파르르 떨렸다. 전신 곳곳에 입은 화상이 뒤늦게 고통으로 밀려오고 있었다.

"운이 좋군!"

"……."

사비는 씩 웃으며 여휘를 향해 다가갔다. 하지만 그녀는 대답하지 못했다. 피부를 상한 것은 그런대로 참을 만했지만 몸에 침투한 화류패기는 만만치가 않았다. 아니, 만만치 않은 정도가 아니라 이전에 경험했던 그 어떤 상처보다 깊은 고통을 안겨주었다. 전신 혈맥을 태우기 위해 활활 타오르고 있는 화류패기는 한여름인데도 불구하고 그녀의 콧구멍에서 하얀 김이 뿜어져 나오게 만들 정도로 위력적이었다.

"코는 좀 아닌걸!"

사비는 한 손으로 턱을 어루만지며 고개를 흔들었다. 삼분의 일 정도가 쪼개져 나간 방갓, 그 사이로 보이는 천독일절 여휘의 외모를 보고 내린 평가였다. 이에 사비의 뒤에 서 있던 화무영이 일순 어이없는 얼굴을 하며 설레설레 고개를 저었다. 이런 상황에서도 농담이라니.

"내가 널 왜 살린 줄 알아?"

"……."

여전히 헉헉거리는 여휘 앞으로 다가간 사비가 그녀의 귀에 대고 나직이 속삭였다.

"가서 천독문주인지 뭔지 하는 그 개 쌍년한테 전해! 난 그년이 제일 얄밉다고. 그래서 가장 고통스럽게 죽여줄 생각이라고. 아! 그리고 그때 엉덩이 만진 게 나라는 것도 전해. 그렇게 말하면 알아들을 거야.

알았지?"

사비는 여휘의 대답도 기다리지 않고 그녀의 가슴에 양손을 쭉 내밀었다.

덥석!

여휘의 두 눈이 잘게 떨렸다. 자신의 봉긋이 솟아오른 가슴이 사비의 양손에 쥐어졌다는 사실에 참을 수 없는 분노가 치밀어 올랐다. 하지만 그것도 잠시 조금씩 몸속에서 뭔가가 빠져나감을 느낀 여휘의 두 눈에 허탈한 빛이 맴돌았다.

수우우우……!

몸 안에서 밖으로 바람 빠지듯 빠져나가고 있는 진기는 자신의 것이 아니었다. 화류패기. 사비는 여휘의 몸속에 침투한 화류패기를 거둬가고 있었다.

"얼른 가! 요미선자가 일어나면 가고 싶어도 못 갈 테니까."

사비의 말에 정신을 차린 여휘가 자리에서 벌떡 일어났다. 요미선자의 머리 위로 모락모락 피어오르는 하얀 수증기가 눈에 들어오자 그녀의 얼굴에 조금씩 두려움이 번져 갔다.

휙!

여휘는 곧바로 몸을 날렸다. 참으로 유려하고 쾌속한 신법이었다. 하지만 그녀는 사비에게 고맙다는 인사조차 못할 정도로 크게 두려워하고 있었다. 그녀가 뚫린 지붕 사이로 사라지자 사비의 고개가 요미선자에게 돌아갔다.

그와 동시에 요미선자가 감았던 두 눈을 번쩍 떴다.

'달의 기운이 사라졌다!'

요미선자는 혈매화를 찾아 주변을 쓸어봤다. 불현듯 혈매화가 자신이 천독문과 싸움을 하는 중에 떠났었던 것 같다는 생각이 들었다.

'그리고 보니 야왕도 보이지 않는군.'

요미선자는 천천히 자리에서 일어나며 좌측을 향해 손을 뻗었다. 그녀가 손을 뻗자 바닥에 놓여 있던 검집이 날아와 손에 들린 검을 집어삼켰다.

철컥!

요미선자가 다시 한 번 가볍게 손을 흔들었다. 이에 그녀의 손에 들려 있던 장검이 빙글 회전하며 허리를 감고 있던 요대에 찰싹 달라붙었다.

"그럼 이제 당신 차롄가?"

등 뒤에서 들려온 메마른 음성에 요미선자가 힐끗 고개를 돌렸다. 그녀의 눈동자 끝에 팔짱을 낀 채 한쪽 입술을 비틀어 올린 사비의 모습이 걸려 있었다.

무림인들의 관심 밖이던 광동 지방에 전 중원의 이목이 집중됐다.

화평에서 벌어진 혈전으로 내로라하는 강호 초거대 세력의 고수들이 떼죽음을 당했기 때문이다.

죽음의 불꽃으로 상대의 혼까지 태워 버리는 불의 무공.

야문과 천독문의 기라성 같은 고수들을 한 줌 고혼으로 만든 사내.

사비는 그렇게 세인들의 입에서 입을 타고 이전까지 악의 대명사로 불렸던 타락수라보다 더한 두려움과 공포의 대상으로 떠올랐다.

그리고 이렇듯 빠르게 소문이 퍼질 수 있었던 것에는 사비를 무림인들의 표적으로 삼으려는 흑천의 의도가 깔려 있었다.

|第五章|

요미선자(嶢美仙子)

백천맹 천웅전 내에 위치한 맹주 집무실.

공황식은 맞은편에 공손히 앉아 있는 추밀원주를 바라보며 잔잔한 미소를 머금었다. 약간 살집이 있는 편인 공황식의 얼굴이 꽤 수척해 보인다. 아직 사군우에게 당한 내상이 회복치 않았기 때문이다. 하지만 추밀원주의 눈빛에는 일말의 의구심도 찾아볼 수 없었다. 이미 공황식의 입을 통해 그가 어떤 일을 벌였고, 지금은 어떤 상황에 처해 있는지를 모두 들은 터라 지금은 그저 앞으로의 일을 어떻게 처리해야 할지에 대한 고심만 하고 있을 뿐이다.

"청도에서 죽은 의천단원들은 치부가 드러난 흑화검성이 살인멸구를 한 것으로 조치를 취해놨습니다."

"수고했군."

"그리고 이번 의천단 인원 충원시에 오십 명의 인원을 백 명으로 늘리는 게 어떻겠습니까?"

"그건 원주가 알아서 하게."

"알겠습니다. 그리고 신도원 요원에 관한 사항입니다. 신 요원은 그동안 사군우의 전인들과 함께 움직이면서도 전혀 보고를 해오지 않아 다소 의심을 했었습니다. 아무래도 젊은 혈기에 잠시 교분을 맺었다가 정리를 한 듯 보입니다."

"서로 적으로 만나야 할 사이에 교분을 맺다니… 신도원을 당장 불러들이게!"

공황식이 눈썹을 꿈틀하며 소리치자 추밀원주가 다급히 입을 열었다.

"맹주님, 진노를 거두십시오. 비록 신도원 요원이 추성과 화평에서 보인 행동은 처벌받아 마땅하나 반드시 필요한 존재입니다. 그래서 그에게 다른 임무를 하달했습니다."

"다른 임무?"

"예. 신도원 요원은 이미 얼굴이 많이 알려져 버렸기에 마사회 정탐 임무는 다른 요원으로 교체했고, 신 요원에게는 빙월마궁과 만수관의 정세를 살핀 후 곤륜에 다녀오라는 지시를 내렸습니다."

"곤륜이라면 그의 사문이 아닌가?"

"그렇습니다. 앞으로 벌어질 마도와의 싸움에 곤륜의 지원을 요청하는 사절로 보냈습니다. 다소 무리한 임무이긴 합니다만 이번 일에 대한 만회의 기회를 주는 차원에서 내렸으니 좋은 소식을 가지고 올 가능성이 큽니다."

"으음. 잘했군. 곤륜이 백천맹의 일을 거들어준다면야 여러모로 큰 도움이 될 게야."

공황식의 목소리가 한층 누그러졌다.

"그리고 화양마부와 관련된 보고입니다. 그들이 드디어 흑화일심대와 맞붙었습니다."

"그래? 상황은?"

"아무래도 흑화일심대의 타격이 클 것 같습니다."

추밀원주가 진중한 어조로 입을 열었다.

"호오! 그렇다면 혹시 도황마제가 직접 수하들을 이끌고 나선 겐가?"

공황식의 두 눈이 묘한 기대감으로 일렁였다.

"그렇습니다. 양청 대주가 다소 무리수를 둔 것 같습니다. 아무리 도발을 해도 화양마부가 나서지 않자 마음이 조급해졌는지, 화양마부의 장로를 무려 셋이나 죽였습니다. 그중에 도황마제의 아우도 끼어 있었다고 합니다."

"흐흠! 어리석은 짓을 했군!"

공황식이 수염을 쓰다듬으며 기분 좋은 웃음을 흘렸다.

"어떻게… 지원 병력을……?"

"놔두게. 흑화일심대는 조금 고생을 할 필요가 있어. 개개인의 무위가 뛰어난 것만으로도 안 되는 일이 있음을, 아니, 이번 기회에 그 오만함을 꺾어줘야겠어!"

"하지만… 이미 절반 이상의 타격을 입었습니다. 이대로 뒀다가는 회생 불능의 치명타를 입을 수도……."

"어차피 없어도 그만, 있어도 그만인 존재들일세. 차라리 잘된 일인지도 모르지. 그 얘기는 이제 그만 하지!"

공황식은 한 손을 내저으며 추밀원주의 입을 막았다.

“…….”

이에 추밀원주는 더 이상 입을 열지 못했다. 공황식은 이전의 그가
아니었다. 보다 냉철해지고, 보다 잔인해졌다. 그렇다고 맹주에게 실
망하지는 않았다. 아니, 오히려 추밀원주는 속으로 이를 더 반겼다. 그
는 예전부터 공황식의 유함과 인자함이 싫었다. 백천맹과 같은 초거대
세력을 끌어가기 위해서는 덕망과 인자함보다는 냉철함과 과감한 추진
력이 필요하다는 게 그의 지론이었다. 그런 의미에서 공황식의 이러한
변화는 좋은 징조였다. 그리고 그렇게 되면 자신과 추밀원이 할 일도
더욱 많아질 것은 불을 보듯 뻔하다.

이윽고 추밀원주가 다시 입술을 뗐다.

“빙월마궁과 만수관이 결국 전면전에 들어갔습니다. 세외에서 벌어
지는 일이라 아직 중원까지 소문이 미치지는 않은 상태지만, 이미 전투
가 막바지에 들어가고 있습니다. 신도원 요원의 보고였습니다.”

“그렇군. 추밀원주가 보기엔 어떻게 될 것 같나?”

“십 중 구 할이 양패구상입니다!”

“흠!”

공황식은 두 눈을 빛내며 고개를 끄덕였다. 모든 일이 자신이 의도
한 대로 흘러가고 있었다.

화양마부를 도발하여 전면에 나서게 했으니 더 이상 뒤에 숨어 있
을 적을 두려워할 필요도 없어졌고, 더불어 맹주 보기를 손톱에 낀
때보다도 뭣하게 보던 흑화일심대의 힘까지 급격히 위축시켰으니 백
천맹과 맹주의 위세는 더욱 견고해졌다. 거기에 육패 중 한 세력인
만수관과 마도삼대세력 중 하나인 빙월마궁이 양패구상에 처한다면
백천맹과 강소공가를 넘볼 세력은 거의 존재하지 않는다고 봐도 무

방하다.

'이제 야문만 남았군!'

공황식은 속으로 잠시 생각에 잠겼다. 개방과 신농방은 강한 전력을 보유하고 있긴 하지만 구성 조직원의 특성상 중원 전역으로 그 세를 떨치기에는 모자란 점이 많다. 거지와 농군들은 관리와 통솔을 하는 것보다는 지휘를 받는 쪽에 더 소질이 있을 테니까.

그리고 헌원세가는 호북에서 영향력을 행사하는 것 외에는 큰 욕심이 없다. 그럴 만한 능력도 있고 자금도 있지만, 세가라는 특성상 다스릴 인원이 턱없이 모자랐다.

그래서 공황식과 그의 아비 공우생이 신경을 쓰던 곳은 만수관과 야문이라는 두 세력이었다. 중원의 밤을 지배하는 야문은 정보력에 있어서는 타의 추종을 불허한다는 강점을 지닌 단체. 맹수를 조련하여 그것들과 함께 용병 활동을 하는 만수관은 매우 거칠고 호전적인 단체. 이 둘은 중원에 대한 욕심을 품고도 남을 충분한 동기와 저력이 있었다. 그중 한 단체인 만수관이 빙월마궁과 함께 양패구상한다면 이보다 더 좋은 일은 없다.

공황식이 자신의 심사를 감추지 않고 기분 좋은 미소를 흘리자 추밀원주의 입가에도 피식 미소가 걸렸다. 저런 야비한 미소를 거리낌없이 보여줄 정도로 공황식이 자신을 신뢰하고 있기 때문이다.

*   *   *

한동안 사비를 물끄러미 쳐다보던 요미선자가 그 자그마한 입술을 떼며 물었다.

“여기서?”

“그럼 자리를 옮기던가.”

사비가 몸을 휙 돌리고 먼저 앞장을 서자 요미선자가 말없이 그 뒤를 따랐다. 이에 혈매화가 사라진 천장을 잠시 바라보던 화무영은 짧은 한숨을 토하며 사비와 요미선자의 뒤를 따라 걸음을 옮겼다.

사비는 후원으로 향했다. 그리고 후원에 들어서자 구석에 위치한 관제묘로 발길을 놀렸다.

‘여기는!’

뒤따르던 요미선자의 눈에 찰나지간 이채가 스쳤다. 한 번뿐이 가본 적이 없는 곳이지만, 기억 속에 뚜렷이 남아 있는 한 장소가 떠올랐다.

“왜지?”

사당 앞에 걸음을 멈추고 몸을 돌린 사비. 그의 눈이 찰나지간 빛을 발했다.

“죽여야 했으니까!”

“그러니까 왜 죽여야 했는데? 당신이 직접 나서야 하는 이유가 도대체 뭐였어? 왜?”

사비의 목소리가 점점 커졌다.

‘주공이 왜 흥분을 하는 거지?’

옆에서 이들의 대화를 듣고 있던 화무영의 얼굴이 일순 의아한 빛으로 물들었다. 요미선자가 사군우에게 죽음을 선사한 이유는 그에 대한 집착에 기인한다. 본인 입으로 직접 그렇게 말했기에 이를 들은 모든 사람이 다 그렇게 알고 있다. 하지만 사비는 그녀가 뱉었던 말과 행동을 다른 의미로 해석하고 있었던 모양이었다.

이윽고 사비가 다시 입을 열었다.

"나 단순한 놈이야. 그래서인지 당신이 얼마나 단순한지도 보여. 당신이 그랬지. 내가 못 가지면 다른 사람도 못 갖는다고. 그래! 당신이란 사람은 그러고도 남을 여자야. 하지만 그래서 더 이해가 안 가. 그때 아저씨는 분명 다른 사람이 가질 수 있는 상황이 아니었어. 당신도 그걸 알고 있었을 거고. 아니야?"

"……."

"그리고 당신, 아까 분명 나한테 종놈이라고 했어. 그건 아저씨가 천월사도에 있었다는 걸 알고 있다는 뜻인 것 같은데……?"

"으음. 그가 천월사도에 대해서도 말해줬느냐?"

요미선자의 눈이 의외라는 듯 잠시 흔들렸다.

"역시 그런 거였군. 그래서 아저씨가 당신을 건드리지 않았던 거야. 하지만 그것 가지고는 아직 부족해. 아저씨가 당신에게 반격을 하지 않고 기회를 날려 버린 이유도, 당신이 백색이의 마령심기를 피하지 않고 고스란히 받은 이유도. 그것만으로는 설명이 되지 않아."

사비가 고개를 갸웃거리며 계속해서 던진 물음에 요미선자의 얼굴에 차가운 한기가 감돌았다.

"정말 몰라서 묻는 거냐?"

"……."

"검성의 몸은 이미 화류패기에 상할 대로 상한 상태였다. 그 누구도 살릴 수 없는 지경이었지. 그런 상태로 더 버텼다가는 아마 고통을 못 이기고 자결했을 거다. 아무리 무수한 고통을 참고 이겨낸 인간이라고 해도 그렇게 할 수밖에 없지. 그게 화류패공을 익힌 사람에게 주어지는 숙명이니까. 그래서 난 그가 무인으로 죽기를 바랐다. 고통에 덜덜 떠는 추한 모습을 보이지 않고 당당히 천하제일인으로서 죽기를 바랐지."

요미선자는 사군우의 마지막 얼굴을 떠올리며 잠시 회한에 잠겼다.

"하지만 아직까지 풀지 못한 의문이 있다. 난 아무리 화류패기가 생명을 갉아먹는 힘이라고 해도 검성의 몸이 그렇게까지 상했다는 게 도무지 이해가 되지 않아. 어쩌면……."

"다른 이유가 있을 수도 있단 말인가?"

"확신할 수는 없지만… 그럴 수도 있지. 검성의 화류패기를 누군가 폭발시키지 않고서는 그렇게 몸이 상할 수가 없으니까!"

요미선자의 말을 들은 사비의 눈가에 잔 경련이 일었다. 뜻밖의 말을 들은 그의 심장이 거세게 뛰기 시작했다. 하지만 요미선자는 사비의 그런 심정은 아랑곳하지 않고 계속해서 말을 이었다.

"어쨌든 난 사극과 삼봉의 합공이라면 그의 최후에 충분한 동조자가 될 수 있을 거라 생각했다. 그런데… 내 바람은 결국 꿈에 지나지 않았어. 그 인간들이 나와 같은 생각을 한 게 아님은 알았지만, 이렇게까지 치사한 수를 쓰리라고는 생각지 못했다. 그게 내 실수다!"

"그럼 지금 나도는 소문이 당신과는 관련이 없다는 건가?"

사비가 놀란 마음을 애써 추스르며 물었다.

"그런 짓을 할 생각이었으면 애초에 그를 찾아가지도 않았다!"

요미선자가 뾰족한 외침을 터뜨렸다. 사비의 뒤에 서 있던 화무영은 들으면 들을수록 당혹감에 몸이 떨려왔다.

'사부님에 관한 소문이라니? 이건 또 무슨 소리지?

화무영이 둘의 대화로 더욱 깊이 빠져드는 사이 사비가 짧은 침묵을 깨고 말했다.

"그건 그렇다 치고 내 몸에 화류패기가 흐른다는 건 어떻게 알았지?

당신은 내 몸에 손대본 적도 없잖아."

사비가 두 눈을 가늘게 뜨고 물었다.

"……."

요미선자는 정곡을 찌르는 그의 물음에 일순 대답이 궁해졌다. 이윽고 요미선자가 두 눈을 들어 사비를 응시하며 입을 열었다.

"검성과 어떤 관계냐?"

"후후후! 알면서 왜 묻지?"

"그랬군. 하지만 어떻게……?"

고개를 끄덕이던 요미선자가 의구심 가득한 눈으로 하늘을 바라봤다. 가물거리는 기억을 더듬어봤지만 사군우가 자신의 눈을 피해 살았던 것은 그가 천월사도를 벗어나고 비무대회에 참가하기 전의 넉 달에 불과하다. 여인과 인연을 맺을 정도로 긴 기간도 아니었고, 그렇다고 여인을 가까이 하기는커녕 오히려 꺼려하는 사군우가 유곽 같은 곳을 찾았을 리도 만무하다. 이에 요미선자는 도무지 이해가 가지 않았다.

"내가 아는 사군우는 여자를 여자로 보지 않는다. 그런 사람이 어떻게… 있을 수 없는 일이다!"

"아저씨와 처음 만난 곳이 청도야. 아저씨가 중원 땅에 처음 발을 디딘 곳도 청도라지, 아마."

사비의 말을 들은 요미선자의 얼굴이 하얗게 질렸다. 그리고는 점점 두 눈에 불길이 일었다.

'나를 거부하고 다른 여인을 택했었단 말인가?'

요미선자는 참을 수 없는 노기가 치밀어 올랐다. 혹시 잘못 안 게 아닐까 하는 기대가 일순간에 허물어지자 그 노기가 다시 사비를 향한 살기와 적개심으로 바뀌어갔다.

파파팟!

요미선자의 가공할 투기가 짓쳐들자 황급히 사비의 앞을 가로막은 화무영이 한 손을 털었다.

"당신의 무공이 아무리 대단하다 한들 나와 주공의 상대는 되지 못할 거요!"

화무영은 사비의 어깨에 제 어깨를 붙이며 슬머시 마령심공을 끌어올렸다. 그리고는 곧바로 요미선자를 향해 마령심기가 실린 가공한 투기를 흘려보냈다.

"후후! 너희들이 내 상대가 될 것 같으냐?"

"자신감이 지나치면 화를 부르는 법이지."

"글쎄. 과연 그럴까? 검성이 죽었다. 그러니 이제 이 땅에 날 죽일 수 있는 인간은 존재하지 않는다!"

"흥! 그럼 더 잘됐군! 난 인간이 아니라… 타락수라니까!"

요미선자의 당찬 외침에 화무영이 서늘한 눈빛으로 화답했다.

반면 사비는 말이 없다. 사군우의 죽음에 관련이 있는 사람이 도대체 몇 명이나 되는지 도무지 종잡을 수가 없었다. 처음에는 단순하게 관제묘를 찾았던 사람들만을 복수의 대상으로 삼았는데, 요미선자의 얘기를 듣고 보니 그게 아니었다.

'뭔가 있어!'

사비가 속으로 여러 가지 생각에 얽혀 들어가는 사이 요미선자의 입에서 장탄식이 터졌다. 이후 그녀는 고개를 들어올렸다. 주위를 둘러싼 나무숲 사이로 구름 한 점 없는 파란 하늘이 들어온다.

"휴우! 네가 검성의 아들이라면… 들을 자격이 있지."

요미선자는 천천히 눈을 내리고 사비의 얼굴을 바라봤다. 그녀의 눈에 비친 사비가 살짝 흔들리며 사군우로 변해간다.

"현영(玄影)! 그게 내 이름이다. 무(武)의 권능을 이어받은 천월사도의 소천사다. 이십 년 전 대천사 승계 시험을 위해 중원으로 나왔지. 하지만 그건 핑계에 불과했다. 난… 그를 찾기 위해 나온 거니까."

"당신이 아저씨를 찾은 이유는?"

"그는… 나의 종마로 내정됐던 사내였다. 하지만 난 그를 결코 종마로 대하지 않았어! 사내들은 어떻게 그럴 수 있는 거지? 어떻게 나와의 인연을 매몰차게 저버리고 중원으로 뛰쳐나갈 수 있는 거지? 그래서 그의 뒤를 쫓아 나왔다. 그리고 그를 찾으면 묻고 싶었다. 내가 그에게 어떤 존재인지……."

요미선자의 입술이 파르르 떨렸다.

"난 오래지 않아 그를 찾을 수 있었다."

"그래서 물어봤나?"

"그냥 웃더군. 하늘이 맑지 않느냐는 엉뚱한 말만 늘어놓으면서 끝까지 웃기만 했어. 그리고 난 자그마치 이십 년 동안이나 그가 돌아오기를 기다렸지. 이십 년 동안이나! 하지만 그는 끝내 돌아오지 않았어. 한낱 종마 주제에 감히 소천사인 나를 능멸한 거야!"

요미선자의 눈빛이 잘게 흔들린다. 천월사도의 율법을 어겨가면서까지 사랑하는 사람을 기다렸던 그 긴 세월의 회한과 그 사람을 자신의 손으로 죽여야 했던 모진 숙명.

'난… 후회하지 않아!'

속으로 중얼거리는 요미선자의 표정은 쉴 새 없이 바뀌어갔다.

'역시 천월사도에서 나왔군. 어쩌면 그 계집애도…….'

요미선자의 얼굴을 바라보던 사비의 뇌리로 불현듯 현현의 얼굴이

스쳤다. 그녀는 요미선자를 제외하면 화류패기를 알아본 유일한 여인
이다. 그녀 외에는 아무도 자신이 화류패기를 지니고 있음을 알아보지
못했으니 어쩌면 현현도 요미선자와 같은 천월사도 출신일 수도 있었
다. 하지만 사비는 이내 고개를 저으며 빠르게 말을 뱉었다. 지금은 그
런 생각에 빠져 있을 만한 상황이 아니었다.

"그런데 천독문에서 왜 당신을 죽이려 하는 거지?"

"내가 검성의 죽음에 관한 진실을 털어놓을까 봐 두려운 게지. 아마
모르긴 해도 지금쯤 마사회와 백천맹에서도 나를 죽이려고 혈안이 돼
있을 것이다."

"그렇군. 알았어. 그럼 그만 가봐."

"……."

요미선자는 의외라는 눈빛으로 사비를 말없이 쳐다봤다. 이유야 어
찌됐건 사군우의 직접적인 사인은 자신이다. 그리고 죽여야 한다면 지
금이 기회다. 해독을 시켰다고 해도 대군자산의 중독이 그렇게 쉽게
풀리는 것은 아니니까. 그리고 이런 사실을 사비나 화무영 같은 고수
들이 모를 리 없었다.

"왜 가라는 거지?"

"그냥!"

"난 이 검으로 검성의 심장을 짓이겨 놨다!"

요미선자가 허리에 맸던 검을 풀어 가슴 앞으로 들어올렸다.

"알아!"

"그런데도 그냥 가라는 거냐?"

"그냥 나한테 천월사도 얘기를 해준 보답이라고 생각해. 그런 괴상
한 곳에서 본인들 얘기를 떠벌리게 할 리 없잖아. 난 당신이 나름대로

희생을 감수하고 꺼낸 얘기라고 생각해. 그리고 내 입에서 당분간 천월사도에 대한 얘기는 나오지 않을 거야."

"……."

요미선자는 말없이 사비를 응시하다가 이내 몸을 돌렸다.

[주공, 어찌 그냥 보내시는 겁니까? 지금이 기회입니다!]

요미선자가 싸늘히 돌아서자 화무영이 다급히 전음을 날렸다.

"……."

사비는 요미선자의 멀어져 가는 뒷모습을 물끄러미 바라보며 입을 열지 않았다.

그녀의 외로움과 아픔이 느껴졌다. 사군우를 얘기하며 가슴 아파하던 그녀의 슬픔이 느껴졌다. 비록 그녀의 모든 속을 알지는 못했지만 어쩌면 그녀가 사군우를 죽인 이유가 정녕 그녀의 말대로 고통을 없애주기 위한 방편이었을지도 모른다는 생각이 들었다.

이윽고 요미선자가 담장을 뛰어넘어 시야에서 사라져 가자 사비가 천천히 입술을 뗐다.

"저 여자 말이 사실 같았다. 아저씨를 위해서 그랬다는 말. 그 말을 들으니까 막 심장이 뛰더라고. 저 여자 심장하고 박자를 맞춰서 콩닥콩닥 뛰더란 말이야. 이렇게!"

제 가슴을 툭… 툭 쳐 보인 사비가 천천히 한 걸음을 내디뎠다. 삽시간에 피곤이 몰려왔다. 아직 야왕 은강후의 처리가 남아 있었지만 지금은 일단 쉬고 싶었다.

"난 눈 좀 붙일 테니까. 야문 그 늙은이 오면 깨워!"

사비는 터벅터벅 걸음을 옮겨 앵화루 안으로 들어갔다.

"……."

그의 등을 바라보는 화무영은 아무 말도 하지 못했다. 그저 멍한 눈으로 앞으로의 일에 대한 대처 방안을 생각해 봤다. 하지만 그 좋은 머리가 도무지 꿈쩍을 하지 않았다. 그의 머리와 가슴속에는 오직 혈매화의 얼굴만이 가득 차 있을 뿐이었다.

앵화루 안으로 들어가는 사비와 화무영의 머리 위로 서서히 저물어 가는 석양이 빛을 흘리고 있었다.

사비의 침소는 후끈한 열기로 덥혀 있다. 하지만 객실의 반은 얼음장이다. 침상의 반을 가르고 봤을 때 좌측은 자욱한 수증기가, 우측은 투명한 고드름으로 채워져 있다. 참으로 기이한 일이었다. 하지만 더욱 희한한 것은 이러한 괴현상이 사비의 몸에서부터 시작되고 있다는 것이다.

"내가 일전에 말했지. 오래 살지 않아도 되니까 아저씨 무공 제대로 익혀보겠다고. 그 이유가 뭔 거 같아?"

"……."

"그 자식들… 아저씨를 그렇게 만든 새끼들을 내 손으로 직접 묻어주기 위해서야. 갈아 마셔도 시원찮을 그 자식들에게 복수하기 위해서!"

사비의 눈가에 경련이 일었다. 그동안 참아왔던 분노가 일시에 터져버렸는지 그의 온 전신이 피칠을 한 사람처럼 붉게 물들기 시작했다.

"난 처음부터 복수하지 말라는 말, 들을 생각도 없었어. 하지만 계란으로 바위를 칠 정도로 미련한 놈도 아니야. 난 엄마를 그 꼴로 만들었던 그 개자식을 죽이기 위해서 이 년을 기다렸던 놈이지."

사비의 입가에 싸늘한 미소가 어렸다.

“하지만 지금은 그때와는 좀 다르지! 그때는 그 새끼를 죽일 정도의 힘만 키우면 됐거든. 그래서 그냥 두 살 더 먹을 때까지 가만히 참고 기다리면 되는 거였어. 하지만 지금은… 천하를 좌지우지한다는 인간들을 넷이나 죽여야 해! 적어도 그 인간들 정도의 힘은 갖춰야 한다는 뜻이라고. 단순히 개망나니 하나 죽일 힘만 있으면 되는 상황이 아니야! 안 그래?”

“주공……”

화무영은 입술을 질끈 깨물었다. 입술 사이로 피가 흘러나왔다. 하지만 아무런 통증도 느껴지지 않는다. 사비의 한과 원통함이 느껴져서, 어찌할 바를 몰라서 그저 입술만 베어 물고 있을 뿐이었다.

“하지만… 지금은 주공의 몸을 정상으로 되돌리는 것이 우선입니다. 그전까지는 무공을 쓰지 말아야 합니다.”

화무영이 굳은 표정으로 고개를 가로저었다. 사비의 몸은 자신이 이해할 수 없는 현상들로 가득 차 있다.

사비는 요미선자가 떠나고 세 시진이 흐르는 동안 혼수상태에 빠진 사람처럼 정신을 놓고 있었다. 더욱이 그 세 시진 동안 그는 전신에 엄습하는 극심한 열기와 한기에 시달려야 했다. 이 양대 기운이 화류패기와 마령심기임을 감지한 화무영이 본인의 진기를 흘려보내 봤지만, 그 기운들을 더욱 날뛰게 하는 역효과만 초래했을 뿐이다. 다행히 은강후가 돌아오지 않았기에 망정이지 그렇지 않았다면 참으로 곤란한 상황을 겪게 됐으리라.

그러던 차에 사비가 언제 그랬냐는 듯 멀쩡한 모습으로 깨어나서 입을 연 것이다.

화무영은 사비의 말을 들으며 자신의 어리석음을 한탄했다. 사비가 동시에 서로 다른 기운을 끌어올린 것을 보며 그의 몸이 회복됐다고 판단했던 자신이 한심했다. 조금 호전된 기미를 보였다고 해서 섣부른 판단을 하다니. 사군우도 감당치 못한 힘을 사비는 극복할 수 있을 거라 기대했다니.

사비는 사군우처럼 몸이 감당도 못할 힘에 의해 조금씩 죽어가고 있는 것이다. 더욱이 사군우가 견뎌야 했던 화류패기에, 마령심공까지 더해진 상황이었다.

'역시 조금 시간이 더 걸리더라도 굉천자 노사를 찾아야 했어!'

화무영은 곤륜까지 가서도 굉천자를 데리고 오지 못한 일을 자책했다. 하지만 솔직히 다시 간다고 해도 굉천자를 찾을 수 있을지는 장담키 어려웠다. 곤륜은 화무영으로서도 감히 깨뜨릴 수 없는 수많은 절진으로 가득 차 있었다. 이에 화무영은 차라리 사비가 직접 곤륜으로 와서 공식적으로 굉천자에게 면담 요청을 하는 게 나을 것 같다는 판단을 하고 되돌아온 것이고.

"그러니까… 부서진 앵화루를 복구하고, 기루 운영이 어느 정도 안정되면, 저하고 같이 일단 곤륜으로 가는 겁니다. 굉천자 진인께 증상을 보이고 주공 몸이 완벽하게 낫게 되면… 그때 다시 생각해 보지요. 복수는 그때 생각해도 늦지 않습니다."

"아니! 난 가지 않아! 화류패기 그리고 마령심기. 이 정도만 쓸 수 있어도 충분해. 너도 봤잖아? 은강후나 요미선자에게도 밀리지 않는 힘이라고. 그리고 굉천자 그 노인네가 던져 준 속공단도 지금은 어느 정도 흡수가 됐으니까."

사비의 몸을 덮었던 붉은 기운이 조금씩 사그라지기 시작했다.

"참 답답하십니다! 그럼 아까와 같은 증상이 다시 나타나면… 그때는 어떻게 하실 겁니까?"

"그건 그냥 욕심을 부려봤던 것뿐이야. 요미선자를 보니까 꽤 힘이 세졌다고 생각했는데도 도저히 이길 엄두가 안 나더라고. 그래서 안에 들어와서 화류패기와 마령심기를 합치고 싶은 마음에 조금 무리를 했었어. 그래서 주화입마인가 뭔가에 걸렸던 것 같아."

"합치다니… 두 기운을 합친다고요? 어찌 그런 말도 안 되는 시도를 하신 겁니까?"

"후후후! 너도 봤잖아. 난 분명히 화류패기와 마령심기를 동시에 끌어올렸어!"

"물론 봤습니다. 그것도 불가능한 일임에는 틀림없지요. 하지만 극음과 극양의 기운을 합친다는 것은 두 기운을 동시에 끌어올리는 것보다 수백 배, 수천 배 더 어려운 일입니다. 그건……."

잠시 망설이던 화무영이 다시 입술을 떼려 하자 사비가 자리에서 벌떡 일어나며 그의 말을 가로챘다.

"알아! 음양합일지경에 이르러야 가능하다는 거. 어쩌면 인간의 힘으로는 불가능한 신의 영역일지도 모르지. 하지만……."

사비는 입가에 엷은 미소를 지으며 다시 말을 이었다.

"하지만 난 본 적이 있어. 아저씨가 보여줬어. 아저씨는 분명 내게 그런 모습을 보여줬다고. 사극같이 하찮은 벌레들과 싸울 때가 아니라서 너는 보지 못했겠지만… 난 두 눈으로 똑똑히 봤어! 아저씨가 보여준 음양합일지경의 영역을, 그 신의 영역을… 그걸 보는 순간 나도 아저씨처럼 되고 싶다는 생각을 했지. 처음이었어. 내가 뭔가를 하고 싶다가 아니라 뭔가 되고 싶다는 생각이 들었던 건 그때가 처음이었다."

"으음!"

화무영은 일순 입을 다물었다. 삼라만상의 이치를 모두 깨달은 선각자의 눈빛, 세상에 아무것도 모르는 철부지 어린아이의 눈빛을 동시에 던지고 있는 사비. 그가 자신을 바라보고 있다는 것만으로도 숨이 벅차왔다.

'그사이에 더 컸어! 어쩌면 나 같은 건 이미 바라보지도 못할 경지에 이르렀을지도…….'

하지만 화무영은 사비를 말려야 한다고 생각했다. 어떤 것이 정상적인 길이며 방법인지는 모르지만, 사비의 몸이 정상이 아니라는 사실만은 확실하다. 물론 겪으면 겪을수록 사비는 성장하고 있다.

이전에는 까마득히 밑에 있다고 생각했던 사비가 어느새 자신과 어깨를 견주어도 손색이 없을 정도로 커버렸다는 사실에 놀란 적이 한두 번이 아니다.

화무영은 사비의 초고속 성장의 이유가 사군우의 모든 것을 물려받았기 때문이라 생각했다. 그의 성품과 외모, 그리고 무공까지…….

하지만 사비는 안타깝게도 받지 말아야 할 것까지 받고 말았다. 스스로의 생명을 갉아먹어 들어가는 화류패기라는 진기까지 물려받은 것이다.

'그래도 난 솔직히 주공이 부럽소! 한 치 앞도 안 보이는 게 인생인데 본인이 어떻게 죽을지 알면서도, 그 죽음과 맞서 싸울 용기를 지닌 당신이 사내로서 부럽단 말이오. 난 소란이를 따라 죽을 용기조차 없어 이렇게 살아가고 있는데… 그래서 주공이 나 같은 놈을 금방 따라잡은 모양이오. 그래서 당신이 내 주공인 모양이오. 그래서…….'

화무영은 씁쓸한 표정으로 되뇌었다. 그게 자신과 사비의 차이고, 그게 주공과 수하의 차이라고. 하지만 그는 지금 아주 중요한 사실을 하나 놓치고 있었다. 본인은 사비를 제외하면 이 세상 그 누구와 견주어도 손색이 없는 무인임을. 모든 마도인들이 숙원하는 마황의 경지에 올라 있다는 사실을.

이윽고 화무영이 사비를 따라 말없이 몸을 일으켰다. 잊고 있었던 게 생각났다. 사군우와 했던 약속. 사비가 옳지 않은 길을 가면 자신이 옆에서 바로 세워주겠다던 그 약속 말이다. 그렇다면 지금 자신은 사비의 결정과 행동을 따라야 한다. 사비가 하려는 일은 당연히 해야 할 일이고, 옳은 일이다. 그리고 화무영 스스로가 하려던 일이기도 했다. 하지만 사군우의 복수를 한다는 사비의 결정은 천하를 움직이는 네 세력을 단신으로 친다는 말과 같다. 처음부터 절대 불가능의 명제를 안고 싸움을 벌이려는 사비.

"좋습니다! 이 화무영! 주공을 따라 사부님의 복수를 하겠습니다. 그리고 이것 하나는 약속하지요! 주공이 나보다 먼저 죽는 일은 없을 거라는 거!"

화무영의 결연한 표정에 사비가 피식 미소를 머금고 입을 열었다.

"그럼 나도 약속 하나 할까? 넌 일찍 죽을 일 없어! 매화하고 오래오래 행복하게 살게 될 거야. 그러니 그런 시시껄렁한 표정 짓지 말라고. 초장부터 재수없을 필요는 없잖아. 난 죽을 결심을 한 게 아니라 제대로 살 작정을 한 거니까. 어차피 우리가 가만히 있어도 그 자식들이 우릴 가만 놔두지 않을 거야. 그러니까 그 인간들 잡아서 작살내는 건 아저씨의 복수이기 전에 우리가 살 수 있는 유일한 길이다!"

"맞습니다!"

고개를 끄덕인 화무영은 사비가 새삼 달리 보였다. 이럴 때 보면 보통 머리가 아니다. 중원에서 날고 긴다고 소문난 웬만한 모사꾼들보다 깊은 심계. 사비는 백천맹이나 마사회처럼 사군우의 죽음과 관련된 세력들이 가만히 있지 않을 거라는 걸 알면서도, 아무것도 모르는 순진한 인간처럼 관제묘를 떠날 생각을 하지 않으며 자신의 애간장을 태웠던 것이다.

다음날 아침.

삐이걱……!

방문을 밀던 유백은 눈살을 찌푸렸다. 조용히 여느라 조심했는데 굉장히 불쾌한 소음이 주변을 맴돌았다. 유백은 이럴 바에는 차라리 그냥 들어갈 걸 그랬다는 후회를 해보며 천천히 고개를 들었다.

"웬일?"

화무영과 심각한 표정으로 대화를 나누던 사비가 눈을 돌려 물었다.

"작별 인사를 하려고 왔네."

유백은 쭈뼛쭈뼛 다시 말을 이었다.

"맹에서 복귀 명령이 떨어져서 말이야."

"알았어. 잘 가!"

사비가 시큰둥한 얼굴로 고개를 돌리자 유백은 내심 서운한 마음이 일었다. 자신이 어렵게 꺼낸 말에 이렇게 무덤덤한 표정을 보이는 사비가 못내 야속했다.

'하긴 그 지경이 될 때까지 내다보지도 않았으니…….'

다른 한편으로 생각하면 사비의 심정은 충분히 이해가 간다. 앵화루는 개업 첫날 맞은 날벼락으로 인해 언제 다시 영업을 시작할지 알 수 없는 처참한 지경이었다. 어제의 싸움으로 인해 날아간 지붕과 부서진 바닥, 가루가 된 골조들. 그리고 무엇보다 앵화루에 근무하는 직원들 중 상당수가 화상을 입었다. 다행히 심각한 수준의 화상은 아니었지만 역시 그런 부상과 부서진 모습으로 영업을 할 수는 없는 일이었다. 그렇게 될 때까지도 방 안에서 문을 꼭 걸어 잠근 채 나와보지 않은 자신을 사비가 곱게 볼 리 없었다.

그래서 뭐라고 변명이라도 하고 싶었다. 죽음이 두려워서가 아니라 백천맹 소속으로서 다른 세력과 개인적인 원한이나 마찰을 일으키면 안 되는 자신의 처지를 설명하고 싶었다.

'역시 안 하는 게 낫겠지?

유백은 속으로 자문하며 천천히 몸을 돌렸다.

"조심해서 가! 괜히 가다가 봉변당하지 말고. 다른 데는 몰라도 야문 녀석들은 가만히 있지 않을 거다."

그가 막 문고리를 잡는 순간 등 뒤에서 사비의 밝은 목소리가 들려왔다.

유백은 코끝이 찡했다. 사비는 그저 인사치레로 한 말이었지만 유백은 아니었다. 이런 상황에서도 자신의 안위를 걱정하는 사비의 자상함에 감동의 물결이 밀려왔다. 다른 사람도 아닌 사비의 당부라서인지 받아들이는 느낌이 남달랐다.

"고맙네! 그리고……."

유백이 잠시 주저하며 말을 잇지 못했다. 하려던 말이 맹 내에서도 아직은 기밀에 붙여진 사항이었기 때문이다.

"중원에 한차례 피바람이 몰아칠 거야. 조만간 마도와의 전면전이 벌어질 것 같은데……."

유백이 말끝을 흐리며 사비 곁에 앉아 있는 화무영을 힐끔 쳐다봤다. 그가 타락수라라는 사실은 들었지만 사비와 꽤 친분이 있는 사이 같아 당분간은 모른 척하기로 동료들과 잠정 협의를 본 상태였다.

'저렇게 훤하게 생긴 친구가 타락수라라니… 흠!'

유백은 아무리 생각해도 화무영이 타락수라라는 사실이 쉽게 받아들여지지 않았다. 그저 책 읽기나 좋아할 서생처럼 보이는 자가 무림공적으로 몰린 마인이라는 사실이 좀처럼 믿기지 않았다.

'하긴! 백천맹에서 공적으로 지목한 인간 중에 어디 제대로 된 악인이나 있었나?'

잠시 속으로 이런저런 생각을 하던 유백이 다시 입을 열었다. 자신의 다음 말을 기다리던 사비의 눈에 점점 짜증스런 기색이 나타나기 시작했기 때문이다.

"아마 백천맹을 주축으로 한 정도와 화양마부, 마사회, 빙월마궁이 연합한 마도의 싸움이 될 게야. 하지만 그전에… 흑화검성과 타락수라에 대한 추살이 먼저라네. 싸움은 그 뒤의 일이지. 물론 내가 생각해도 말이 안 되는 얘기네. 서로 싸울 사이에 그 싸움을 사이좋게 무림공적을 추살한 뒤로 합의를 보는 게 어디 될 법한 얘긴가? 하지만 이런 곳이 무림이니 난들 어쩌겠나. 참 개 방귀 같은 짓거리지!"

유백의 말을 들은 화무영과 사비가 서로를 바라보며 피식 웃었다. 어차피 예상했던 일이다. 지금도 그 얘기를 나누던 중이었다. 하지만 유백의 입을 통해 들으니 이전에는 없던 어떤 기대감 같은 것이 떠올랐다.

'백천맹에 몸담고 있는 저 인간도 믿지 않는다면 희망은 있지?'

사비와 화무영은 속으로 그런 생각을 하며 다시 유백에게 고개를 돌렸다.

"나도 눈치가 있는 사람일세. 당신이 흑화검성이나 타락수라와 관계가 있다는 것쯤은 알고 있지. 그러니 부디 조심하시게. 그리고 백천맹에 오라고 했던 말은 그냥 듣지 못한 걸로 하게나. 내 자네 사정을 모르고 그렇게 보챘던 건 미안하게 됐네."

유백이 다시 몸을 돌렸다.

"뭐? 없던 것으로 하자고? 참 나! 정말 더럽게 치사한 인간이네. 가입하라고 사정사정할 때는 언제고 이제 와서……."

"그런 뜻이 아니라 자네가 위험할 것 같아 그러는 것 아닌가. 그러니 오해 말게. 나는 한입 가지고 두말하는 사람이 아니네."

유백이 안타깝다는 투로 입을 열며 문밖으로 걸음을 옮겼다. 다른 사람은 몰라도 자신은 마도에도 친구가 있을 정도로 정사를 미리 가르지 않는 사람이다. 그런 자신의 마음을 몰라주니 내심 억울한 기분까지 들었다.

"그럼! 기다려!"

"……."

유백이 어깨를 흠칫 떨며 걸음을 멈췄다.

"기다리라니 그게 무슨 소린가?"

"간다! 조만간에 백천맹으로 갈 테니까, 그때 가서 모르는 척하기 없기야. 알았지?"

사비의 말에 유백이 천천히 고개를 돌렸다. 그의 눈이 세차게 흔들렸다. 자신도 그렇지만 사비는 더더구나 한입 갖고 두말하는 성격이 아니다. 그런 그가 백천맹에 온다는 건 무슨 뜻일까? 백천맹을 상대로 한바탕 칼춤이라도 춰보겠다는 건가? 사비의 성정과 지닌 무위로 보건대 전혀 말이 안 되는 얘기도 아니었다. 유백의 얼굴에 스치는 근심을 눈치챈 화무영이 사비를 대신해 입을 열었다.

"주공이 그렇게 대책없는 망종은 아니니 너무 걱정하지 마시오."

"뭐? 망종?"

"하하! 아닙니다."

사비가 버럭 고함을 치자 화무영이 손사래를 치며 뒤로 물러났다. 이를 본 유백이 깊은 의혹이 담긴 눈으로 천천히 몸을 돌려 그 자리를 벗어났다.

'무림공적으로 몰린 상황에서 저런 여유라니. 저들은 도대체 어떤 사람들인가? 설마 전 무림이 몰려와도 눈 하나 깜짝하지 않을 간담이라도 가졌다는 건가?

유백의 발걸음이 조금씩 빨라졌다. 앞서 간 상관경 일행에 합류하기 위해서는 더욱 서둘러야 했다. 정의회 인물들과 동행한다는 것이 썩 내키는 일은 아니었지만 상부에서 보내온 지시가 그러하니 그로서도 어쩔 수 없는 일이었다. 하지만 유백이나 그의 동료들은 상부의 누가 그런 서찰을 보냈는지는 알지 못했다. 그저 백천맹 독문표기 마지막 부분에 있던 표식으로 보아 그런 지시를 하달한 자가 백천맹에서도 꽤 높은 위치인 것만 확인했을 뿐이다.

유백이 방문을 닫고 나간 것을 확인한 사비가 고개를 돌렸다.

"가!"

"……."

화무영은 입을 꾹 다문 채 사비의 얼굴을 바라봤다.

"가서 다시 데리고 와. 그게 사람의 도리 아니겠어? 아니지! 사내의 도리라고 해야 맞겠군. 내 여자는 내가 지킨다! 이게 사내잖아."

사비는 자신의 말이 꽤 그럴듯하다고 생각하며 흡족한 미소를 머

금었다. 하지만 그것도 잠시 그의 얼굴에 일순 어두운 그늘이 스쳤
다.

'내가 그런 말 할 자격이 있을까? 후후후!'

하지만 사비는 이내 본래의 표정을 회복하고 다시 고개를 들었다.
그의 눈에 비친 화무영은 고뇌하고 있다. 지금 눈앞에 있는 화무영은
마령심공으로 천하를 진동시킨 타락수라가 아니다. 그저 사랑하는 여
인을 덧없이 떠나보내고 상처밖에 남지 않은 슬픈 영혼이다. 사비는
문득 그가 애처로워 보였다.

'이제 너도 웃을 자격이 있어. 그래도 죽기 전에 한 번쯤은 행복이
라는 것도 겪어봐야지. 가라.'

사비는 마음속으로만 되뇌었다. 그런 말은 낯간지러워서 도저히 나
오지 않았다. 결정은 어디까지나 화무영의 몫이었다.

"이제 네 차례야. 매화가 네 그늘을 걷어줬듯이 너도 매화를 꺼내줘.
야문이 그녀에게 드리웠던 어둠에서……."

천천히 몸을 일으킨 사비는 곧바로 방문을 열고 나갔다. 내일 아침
떠나려면 생각보다 할 일이 많았다. 황 집사와 향후 앵화루에 대한 경
영 방침을 논의해야 하고, 신도화수에게 작별 인사도 해야 했다.

"……."

사비의 나가는 모습을 말없이 바라보던 화무영은 털썩 의자에 주저
앉았다. 쉽게 결정할 수 있는 문제가 아니었다.

자신이 구해주지 않으면 혈매화는 은강후의 마수에서 벗어나지 못
할 것이다. 은강후의 성난 음성에도 그렇게 쩔쩔매는 걸 보면 그녀가
그동안 야왕 은강후를 어떻게 대해왔을지는 보지 않아도 알 수 있는
일이었다.

하지만 혈매화를 구하러 가게 되면 사비가 혼자 남는다. 현재 그의 무공 수위야 자신을 앞서고도 남음이 있었지만, 화류패기로 인한 진기의 역류와 생기의 연소 현상이 일어나게 되면, 길을 지나가는 동네 꼬마 아이에게라도 목숨을 잃을 수도 있는 위험천만한 상태의 몸이었다. 그런 사비를 홀로 두고 떠날 수는 없었다.

그렇다고 사군우의 복수를 다짐하며 이제 막 강호행을 시작하려는 사비에게 혈매화를 먼저 구하러 가자는 말을 할 수도 없는 노릇이었다.

"휴우!"

화무영은 이러지도 저러지도 못할 상황에 짧은 한숨을 토했다. 자꾸 눈앞에서 혈매화와 사비가 번갈아가며 아른거렸다.

공손히 시립한 황 집사의 표정이 평상시와 다르다. 그가 머리를 조아린 쪽에는 가늘게 쪼갠 대오리를 엮어 만든 발이 드리워져 있었다. 그 발 뒤에 앉은 신도화수는 숙연한 표정의 황초명을 물끄러미 바라보다가 나직이 입술을 뗐다.

"정녕 그 정도란 말인가?"

"그렇습니다!"

"허허! 어찌 그 나이에 십이제천과 동수를 이룰 실력을 지녔단 말인가? 그것도 오왕 중에도 수위를 다투는 야왕과 말이야."

신도화수는 믿기지 않는지 절레절레 고개를 저었다. 하지만 황 집사, 아니, 흑천의 최강 살수, 흑살조 수장의 보고다. 흑천 내에서 손꼽히는 무공 실력에, 어느 누구보다도 뛰어난 안목을 지녔다고 자타가 공인하는 황초명. 그의 말은 단 한 번도 틀린 적이 없다.

“그리고 타락수라는 마령심공의 성취가 극에 이른 것으로 보입니다.”

“극이라면……?”

“최소 마성(魔聖)의 경지, 아니면 그 이상입니다!”

“그렇다면 자네도 승부를 장담할 수 없을 정도라는 말인가?”

“부끄럽습니다.”

황초명이 머리를 조아리자 신도화수가 다시 입을 열었다.

“허! 그럼 흑화검성이 십이제천과 비슷한 실력을 지닌 인간을 한꺼번에 둘씩이나 키워냈다는 건가?”

신도화수는 감탄성을 터뜨렸다. 화무영은 그렇다 쳐도 사비에게 그런 실력이 있을 줄은 몰랐기에 그의 놀라움은 컸다.

“…….”

황초명은 신도화수의 말에 대답하지 않았다.

그는 사비의 주먹에 나가떨어지는 중원의 기라성 같은 고수들을 목도하며 크게 감동했고, 그 장면은 황초명뿐만 아니라 비록 나서지는 않았지만 주변에서 숨죽이며 지켜보던 흑천의 무인들에게 있어 갈증을 해소시켜 주는 감로수(甘露水)였다.

중원의 이목을 피하며 살아온 이십 년, 신도화수 입장에서 보면 자그마치 사십 년을 숨죽여 왔던 그들의 답답함을 대신 풀어주기 위해 온 사람처럼 야문과 천독문의 고수들을 무지막지하게 몰아붙이던 사비. 황초명을 위시한 흑천인들에게 있어 사비의 그런 모습은 전율과 감동 그 자체였다.

이윽고 잠시 말없이 생각에 잠겼던 신도화수가 천천히 입을 열었다.

“어떻게 하면 좋겠나?”

“저는 명을 따를 뿐입니다!”

"그가 앞으로 흑천에 해가 될 가능성은?"

"……."

황초명은 잠시 입을 다물었다. 쉽게 대답할 수 없는 문제다. 자신의 한마디에 흑천 식구들과 사비의 목숨이 달려 있었다. 이윽고 황초명이 입술을 질끈 깨물며 입을 열었다.

"오 할입니다! 예측 불허의 성향을 지닌 인물입니다. 흑천에 힘이 된다면 어느 누구보다 든든한 지원군이 될 것이고, 만일 흑천에 피해를 끼친다면……."

"어느 누구보다 커다란 피해를 입히겠지!"

신도화수가 고개를 끄덕이며 다시 입을 열었다.

"나도 같은 생각이네. 그러니 이호경식(二虎競食)의 계를 쓰세! 사비 와 타락수라의 실력이면 육패 중 한둘 정도를 묶어둘 수 있을 터. 그에 게 이걸 전해주게."

"이것은!"

신도화수가 내민 물건을 본 황초명의 눈이 화등잔처럼 커졌다.

"어차피 우리 것이 아니었지 않은가? 어서 가보게!"

"그럼 물러가겠습니다!"

허리를 숙인 황초명이 황급히 밖으로 빠져나가자 신도화수가 엷은 미소를 머금고 중얼거렸다.

"이제 흑천이 움직일 시기가 온 것 같군!"

신도화수는 천천히 양손을 움직여 바퀴를 굴렸다. 신도화수의 주름 진 손이 여느 때보다 건강해 보였다.

*　　　*　　　*

황보세가의 장원 중앙에 위치한 연무장. 달빛을 사이에 두고 마주 선 현현과 황보천의 얼굴은 자못 심각해 보였다.

"그러니까 제수씨 말은 내가 직접 가솔들을 이끌고 백천맹으로 가야 한다는 뜻이오?"

"맞아요!"

황보천이 짐짓 당황한 눈빛으로 바라보자 현현이 고개를 끄덕였다.

"그럼 산동은 어떻게 하란 말이오? 삼악파가 무너지긴 했지만 본 가는 아직 산동을 완전히 장악하지 못했소. 따라서 지금은 산동에서의 기반을 더 다져야 한다는 게 내 생각이오."

"산동에서의 기반은 가주님께서 신경 쓰실 일이 아니에요."

황보천은 곤혹스러운 표정을 지었다. 이제야 겨우 황보세가의 가세를 회복시켰다. 하지만 그것은 어디까지나 몇 년 전 극심하게 기울었던 가세를 회복시켰다는 소리지, 결코 예전과 같은 성세로 회복했다는 말은 아니다. 이 때문에 황보천은 지금을 그 어느 때보다 중요한 시기로 여겼다. 그는 산동을 다른 세력이 넘보지 못하도록 철저히 방비하며 내실을 기해야 하는 아주 중요한 시기라고 생각했다.

그러나 현현은 자신의 생각과는 전혀 달랐다. 이에 황보천은 당황했다. 지금까지 줄곧 세가에 관한 모든 일은 현현과 상의해 왔고 그 대부분, 아니, 모든 결정은 그녀의 의견을 염두에 두고 내렸었는데 이번만큼은 도저히 그럴 수가 없을 것 같았다.

"하지만 그렇게 하면 어르신들께서……."

황보천은 말끝을 흐렸다. 차마 본인 입으로 세가의 웃어른들이 황보세가의 성세를 탐할 것이라는 말을 할 수가 없었다. 하지만 그런다고 모를 현현도 아니었다.

"개의치 마세요. 어차피 그분들도 황보라는 성을 가지신 분들이에요. 산동에서 힘을 지니고 있냐는 건 중요한 게 아니에요."

현현이 잠시 말을 멈추자 황보천의 눈이 그녀의 입술에 고정됐다.

"산동 정도는 그분들께 맡겨도 상관없어요. 황보세가가 천하제일가라는 영예를 차지하려면 산동에 신경 쓸 겨를이 없으니까요."

"처, 천하제일가라고 했소?"

현현의 말을 들은 황보천이 말까지 더듬으며 되물었다.

천하제일가. 현현이 예전부터 해오던 말이었지만 실제로 그렇게 되리라고 생각한 적은 한 번도 없었다. 그저 산동에서의 옛 영화만 회복해도 좋을 것 같다는 바람만 있었을 뿐. 하지만 지금 들은 현현의 말은 이전과는 사뭇 다른 느낌이었다.

'그렇군! 세가의 성세를 회복한다는 것도 꿈에 지나지 않았지. 하지만 지금은 현실이 됐어. 어쩌면 천하제일가도…….'

속으로 중얼거리던 황보천이 현현을 향해 힐끗 고개를 돌렸다.

"백천맹은 지금 정의회와 평심회의 양대 세력으로 갈려 있어요. 그리고 그 세력 다툼의 중요한 요소로 떠오른 건 바로 산동회주 자리지요. 그러니 지금은 백천맹에 가서 입지를 다져 놓는 게, 황보세가가 산동회주로 전혀 손색이 없다는 인상을 심어주는 게 중요해요. 그래서 정도제일가를 논할 때 강소공가와 황보세가가 세인들의 입에 오르내리게 만들어주는 것, 그게 시작이에요."

현현이 가녀린 손을 들어 주먹을 불끈 쥐어 보였다. 하지만 황보천은 감히 그녀의 말에 맞장구치지 못했다. 처음에는 어쩌면 가능할지도 모른다는 생각이 들었지만 생각하면 할수록 도저히 불가능한 얘기 같았다.

"내 솔직히 말하리다. 난 천하제일은커녕 정도제일도 불가능하다고 봅니다. 다른 건 차치하고라도 우리 가문에는 강소공가의 공우생 가주나 공황식 맹주와 견줄 만한 고수도 없지 않소이까?"

"그건 걱정 마세요. 황보세가에는 무공이 약한 단점을 보완할 수 있는 강점이 있으니까요. 소장왕! 그의 능력을 십분 활용해 신병이기를 사용하면 됩니다. 물론 병기의 이점으로 다른 세가들과 겨룬다는 사실이 알려지면 안 되겠죠. 따라서 지닌 묘용까지 다른 사람들의 이목에 드러나지 않을 신병이기여야 해요. 지금 신병 제조에 몰두하고 있으니 조만간 좋은 소식이 있을 거예요."

현현이 살포시 웃으며 말하자 황보천이 고개를 끄덕였다. 다른 건 몰라도 병장기 제조에 있어서는 자신의 아우를 따를 자가 없음은 그도 잘 알기에 그녀의 말이 결코 허언으로만 들리지는 않았다.

"그렇다면야……."

황보천이 결정을 내리기 위해 잠시 생각에 잠긴 사이, 현현은 그녀 나름의 생각에 빠져 속으로 중얼거렸다.

'죄송하지만 산동을 차지해야 하는 단체는 따로 있어요. 대신 황보세가에는 더 큰 것을 드리지요.'

현현은 입술을 앙다물었다. 이제 본격적으로 소천사 수행 시험을 치를 때가 됐다.

"그럼 이제부터 백천맹에서의 일에 대해 본격적으로 상의를……!"

쒸이이이이익……!

입을 열던 현현의 눈이 경악으로 일그러졌다. 그녀의 눈앞에 서 있는 황보천은 고개를 끄덕이던 그대로 정지해 버렸다. 그뿐만이 아니라 현현과 황보천의 주변은 마치 시간이 멈춰 버린 듯 적막과 고요에 휩싸여 있었다. 현현은 그런 주변을 돌아보며 뒷걸음질쳤다. 이런 기현상이 어떤 경우에 일어나는지를 알기 때문이다. 이윽고 두려움이 가득한 그녀의 두 눈이 한곳에 고정됐다.

"아!"

현현의 입에서 다급한 비명성이 터졌다. 연무장을 비추던 백색 월광이 사람의 형상으로 변해갔다. 이윽고 그 사람과 비슷한 형상을 한 월영이 촛불처럼 너울거리며 현현을 향해 미끄러지듯 다가왔다.

"소천사 현현이 대천사님을 배알합니다!"

현현이 다급한 외침과 함께 지면에 엎드렸다.

"그래도 아직까지는 소천사라는 걸 잊지는 않은 모양이구나."

"……."

대천사의 무심한 음성에 현현은 어깨를 흠칫 떨었다. 전혀 예상치 못했던 일이었다. 대천사가 중원으로 현신하다니. 하지만 분명 눈앞에는 대천사가 자신을 바라보고 있다. 비록 대천사의 진정한 현신이 아닌 월영체(月靈體)에 불과했지만, 대천사가 천월사도를 벗어난 전례가 없었기에 현현의 충격은 너무도 컸다.

"묻겠다!"

대천사의 한마디에 현현이 온몸을 바들바들 떨며 황급히 눈을 들었다. 대천사의 월영체에서 튀어나온 백광이 현현의 눈동자를 향해 쏘아져 갔고 이후 현현의 몸이 허공으로 둥실 떠올랐다.

현현의 머릿속을 훑던 대천사의 월영체가 크게 일렁였다. 현현의 기억 속에 담긴 무언가를 보고 진노했기 때문이다. 동시에 현현의 눈에서 핏물이 뚝뚝 떨어져 내렸다. 하지만 현현은 신음조차 흘리지 않았다. 눈이 빠지는 고통에 젖어 있을 겨를이 없었다. 그보다는 대천사의 투심술에 사비가 걸러들지 않도록 사력을 다해야 했다.

"흥! 어리석은 것! 그런다고 내 눈을 피할 수 있을 줄 알았더냐?"

털썩!

대천사의 싸늘한 일갈과 동시에 현현이 지면으로 곤두박질쳤다.

"현현! 마지막 기회다. 현월과 현영을 찾아 죽여라. 살아남는 소천사가 월의 권능을 계승한다……!"

대천사의 월영체가 사라져 갔지만 현현은 일어나지 못했다.

휘이잉……!

한줄기 바람이 연무장을 스쳤다. 순간 석상처럼 굳어 있던 황보천이 전신을 부르르 떨며 천천히 몸을 움직이기 시작했다.

"제수씨!"

황보천이 놀란 외침을 터뜨리며 쓰러져 있는 현현에게 달려갔다.

황보세가의 지하 밀실. 하지만 벽과 천장에 매달린 유등들로 인해 전혀 밀실 같지 않은 밝은 분위기다.

"됐어!"

황보혁은 전면에 위치한 기다란 탁자에 시선을 고정하고 두 주먹을 불끈 쥐었다.

황보혁은 희열에 들뜬 눈으로 길이가 무려 사 장에 달하는 탁자를 바라봤다. 그 탁자 위에 놓인 일견하기에도 범상치 않은 물건들은 황보혁이 폐관을 하며 만든 절세신병들이었다. 아니, 황보혁은 절세신병이라는 말도 이 네 병기에는 부족하다고 생각했다.

혈혈검, 뇌화시, 어혈탄, 폐령연자궁.

혈혈검(孑孑劍)은 삼 척 칠 촌에 이르는 길고 가느다란 모양을 하고 있는 찌르기를 위주로 하는 협봉검(狹鋒劍)의 일종이다. 본래 혈검귀라는 자에게 팔렸던 것이나 현현에 의해 회수된 검이기에 황보혁은 더욱 애착이 갔다.

"외로운 검이 흔들리니 피눈물만 흐르는구나!"

황보혁은 혈혈검에 살며시 한 손을 가져갔다.

차— 악!

순간 혈혈검의 끝이 우산처럼 퍼지며 강력한 경풍(勁風)이 사방으로 퍼져 나갔다.

파파파팍!

석벽에 생긴 구멍들을 보며 흡족한 미소를 머금던 황보혁은 혈혈검을 살짝 흔들었다.

철컥!

혈혈검이 순식간에 칠 촌가량으로 줄어들었다. 혈혈검을 품속에 집어넣은 황보혁이 뇌화시(雷火矢)를 조심스레 들어올렸다. 하지만 황보혁은 이번에는 감히 시험해 볼 생각이 들지 않는지 뇌화시를 소매 속에 넣으며 중얼거렸다.

"이제 구백구십구 번 남았군."

뇌화시는 일천 번의 뇌전을 먹인 화살이다. 게다가 활이 필요없이 그저 가벼운 손짓만으로도, 세상에 그 어떤 화살보다 빠르게 날아가는 화살임은 이미 일전에 시험해 봤었다. 사비를 통해서.

황보혁은 탁자 위에 남아 자신의 손을 기다리고 있는 폐령연자궁(蔽靈聯孜弓)과 어혈탄(御血彈)이 담긴 목갑으로 손을 가져갔다. 한 손바닥에 다 들어올 만큼 작은 크기의 활과 목갑이다.

"그럼 이제 슬슬 나가볼까!"

병기를 모두 챙긴 황보혁이 피식 웃으며 몸을 돌렸다.

현현의 가장 중요한 당부 중 하나가 남들의 이목에 걸려들지 않을 만큼 작은 크기여야 한다는 것이다. 이를 지키기 위해 더욱 심혈을 기울였던 황보혁은 결과가 만족스럽게 나와 몹시 기분이 좋았다. 하지만 그가 기분이 좋은 가장 큰 이유는 이 사대기병을 지니고 있으면 다른 고수들 앞에서도 전혀 꿀리지 않을 자신감이 생겼다는 것이다. 그리고 그 자신감은 현현을 향한 것이기도 했다.

쿠르릉!

밀실 문을 열고 밖으로 나온 황보혁은 큰 숨을 들이마셨다.

"후후후! 오랜만이군."

빙긋한 미소를 머금고 주위를 둘러보던 황보혁의 얼굴이 급격히 일그러졌다.

"이익!"

황보혁은 눈이 돌아갔다. 달빛을 머리에 인 연무장 위로 서로 얼싸 안고 있는 두 남녀가 보였다. 그들의 얼굴이 낯이 익었다.

"죽인다!"

황보혁의 눈이 점점 붉게 충혈됐다. 현현을 바라보는 황보천의 근심스런 시선은 황보혁의 눈에 전혀 들어오지 않았다. 오직 그녀의 어깨에 닿아 있는 황보천의 손만이 보일 뿐이었다.

황보혁은 품속으로 손을 집어넣으며 성큼성큼 걸음을 옮겼다. 칠 촌 가량으로 줄어든 혈혈검이 잡혔다.

"형님!"

"……"

　황보혁이 다가오는 사이 현현을 앉히고 그녀의 장심에 두 손을 마주 대고 진기를 주입하던 황보천의 두 눈에 반가움이 스쳤다. 하지만 그것도 잠시 황보천의 시선이 황보혁의 손에 들린 혈혈검에 멈춘 순간, 혈혈검이 순식간에 늘어나며 그의 눈을 어지럽혔다.

　차— 악!

　퍼억!

　사방으로 피가 튀며 황보천의 잘린 머리가 연무장 바닥을 굴렀다.

　“……..”

　황보혁의 눈이 심하게 떨렸다. 얼굴로 튄 황보천의 선혈이 뜨거웠다.

　“혀, 형님……!”

　그제야 정신이 돌아온 황보혁은 그 자리에 무너져 내렸다. 자신이 무슨 짓을 했는지 깨달은 것이다. 한눈에 들어온 장내의 상황은 현현과 황보천이 그런 모습을 하고 있던 이유를 대번에 파악하게 해주었다. 하지만 지금은 그런 후회를 할 겨를조차 없었다.

　황보혁은 주변을 살피며 덜덜 떨리는 손으로 허리춤에 찼던 작은 목갑을 꺼냈다. 뚜껑을 열자 엄지손톱만 한 하얀 구슬 열 개가 보인다.

　어혈탄이었다. 황보혁은 그중 하나를 들어 황보천의 잘린 시신을 향해 던졌다. 이에 휙 소리를 내며 날아간 어혈탄은 치익 하는 소리를 내며 황보천의 몸에 있는 피를 빨아들이기 시작했다. 날렸던 어혈탄이 점점 붉은빛을 머금기 시작하자 황보혁은 어혈탄 세 개를 다시 던졌다. 황보천의 목 없는 시신이 조금씩 줄어들기 시작했다. 이를 확인한 황보혁은 이번에는 아직까지 피가 스멀스멀 흘러나오고 있는 황보천의 머리로 고개를 돌렸다.

휘휙!

황보혁의 손을 떠난 두 개의 어혈탄이 황보천의 머리를 순식간에 먹어치워 들어갔다. 차마 눈뜨고 볼 수 없을 정도로 잔인한 광경이었다.

"으음! 모두 네년 때문이다!"

황보혁은 정신을 잃고 쓰러져 있는 현현을 보며 눈을 번득였다. 어혈탄을 쥔 그의 손이 부들부들 떨렸다. 하지만 이내 그의 눈빛이 잦아들기 시작했다.

"그렇군! 당신은 내게 가주가 될 수 있는 기회를 준 거였어!"

비릿한 미소를 머금고 고개를 끄덕이던 황보혁은 급히 허리를 숙이고 어혈탄을 회수하기 시작했다. 황보천의 시신을 조금이라도 남겨놔야 가주의 교체가 자연스럽게 이뤄질 것이기 때문이다.

"같은 실수를 반복할 수는 없지!"

황보혁의 입가에 차가운 미소가 걸렸다.

실종됐다고 알려진 전대 가주, 즉 황보혁의 아버지는 어혈탄에 시신조차 남기지 못했다. 황보혁은 매일 방구석에만 틀어박혀 있던 자신을 훈계하는 아버지에게 참다못해 어혈탄을 날렸었다. 그때는 그냥 아버지에게 자신이 만든 물건들이 하찮은 것이 아님을 보여주고 싶은 마음에서였다. 하지만 한 번 피 맛을 본 어혈탄은 전대 가주를 남김없이 먹어치우고 말았다. 그때는 황보혁에게 어혈탄을 회수할 능력이 없었다. 하지만 지금은 다르다. 이번에 어혈탄의 보강에 중점을 둔 게 바로 맨손으로도 회수가 가능하도록 만드는 것이었으니까.

"형님, 미안하게 됐소. 그나저나 형님 생각에는 누가 흉수로 좋겠소? 요새 하도 나쁘다고 소문난 인간이 많아서 말이오. 크흐흐!"
　황보혁은 황보천의 반쯤 남은 시신을 바라보며 한동안 음산한 웃음
을 흘렸다.

|第六章|
흑화만개(黑花滿開)

“**사** 대인!”

“들어와!”

쭈뼛쭈뼛 객실로 들어온 황초명은 연신 사비의 눈치를 살폈다.

“부르셨습니까?”

“당분간 앵화루를 비워야겠네. 하지만 보다시피 앵화루가 이 모양으로 망가져 버려서 말이야. 앞으로 보수공사도 해야 하고, 인원도 보강해야 하고… 뭐 등등 할 일이 좀 많아야 말이지.”

“맡겨만 주십시오!”

황초명은 사비가 다른 말이 없자 속으로 크게 안도하며 고개를 끄덕였다.

“그럼 우선 보수공사와 직원, 특히 기녀 보강에 중점을 둬. 그리고 무대에서의 공연은 끊기는 일이 없도록 하고. 또 같은 공연을 반복해

서 손님들이 지루함을 느끼게 해서는 절대 안 돼! 황 집사도 알겠지만
난 이곳을 단순한 기루나 객잔이 아니라 중원제일의 명소로 만들 생각
이니까 처음부터 그런 전통은 유지해 줘야 한다고.”

“주, 중원제일명소요?”

“응!”

고개를 끄덕이는 사비의 두 눈이 반짝반짝 빛이 났다.

사비는 이후 이제껏 구상하고 있던 계획을 토해내기 시작했다. 처음
에는 허황되고 허튼소리로 여기며 듣던 황초명의 얼굴이 점점 진지해
져 갔고, 언제 꺼내 들었는지 모를 그의 붓의 움직임도 점점 빨라졌다.
그렇게 사비가 긴 사업 구상의 설명을 끝내고 화무영과 함께 떠난 건
그로부터 한 시진 반이 흐른 뒤였다.

황초명은 앵화루를 막 벗어나는 사비의 손에 신도화수가 건넨 동패
를 쥐어주었다.

동패는 앞면에는 대륙상회라, 뒷면에는 신용이라는 글자 밑에 사비
라는 이름이 조그맣게 양각되어 있었다. 이는 대륙상회의 최고 신용패
로 전 중원과 세외에 걸쳐 팔백구십여 개의 지회가 있는 대륙상회의
자금을 무제한으로 쓸 수 있는 백지 전표와 다름없는 것이었다. 신도
화수가 사비 소유의 화평 땅을 대신해 마련한 보상이었다.

사비는 의외로 대륙상회 신용패를 순순히 받았다. 그렇다고 기뻐하
거나 감격한 기색은 아니었다. 어찌 보면 성의를 거절하지 못해 그냥
귀찮음을 무릅쓰고 받아주는 그런 얼굴이었다.

사비의 그런 모습에 황초명은 일순 어이없는 웃음을 흘렸다. 하지만
황초명은 사비의 그런 태도가 크게 이상하지는 않았다. 원체 황금 보
기를 우습게 여기는 사비의 성정을 아는 까닭이었다.

금방이라도 비가 내릴 듯 꾸물거리는 하늘 밑으로 어기적어기적 걸음을 옮기는 두 사내는 사비와 화무영이다.

화평을 떠날 때만 해도 기승을 부리던 무더위가 이제 한풀 꺾이며 완연한 가을 날씨로 접어들 무렵인 지금, 그들이 지나고 있는 곳은 귀주성에 위치한 운무산(雲霧山)이다. 삼 일 연속 맑은 날이 없다 하여 불청연삼일(不淸聯三日)이라 불리는 귀주성에서도 가장 날씨가 변덕맞기로 유명한 곳이 바로 운무산이다. 게다가 그 지닌 이름처럼 사시사철 운무가 자욱하기 때문에 이 산에 오른 사람은 마치 소나기를 맞은 것처럼 전신이 흠뻑 젖은 채로 내려온다. 해서 운무산에 오르는 사람은 드문 편이다. 하지만 사비는 이를 아랑곳하지 않고 부지런히 걸음을 놀렸고, 화무영도 아무 불평 없이 그 뒤를 따르고 있었다.

그러나 두 사람의 모습은 사뭇 대조적이다. 화무영이 마령심기를 일으켜 운무와 간간이 내리는 빗줄기에도 옷이 적시는 것을 허락지 않는 반면, 사비의 전신은 운무산을 거쳐 간 다른 이들처럼 흠뻑 젖어 있었다. 그런데도 사비의 얼굴에는 전혀 불평불만의 기색을 찾아볼 수 없었다. 아니, 오히려 그의 눈에는 호기심과 무언가를 갈망하는 열정적인 빛으로 가득하다.

'하여간 엉뚱하기는…….'

화무영은 이리 기우뚱 저리 기우뚱하며 부지런히 발을 놀리는 사비를 보며 설레설레 고개를 저었다. 화평에서부터 줄곧 저런 모양새로 걸었으니 그 끈기만큼은 어디에 내놔도 뒤지지 않으리라. 하지만 그렇다고 해서 사비의 어이없는 행동을 전부 이해할 수 있는 것은 아니었다.

'어찌 천하에 저런 식으로 경공 수련을 하는 사람이 있을까?

화무영은 또다시 고개를 저었다. 지금까지 경공을 수련한답시고 벌인 사비의 행동을 떠올리면 절로 얼굴이 찌푸려졌다.

어디서 주워들은 건 있어 가지고, 한 발을 허공에 띄운 상태에서 재빨리 다음 발을 디딘다며 시도 때도 없이 실성한 사람처럼 양 발을 허우적거리지 않나, 도약력을 키우겠다며 나무를 단번에 뛰어넘다가 곤두박질치지를 않나. 그나마 그렇게만 했으면 다행으로 여겼을 터이나 사비는 결코 화무영의 기대를 저버리지 않았다. 이후 마령심기와 화류패기를 써가며 별의별 짓을 다 해댔기 때문이다.

그렇게 해서 태운 숲과 얼린 나무들이 수를 헤아릴 수 없을 정도. 그래도 포기를 못하겠는지 며칠 전부터는 줄곧 산행이었다. 평지를 빠르게 걷는 경공이나 도약력은 어느 정도 됐으니 가파른 곳을 질주하며 지구력 강한 경공술을 개발해 보겠다는 것이다.

'정말 사부님께서 주공에게 경공술을 가르치지 않으셨단 말인가?

화무영은 그런 사비를 보며 자신이 아는 경공술을 가르쳐 볼까 하는 생각도 해봤지만 이내 고개를 가로저었다. 자신과의 비무 때나, 앵화루에서 다른 무림인들을 상대하며 보였던 사비의 몸놀림이 떠올랐기 때문이다. 그런 몸놀림은 인간이 본래 지닌 근력이나 운동신경만으로는 결코 나올 수 없는 것이다. 화무영의 장풍을 피할 때나, 자신이 공세를 퍼부을 때의 속도는 화무영의 육안으로도 거의 식별키 어려울 정도의 속도. 화무영은 자신의 잘못된 가르침으로 인해 사비의 그런 가공할 속도가 줄어들까 염려됐다.

그래서 지금은 지켜보기만 할 뿐이었다. 이전과 마찬가지로.

"어디로 가시는지 정말 안 가르쳐 주실 겁니까?"

“…….”

사비는 화무영의 질문에 대답하지 않았다. 그저 이마에 송골송골 땀이 맺힐 정도로 부지런히 발을 놀려댈 뿐이었다. 또한 사비는 앵화루를 떠나고 부쩍 말수가 줄어들었다.

화무영은 그 이유를 알고 있다. 사비는 지금 분노하고 있었다. 치밀어 오른 노기를 주체하기 힘들 정도로. 이곳까지 오며 간간이 들은 사군우의 소문이 점점 그 도를 지나치고 있었기 때문이다. 이전까지만해도 흑화검성 사군우는 모든 낭인들의 자긍심이자, 나아가 전 중원 무인의 우상이었다. 하지만 지금은 전혀 아니다. 자신의 일신 영달과 안위를 위해 약자를 강탈하고, 살인이나 그보다 더한 악행을 일삼은 극악무도한 마인. 게다가 최근에는 황보세가의 가주 황보천을 죽이고 도주했고, 새로 가주가 된 황보혁은 사군우에게 복수를 다짐하며 백천맹으로 향했다는 소문까지 돌았다. 이에 사비는 함부로 입을 놀리는 사람들을 흠씬 두들겨 패주며 바락바락 소리쳤었다. 하지만 시간이 지날수록 그런 소문을 입에 담는 사람들이 기하급수적으로 늘어 도저히 손을 쓸 수 없을 정도가 되자 아예 눈과 귀를 닫으려고 작정했는지 그 자신도 입을 열지 않았다.

지금은 오로지 경공 수련! 그 소문의 발원지들을 하루빨리 박살 내려면 무엇보다 필요한 게 경공이라고 생각한 모양이었다. 하지만 사비가 가장 궁금한 것은 황보혁이 그런 소문을 내는 데 과연 현현이 가담했는지에 대한 여부였다.

순간 어디선가 불어온 운무가 그들의 눈앞을 뿌옇게 흐려놓았다.

잠시 후 그 회뿌연 운무를 뚫고 사비의 나직한 음성이 들려왔다.

“사람들은 참 이상한 것 같다.”

“네?”

“내가 청도에서 한창 놀 때는 말이야, 싸우다가 나가떨어지면 적어도 일어날 때까지는 건드리지 않았거든. 그건 누가 가르쳐 주지 않아도 당연한 일이었어.”

“그런데요?”

“근데 무림인들은 너무 달라. 쓰러지면 더 밟아! 전의를 상실하고 살려달라고 싹싹 빌어도 소용이 없어! 오히려 더 잔혹하게 짓밟아놓지. 죽을 때까지! 다시는 덤비지 못할 때까지! 아주 자근자근 밟는 잔인한 족속들이야.”

“으음. 그건 어찌 보면 당연한 일이 아닐까요? 무인들의 싸움은 주먹들의 싸움에 비하면 더욱 치열한… 그러니까 생사가 오가는 싸움이니까요. 뭐, 간혹 비무를 통해 실력의 차이만 가르는 경우도 있지만 그보다는 생사를 건 싸움이 훨씬 많지요.”

“그러니까 더 이상하지. 뭐 그렇게 죽을 짓들을 했기에 그 지랄들을 떠나고. 가만! 그리고 보니 저기 저 녀석들도 그런 경우인가 본데?”

사비가 고개를 갸우뚱하며 턱짓을 하자 화무영이 의아한 눈으로 그를 따라 시선을 옮겼다.

“뭐가 말입니까? 음! 싸움이 벌어졌군.”

화무영이 짧은 침음성을 삼켰다.

“그러게!”

“상당히 큰 규모의 싸움인 것 같습니다.”

입을 여는 화무영의 눈에 점점 감탄의 빛이 짙어졌다. 자신은 마령심공을 끌어올리고 나서야 알아챘는데 사비는 아무런 행동을 취하지 않고도 백여 장 밖에서 벌어지고 있는 싸움을 알아챘기 때문이다.

“가보자!”

“예? 저기를 말입니까?”

화무영이 놀란 눈으로 물었다. 이런 일이 생기면 귀찮아하며 피하던 사비가 먼저 가자고 말을 한 것이 다소 의외였다.

“응!”

“흠! 그럼 서두르지요.”

화무영은 더는 묻지 않고 막 몸을 날리려는 찰나 사비가 고개를 가로저으며 짧게 외쳤다.

“잠깐! 나 아직 신법 수련이 덜 끝났잖아. 그냥 천천히 가자고.”

“하지만 그러다가 혹여 사상자라도 생기면…….”

“후후후! 뒈지면 할 수 없고. 뭐 우리가 죽었나?”

사비의 어이없는 말에 화무영이 잠시 황당한 얼굴로 그를 쳐다봤다.

‘신법을 모른다면서 어떻게 싸울 때는 그런 날렵한 동작이 나오는 거냐고? 그리고 저 여유는 또 뭐야?’

화무영이 속으로 이전부터 가지고 있던 의문들을 곱씹는 사이 사비는 잠시 다른 생각에 휩싸였다.

‘이거 도대체 어떻게 해야 풍류비공을 신법으로 써먹을 수 있는 거야? 분명 풍류기를 이용하면 괜찮은 신법이 될 것 같았는데 내가 잘못 생각했나? 이거 원, 도무지 뭘 어떻게 해야 하는지 알 수가 있어야지. 쩝!’

사비가 그렇게 이러저러한 생각을 하며 부지런히 걸음을 놀리는 사이 어느덧 그들의 눈에 널따란 분지가 들어왔다.

사비와 화무영이 당도한 곳은 백오십 장가량 전면에서 대치 중인 양 세력의 중앙 옆면에 위치한 작은 언덕이었다. 그 덕분에 전장의 상황이 한눈에 들어왔다.

"이거 생각보다 심각한데요!"

화무영은 호기심 어린 눈으로 잠시 소강상태에 접어든 듯 보이는 양 세력을 내려다보다가 사비에게 고개를 돌렸다. 하지만 화무영의 얼굴은 그의 말과 달리 전혀 심각해 보이지 않았다.

"그러게."

사비는 고개를 끄덕여 화무영의 말에 동의를 표하며 우측으로 시선을 옮겼다. 일견하기에도 많은 수다. 게다가 뿜어내는 기도와 눈빛 또한 하나같이 범상치 않은 거목들이었다.

"삼십, 사십, 오십… 팔십. 백색아! 한 팔십은 되는 것 같지?"

"백이십칠 명입니다! 그중 정상적인 몸을 지닌 수는 이십여 명. 호흡과 기식이 고르지 못한 것으로 보아 모두 크고 작은 부상을 당한 것 같군요. 그리고……!"

입을 열던 화무영의 얼굴에 불쾌한 기색이 어렸다. 사비가 자신의 말을 듣지 않고 반대편으로 시선을 돌렸기 때문이다.

"쟤네는 몇 명 정도 될까? 삼백? 사백?"

"으음! 흑화일심대의 상대는 오백삼십이 명! 하지만 저들 중에는 다친 사람이 없는 것 같습니다. 아무래도 부상자는 모두 철수시킨 모양입니다."

"방금 흑화일심대라고 했어?"

"그렇습니다!"

화무영이 힘껏 고개를 끄덕였다. 좀 전에 하려고 했던 말이 바로 이것이었다. 그는 사비에게 자신이 전면에 선 무인의 수만 맞힌 것이 아니라 이들이 누구인지까지 한눈에 알아봤음을 알려주고 싶었다. 아무리 아니라고 부정해도 사비에게 무공이 밀리는 느낌에 자존심이 상했었던 모양. 하지만 사비는 이를 무시하고 못 들은 척했었다. 그리고는 자신이 언제 무시했냐는 듯 다시 고개를 돌려 물어오고 있다. 이에 내심 기분이 좋아진 화무영이 천천히 고개를 끄덕였다.

"분명 흑화일심대가 맞습니다."

"저 인간들이 정말 흑화일심대란 말이지? 그럼 백리준인가 하는 인간도 있나?"

사비의 물음에 일순 대답이 궁해진 화무영이 어깨를 으쓱하며 입을 열었다.

"글쎄요. 그것까지는 저도 잘 모르겠습니다. 하지만 저기 후미에 있는 인간들은 알아보겠군요."

"유백!"

사비가 짧은 외침을 터뜨리며 자리에서 벌떡 일어났다. 화무영의 손가락이 가리킨 곳에 유백을 비롯한 앵화루에 들렀던 백천맹의 무사들이 있었다. 유백 옆에 앉아 있는 이들 중에 상관경을 비롯한 정의회의 무사들까지 끼어 있었다. 사비는 유백 측과 상관경 측이 서로 사이가 좋지 않음을 알기에 함께 있는 그들의 모습이 다소 의외였다.

"어떻게 하시겠습니까?"

"그냥 좀 더 두고 보자!"

화무영의 물음에 사비가 흥미로운 눈길을 전면으로 고정하며 답했다. 그의 눈동자 속에 화앙마부 측에서 성큼성큼 걸어나오는 한 거한의 모습이 비쳤다.

"난 거력마도 전웅이다! 흑화일심대인지 뭔지 하는 조무래기들 중에 나와 한번 화끈하게 놀아볼 사람은 튀어나오도록!"

잠시 흑화일심대를 쓸어보던 거력마도의 입술이 묘하게 비틀렸다.

"크하하하! 무림 최강의 고수들이 모여 있다는 흑화일심대가 고작 이 정도였나?"

그는 어깨를 심하다 싶을 정도로 들썩이며 과장되게 웃었다.

거력마도 전웅. 그는 화양마부 소속은 아니다. 하지만 마도인임에는 틀림없는, 화양마부에서 초빙한 마도고수 중 하나였다.

그렇게 한참 동안 흑화일심대를 훑어보던 거력마도가 오른손에 들고 있던 거치도를 어깨 위에 척 걸뜨렸다. 그의 도신에 묻어 있는 피가 아직도 뚝뚝 떨어지고 있다. 그것은 오늘 싸움에서 그의 손에 죽어나간 이가 적지 않음을 의미했다.

"으하하하! 이 거력마도가 그렇게 무서운가? 검성의 뒤꽁무니만 졸졸 쫓아다니더니 겁만 잔뜩 늘었군!"

"……."

흑화일심대의 눈이 이글이글 타올랐다. 양청이 한 손을 들어 제지하고 있지만 않는다면 당장이라도 뛰쳐나갈 자들이 한둘이 아니었다. 그러나 어느 누구도 앞으로 나서지 않았다. 거력마도 전웅이 두려워서가 아니다. 거력마도의 등 뒤에 도사리고 있는 수많은 마도고수들. 그리고 이 주변을 겹겹이 에워싸고 있는 화양마부인들의 인해전술을 경시할 수 없는 상황이기 때문이었다.

"대주! 그곳이 차단됐습니다!"

"으음! 그렇다면 역시 함정이 아니었단 말이로군!"

양청은 침음성을 삼키며 고개를 돌렸다. 그가 서 있는 곳에서 동쪽으로 백오십 장 떨어진 언덕 위로 두 인영이 보인다. 그곳은 화양마부에서 막지 않고 있는 유일한 퇴각로. 다른 곳보다 상대적으로 고지대를 형성하고 있어 공격은 어렵고 방어하기에는 수월한 천연의 요새를 형성하고 있는 지형이었다.

"놈들을 너무 얕봤군. 벌써 손을 쓰다니……."

양청은 굳은 얼굴로 생각에 잠겼다. 전면은 화앙마부와 그들을 지원키 위해 온 마도고수들 오백. 나머지 좌, 우, 후면의 세 방향은 화앙마부의 궁노수와 도부수에 의해 겹겹이 포위된 상태. 여기서 유일한 퇴로까지 막혔으니 살아날 가능성은 더욱 희박해졌다.

"화앙마부의 전력이 이 정도였다니……."

아쉬운 눈으로 언덕을 응시하던 양청이 다급히 고개를 돌렸다. 어쩌면 자신들에게 있어 유일한 희망일 수도 있는 곳이 화앙마부에 의해 점령되었다는 사실에 마음이 조급해졌다.

"다섯! 지원받겠소!"

"……."

양청의 단호성에 잠시 서로를 살피던 흑화일심대 소속 무인들이 이내 앞으로 걸음을 내디뎠다.

"천변귀검 옥산하 대협이 장(長)을 맡으시오! 나머지는 그의 말을 들으시오. 그리고 저곳을 뚫으시오! 매복이 있다고 해도 지형이 협소하니 그리 많은 인원을 쓰지는 못했을 것이오. 출발!"

양청이 한 손으로 동쪽 언덕을 가리키며 외치자 천변귀검을 위시한 다섯 무인이 기쾌한 속도로 신형을 날렸다.

그들은 끝까지 묻지 않는다. 굳이 설명을 듣지 않아도 알 수 있었다. 자신들이 맡은 임무에 흑화일심대의 존폐가 달려 있음을……. 그리고 지금껏 무림인들에게 성역이나 다름없던 흑화일심대의 명성을 지켜야 하는 더욱 중대한 책임도 있었다.

"흑화일심대는 결코 이대로 쓰러지지 않는다! 일곱! 지원받겠소!"

달려나간 다섯의 머리 위로 부슬부슬 비가 내리기 시작했다. 이를 바라보던 양청이 다시 고개를 돌려 외쳤다. 이에 약속이나 한 듯 일곱 인영이 득달같이 앞으로 나왔다. 부상을 입은 동료들 중 가장 피해가 크지 않은 이들이었고, 이는 달리 생각하면 무공이 높은 순이라는 의미이기도 했다.

"쉽지 않을 게요. 출발!"

양청이 또다시 외쳤다. 그와 동시에 나왔던 일곱이 쏘아져 나갔다. 먼저 나간 다섯 고수가 언덕 위에 서 있던 화양마부의 고수 둘과 부딪치는 순간이었다.

양청은 달려나가는 일곱 동료의 뒷모습을 바라보며 후회와 자책으로 입술을 질끈 깨물었다. 화양마부를 도발키 위해 장로들을 죽인 것까지는 좋았다. 그러나 운은 거기까지였다. 그중에 하필 도황마제의 아우가 끼어 있었던 것부터는 운이 따라주지 않았으니까. 아니, 그건 운이 아니었다. 화양마부 장로들의 신상에 대한 정보 중에 도황마제의 아우가 끼어 있다는 내용은 전혀 기재되어 있지 않았기 때문이다. 이는 엄밀히 추밀원에 일차적인 책임을 물어야 했다. 이에 양청은 백천맹에 복귀하는 대로 추밀원부터 박살 내리라 다짐하며 굳은 얼굴로 고개를 돌렸다. 이제 저들이 잠시 벌어준 시간을 이용해 어떻게든 이 자리를 벗어나야 했기 때문이다. 하지만 그는 몰랐다. 언덕 위의 두 사내가 화양마부의 고수들일 거라는 생각은 양청을 비롯한 흑화일심대의 착각일 뿐임을.

"저것들은 뭔가?"

걸걸한 목소리. 사자갈기처럼 사방으로 뻗친 털들만 놓고 보면 머리와 수염이 전혀 분간이 안 되는 팔 척 거한이다. 흑화일심대 앞으로 가서 도발 중인 거력마도 전웅보다 다섯 치는 더 커 보이는 장대한 체구. 게다가 쏘아보는 눈빛에서 뿜어내는 기운은 거력마도와는 비교할 수 없을 정도로 강맹했다.

도황마제 강주현. 화양마부의 수장이자 십이제천 중 상위 삼 인에 꼽히는 절대고수인 그는 직접 흑화일심대의 고수 수십 인을 도륙한 뒤 잠시 휴식을 취하고 있는 중이었다.

이글거리는 눈빛으로 전면을 응시하는 도황마제의 뒤로 십육 인의 무사들이 일렬로 도열해 있다.

"아무래도 흑화일심대 쪽 놈들인 것 같습니다."

뒤에 시립해 있던 수하 하나가 조심스레 입을 열자 도황마제가 눈썹을 꿈틀하며 버럭 고함을 질렀다.

"그걸 몰라서 물은 것 같으냐! 놈들이 합류하기 전에 어서 처리해!"

"존명!"

도황마제의 뒤에 서 있던 무사 중 절반이 지면을 박찼다. 흑화일심대의 천변귀검 일행과 약간의 시차가 있을 뿐, 멀리서 봤을 때는 거의 동시에 움직인 것이나 다름없었다.

"내 반드시 네놈들을 오체분시해 아우의 넋을 기리겠다!"

도황마제는 빠드득 이를 갈며 땅바닥에 쑤셔 박았던 묵혈도(墨血刀)를 꾸욱 움켜쥐었다. 자루까지 합하면 거의 그의 신장과 맞먹는 거대한 도였다.

쩌쩌쩌어억……!

순간 그의 발아래 땅이 갈라져 나가기 시작했다. 은연중에 뿜어낸 그의 강맹한 마기가 도끝으로 몰리며 땅이 이를 지탱하지 못해 일어난 현상이었다.

"으의! 저것들이! 니들도 가라!"

흑화일심대 측에서 이차 습격대가 출발함을 발견한 도황마제는 고개도 돌리지 않고 한 손을 번쩍 들어 앞으로 내저었다. 그러자 남아 있던 여덟 도수가 소리없이 전면으로 쏘아져 갔다.

그들은 화양마부의 최강 호위대. 화양십육도걸이었다.

"괘씸한 놈들! 스스로가 판 무덤이니 어디 제대로 한번 당해보아라! 오늘로서 사군우와 흑화일심대의 명성은 끝이다. 으하하하!"

도황마제가 자리에서 일어나자 그가 딛고 있던 땅 방원 삼 장 정도가 두 치 정도 꺼져 들어갔다.

순간 웃음을 뚝 그친 도황마제가 전면을 응시하며 수염을 부르르 떨었다. 비록 잠시 웃긴 했지만 그는 지금 무척 기분이 상해 있었다.

그는 빙월마궁이 만수관과 붙고, 마사회와 천독문이 다른 육패 하나씩과 양패구상을 하면 화양마부를 움직일 생각이었다. 화양마부라면 육패 중 반 정도는 충분히 상대하고도 남으리라는 확신을 가지고 있었기 때문이다. 그런데 하필이면 가장 꺼림칙한 상대인 흑화일심대가 먼저 도발을 감행해 왔다. 이에 도황마제는 훗날을 기약하며 꾹 눌러 참았다. 하지만 흑화일심대는 그런 자신의 속도 모르고 계속해서 도발을 감행해 오더니 막판에 가서는 결코 건드려서는 안 될 부분을 건드리고 말았다.

도황마제는 결국 나설 수밖에 없었다. 하지만 나름의 계획이 있던 그로서는 심기가 편할 리 없었다. 마사회와 천독문보다 먼저 나서는 것이 못내 걸리고 꺼림칙했다. 하지만 기왕 시작한 싸움인만큼 제대로 할 생각이었다. 그래서 그동안 준비한 화양마부의 전력을 전부 끌고 모았고, 그동안 포섭한 마도고수들까지 모두 데리고 나왔다. 따라서 이런 엄청난 전력 차가 나는 화양마부와 흑화일심대의 싸움은 일방적일 수밖에 없었다.

"사냥이 끝나기를 원한다면 끝내주지!"

도황마제는 양청 등이 있는 쪽을 바라보다가 슬며시 고개를 돌렸다. 언덕을 향해 달려가는 화양십육도걸의 믿음직한 모습이 그의 눈에 들어왔다.

"어라! 쟤들이 싸우다 말고 왜 이리 다 오지?"

"글쎄요!"

사비와 화무영은 서로를 마주 보고 고개를 갸웃거렸다. 다시 고개를 돌린 그들의 눈이 경악으로 커졌다.

자신들을 향해 달려오는 수십 인의 인영 뒤로 흑화일심대가 파도처럼 달려왔고, 화양마부의 무인들은 더욱 거대한 파도가 되어 흑화일심대를 집어삼킬 듯 감싸왔다.

사비의 얼굴에는 당혹스런 기색이 역력했다. 하지만 그건 그의 곁에 선 화무영도 마찬가지.

"아무래도 뭔가 오해를 하고 있는 것 같습니다."

"골치 아프게 생겼군."

사비는 눈살을 잔뜩 찌푸리며 앞으로 한 걸음을 내디뎠다.

눈앞으로 날아 내린 천변귀검 옥산하를 비롯한 흑화일심대 고수들의 몸에서 뿜어져 나오는 가공할 살기에 주변 대기가 요동을 친다.

"선공합시다!"

천변귀검이 내려서기가 무섭게 외치자 그를 중심으로 날아 내렸던 나머지 사 인이 일제히 다시 신형을 날렸다.

슈아악!

"이크!"

전면에서 쏟아져 온 공세에 사비가 기겁을 하며 뒤로 물러섰다.

후웅!

"어이쿠! 이 새끼들이 왜 나만 공격하는 거야!"

원호를 그리며 날아온 유성추를 피하기 위해 황급히 머리를 숙였던 사비가 곧바로 허리를 틀었다. 두 자루 장검이 상반신을 쓸어왔다. 하나는 위에서 아래로, 다른 하나는 좌측 어깨를 시작으로 사선으로 그어진 검이었다.

'흠! 이상하군! 주공의 몸놀림이 예전 같지 않아!'

사비와 두 장 정도 떨어진 곳에서 상황을 지켜보던 화무영은 고개를 갸웃거렸다. 천독문이나 야문 순찰들을 손쉽게 처리했던 사비의 모습이 아니었다.

'흑화일심대. 역시 허명이 아니었구나!'

화무영은 사비를 몰아붙이는 다섯 무인을 보며 감탄사를 연발했다. 사비를 둘러싸고 있는 고수는 모두 다섯. 일정한 보폭과 호흡, 거기에 각자의 병기 끝에 머금고 있는 푸르스름한 기운으로 보아 검기를 가볍게 날릴 정도의 고수가 분명했다.

화무영은 슬며시 마령심공을 끌어올리며 양손을 머리 위로 들어올렸다. 그의 양손에 푸른빛이 어리기 시작했다.

"제가 조금 도와드리겠습니다!"

쿠아앙!

"헛! 피하시오!"

화무영이 장풍을 발산하자 천변귀검이 경악성을 토하며 동료들에게 경계의 외침을 날렸다. 이에 흑화일심대 고수들이 모두 사방으로 산개했다. 화무영의 장풍이 스치고 간 자리로 깊은 도랑이 파였다. 이를 본 중인들의 눈이 놀람으로 물들 때였다.

"늦었다!"

천변귀검이 침통한 표정으로 신음성을 터뜨렸다. 화양마부의 고수 여덟이 사비와 화무영을 지원하기 위해 왔기 때문이다.

화양마부의 여덟 도걸들이 천변귀검 등을 쓸어보며 내려섰다.

"본 부를 지원하기 위해 오신 분들이셨군요. 이거 큰 결례를 범했소이다. 어디서 오신 고인들이신지요?"

도걸 중 하나가 앞으로 걸어나와 화무영에게 포권을 취했다. 화무영이 방금 전 펼친 무공이 자신들과 동류임을 알아봤기 때문이다. 그것도 자신이 이제껏 경험한 마기 중에 가장 순수하고 위력적인 마기였다.

"저것들은 또 뭐야? 아! 그나저나 이놈에 신법은 왜 이렇게 마음먹은 대로 안 되는 거지?"

자신을 향했던 공격이 갑작스레 멈추자 사비가 손바닥을 툭툭 털며 앞으로 걸어나왔다.

'하필이면 화양십육도걸이라니! 이를 어쩐다?'

천변귀검 옥산하는 근심스런 얼굴로 슬쩍 고개를 돌렸다. 양청이 나머지 일행을 이끌고 달려오고 있고, 대치 중이던 화양마부 측에서도 전 인원이 이쪽으로 이동하고 있었다. 자신들과 화양십육도걸의 실력은 누가 낫고 못하다고 할 수 없을 정도로 엇비슷하다. 게다가 인원에서는 오히려 자신들이 밀린다.

'십육도걸도 벅찬 상황에서 저 둘의 실력은 가늠할 수조차 없으니.'

사비와 화무영을 바라보는 옥산하의 얼굴에 수심이 가득했다.

흑화일심대의 본진은 양청의 지휘 아래 사비 등이 서 있는 언덕을 향해 달리기 시작했다.

피피피피핑!

그렇지 않아도 뿌연 하늘이 삽시간에 검게 변했다. 이를 본 양청의 얼굴이 급격히 굳어졌다.

"화살이오! 피하시오!"

퍼퍼퍼퍽!

"크윽!"

양청의 외침에 후미에서 이동하던 대원들이 날아오는 화살을 향해 온몸을 던졌다. 어차피 부상을 입고 죽을 목숨, 동료들의 방패막이라도 되어주겠다는 숭고한 희생이었다. 하지만 어느 누구도 주변을 돌아보거나 감동할 겨를은 없었다. 화양마부의 궁수들이 연이어 화살을 날렸기 때문이다.

피피피이잉!

칠현금을 뜯는 소리가 연달아 울리면서 어김없이 하늘 위로 검은 구름이 일어났다.

시커먼 먹구름이 빠른 속도로 다가온다. 그리고 그 구름은 순식간에 온몸이 수천 개로 쪼개지면서 검은 소낙비가 되어 지면으로 내리 꽂혔다.

퍼퍼퍼퍼퍽!

어김없이 들리는 둔탁한 파열음. 사지가 뜯겨져 나가 펄떡거리고, 육신이 관통되며 나는 소리였다.

　그러기를 다섯 차례. 이제는 고통에 찬 비명 소리가 들리지 않는다. 살아남은 흑화일심대원들이 죽은 동료의 시신을 등에 지고 이동하는 까닭이었다. 이를 알아챈 화양마부 측에서는 더 이상 화살을 날리지 않았다.

　흑화일심대가 사비 등이 서 있는 언덕과 불과 이십 장도 떨어지지 않은 곳에 닿을 무렵 양청 앞으로 육십대 무인 하나가 달려나왔다.

　"대주! 생존자가 오십도 안 되오!"

　"……."

　"형제들의 빚은… 반드시 갚겠소!"

　"으하하! 빚이라? 그래! 자신있으면 어디 지금 갚아보시지!"

　천천히 고개를 돌린 양청의 어깨가 부르르 떨렸다. 어느새 흑화일심대를 뒤쫓아온 마도의 고수들이 눈에 들어왔다. 그리고 그 중앙으로 거대한 도를 거머쥔 팔 척 거한이 붉은 장포를 휘날리며 서 있다.

　"도황마제!"

　"후후후! 사람은 역시 오래 살고 볼 일이군. 본좌가 음양마교의 호법으로 있었을 때 아직 태어나지도 않았던 녀석이 감히 나의 별호를 함부로 입에 담다니!"

　처음에는 잔잔하게 들리던 도황마제의 음성이 끝에 가서는 모인 군웅들의 귀를 찢어발길 듯 커졌다.

　"모두 전열을 가다듬으시오!"

　양청은 등 뒤에서 간신히 지탱하고 서 있는 동료들을 향해 외치며 주위를 둘러봤다.

　먼저 보냈던 열두 대원은 화양십육도걸에 의해 에워싸인 채 옴짝달싹 못하고 있었고, 그 포위망 바깥으로 서 있는 이들은…….

“아니! 저 사람은……!”

양청의 얼굴이 급격히 일그러졌다. 도황마제의 출현에도 그리 놀라는 기색을 보이지 않던 그가 지금은 마치 무슨 귀신이라도 본 사람처럼 아연실색한 얼굴을 하고 있었다.

“음! 저 녀석들은?”

양청을 따라 고개를 돌린 도황마제의 눈에도 의아한 기색이 스쳤다. 수하들은 어찌 된 영문인지 사비와 화무영을 공격하지 않고 있었다.

“저 인간은 도대체 얼마나 처먹었기에 저렇게 덩치가 좋을까?”

사비가 도황마제를 힐끔거리며 화무영의 귀에 대고 소곤거렸다. 하지만 그 소리는 숨죽이고 있던 무림인들의 귀에 너무나도 선명하게 들렸다. 물론 이곳에 있는 사람들 중에 가장 공력이 심후한 도황마제가 이를 듣지 못했을 리 없었다.

“놈!! 지금 뭐라 했느냐?”

도황마제의 벽력같은 호통성에 주위에 모인 무인들의 얼굴이 급격히 일그러졌다.

“하이고! 덩치만 큰 줄 알았더니 목청도 더럽게 크네! 그치?”

“그러게 말입니다.”

화무영이 어색하게 웃으며 고개를 끄덕였다. 그는 도황마제의 가공할 기도에 속으로는 꽤 놀란 상태였다. 하지만 사비는 전혀 그렇지가 않은 듯 키득거리며 앞으로 걸어나왔다.

“이런 후레자식 같으니라고! 감히 부주님을 진노케 하다니!”

거력마도 전웅이 씩씩거리며 걸어나왔다. 하지만 버럭 고함을 쳤던 음성과 달리 표정은 싱글벙글이다. 그는 도황마제의 눈에 들 좋은 기회가 생겼다고 기뻐하고 있었다.

"이런 썅! 어르신들 말씀하시는데 어디서 끼어들고 지랄이야!"

사비가 눈썹을 꿈틀하자 거력마도의 얼굴이 일순 멍해졌다.

"방금 뭐라고 했냐?"

"이 새끼가 귓구멍에 오이를 박아 넣었나? 그런 소리를 꼭 두 번 해야 알아듣겠어?"

사비는 거력마도가 처음부터 마음에 들지 않았다. 처음 봤을 때의 부상당한 흑화일심대를 핍박하던 야비함도, 도황마제의 눈에 들기 위해 옳다구나 하고 나온 지금의 비열함도 너무 싫었다.

"입 닥치고 조용히 들어가라. 내가 지금 기분이 상하기 시작했거든!"

"이, 익! 이런 싸가지없는 놈을 봤나!"

후아악!

거력마도의 도가 위에서 아래로 휘둘러졌다. 그와 동시에 그의 도끝에서 주먹만 한 도기가 튀어나왔다.

퍼억!

사비의 머리가 뒤로 확 꺾였다.

"까아악!"

흑화일심대 틈에 묻혀 있던 상관경의 비명이 터졌다. 이제껏 흑화일심대를 따라다니느라 경황이 없던 그녀는 사방이 화양마부인들에게 꽉 막혀 버리자 암담하던 참이었다. 그러다가 들려온 사비의 목소리. 마치 사막에서 발견한 물처럼 불안함을 일시에 걷히게 만들어준 그 목소리에 상관경은 살 수 있다는 희망이 생겨났다. 그러다가 갑작스런 공격을 받고 그대로 목이 꺾인 사비를 목도한 것이다.

'흐흐흐! 잘만하면 화산빙화를 얻을 수도 있겠군.'

상관경의 비명성을 들은 거력마도의 얼굴에 음산한 미소가 번졌다. 오늘 가장 큰 활약을 보인 이는 단연 흑화일심대 고수 다섯의 목을 날려 버린 거력마도 전웅이다. 이에 거력마도는 적지 않은 포상이 따를 것이라 기대하며 슬쩍 고개를 돌려 도황마제의 얼굴을 훔쳐봤다.

'으음! 왜 저러시지?'

도황마제의 얼굴에는 못마땅한 기색이 역력했다.

[분명히 네가 먼저 친 거다! 그치?]

"커억!"

거력마도의 두 눈이 찢어질 듯 커졌다. 자신의 도기에 목이 잘려졌어야 할 사비의 전음을 들어서였다.

"퉤!"

쾅!

사비가 뱉은 침이 거력마도의 앞 지면을 초토화시키자 모든 중인들의 눈이 경악으로 흔들렸다.

"뭐, 뭐냐? 지금 뭘 한 거야?"

황급히 뒤로 물러선 거력마도가 불신의 눈으로 물었다. 사비가 뱉은 침, 아니, 푸르스름한 기운은 분명 자신이 날렸던 도기였다.

'도기를 입으로 물다니. 이게 어떻게 된 일이지? 아니! 내가 잘못 본 거야!'

거력마도는 세차게 고개를 저었다. 도기를 입으로 물다니, 미친 인간이 아니고서는 시도조차 할 수 없는 일이다. 거력마도는 사비가 풍류비공을 이용해 자신이 날린 도기를 진기의 일부로 만들었음을 알지 못했다.

일순 어리둥절해하던 거력마도가 두 눈을 빛내며 입술을 뗐다.

“어찌 죽지 않고……?”

“이깟 거에 죽었으면 백번도 넘게 죽었을걸.”

사비가 피식 웃으며 답하자 거력마도의 얼굴이 창백해졌다. 하지만 겉으로는 짐짓 태연한 척 여유로운 미소를 머금고 사비를 쳐다봤다.

“하하하! 참으로 겁이 없는 녀석이로다!”

거력마도의 호쾌한 소성이 터짐과 동시에 사비의 신형이 흔들렸다.

휙!

거력마도는 순식간에 지척에 이른 사비를 보며 두 눈을 부릅떴다.

“헉! 빠르……!”

퍼억!

거력마도의 고개가 뒤로 꺾였다. 사비의 주먹이 턱에 작렬했지만 그는 아무런 손도 써보지 못한 채 그대로 뒤로 넘어갔다.

쿵!

“다음 누구?”

사비가 고개를 핵 돌리고 주변을 쓸어보는 사이 그와 십 장 떨어진 곳에서 화양십육도걸과 천변귀검 일행의 접전이 시작됐다.

“그분은 어디 계신가?”

한쪽 소맷자락을 펄럭이며 사비의 곁으로 다가온 양청이 물었다.

“누구?”

“자네가 모시던 분 말일세.”

“아저씨?”

사비가 고개를 갸웃거리며 되묻자 양청이 슬쩍 주위를 둘러보며 고개를 끄덕였다. 이에 사비의 얼굴이 대번에 굳어졌다.

“그럼 처음부터 흑화검성이 어디 있냐고 물었어야지. 왜 빙빙 돌리는 거야? 왜 다른 사람이 들으면 안 되는 이름인가?"

사비의 발언에 장내의 모든 눈이 일제히 모아졌다. 접전에 한창이던 이들까지 잠시 소강상태를 보일 정도로 충격적인 얘기가 사비의 입에서 튀어나왔기 때문이다.

"으음!"

양청이 침음성을 삼키며 잠시 말을 잇지 못하자 사비가 싸늘한 얼굴로 흑화일심대를 둘러봤다.

"흑화일심대! 듣기로는 아저씨를 좋아해서 모인 인간들이라고 하던데… 이제 그 이름이 입에 담기 싫을 정도로 부끄러워진 거야?"

"……."

"후후후! 당신들도 아저씨가 마공을 익힌 천하에 다시없을 악인이라는 소문을 믿나 보지?"

"아직 밝혀지지 않은 사실에 대해서는 할 말이 없네. 난 검성 어르신이 지금 어디 계신지가 궁금할 뿐이야."

"검성 어르신? 대형이 아니고?"

양청이 살며시 고개를 젓자 사비가 어이없다는 투로 되물었다.

사비는 화가 났다. 적어도 흑화일심대만은 믿었다. 다른 사람들이 모두 사군우를 손가락질해도, 흑화일심대만큼은 아닐 줄 알았다. 그래서 귀찮고 위험한 일인 줄 뻔히 알면서도 앞으로 나섰다. 사군우를 좋아하고 믿는 사람들을 조금이라도 더 이 땅에 남아 있게 하고 싶어서.

"흑화검성 사군우 대협은 당신들의 대형이 맞지? 대답해! 그럼 거들어주지."

"……."

양청은 대답하지 않았다. 지금 이 자리에는 흑화일심대만이 아니라 상관경이나 유백 같은 백천맹의 다른 부서 인물들도 있다. 이런 상황에서 사군우에 대한 자신의 발언은 신중할 수밖에 없었다. 물론 사군우에 대한 소문은 전혀 믿지 않았지만, 만에 하나의 경우를 생각해야했다.

'흑화일심대의 대원들 중 남은 수는 불과 오십. 흑화일심대는 이번 싸움으로 전력에 치명적인 타격을 입었다.'

양청은 말 한마디를 더 보태 그렇지 않아도 좁아진 입지를 더 좁힐 필요는 없다고 생각했다.

"후후후! 팔만 병신인 줄 알았더니 눈과 귀도 병신이었군. 어디 야무지게 살아서 도망쳐 봐. 백색아! 가자!"

사비는 더 볼 것도 없다는 듯 몸을 획 돌리며 외쳤다. 이에 다른 이들의 시선을 피해 한쪽 구석으로 가서 서 있던 화무영이 슬그머니 사비의 곁으로 다가왔다. 이를 본 중인들의 눈이 또 한 번 놀라움으로 커졌다. 무릎도 굽히지 않고 미끄러지듯 이동하는 화무영의 무탄력 경신공에 놀랐기 때문이다.

"열어줘라!"

도황마제가 크게 외치자 천변귀검 등과 대치하던 십육도걸이 뒤로 물러서며 길을 터주었다.

사비는 뒤도 돌아보지 않고 그 사이로 빠져나갔다. 유백 등이 조금 걸리기는 했지만, 그건 어차피 그들의 운. 자신은 처음부터 이곳에 없는 사람이었다고 생각하면 그뿐이었다.

사비와 화무영이 빠져나가자 도황마제가 피식 웃으며 입을 열었다.

"흐흐흐! 하마터면 골치 아플 뻔했어! 저런 고수들의 협조를 구하지 않다니… 독비객 양청의 자존심도 알아줄 만하군! 하지만 그 어쭙잖은 자존심이 네 녀석들의 생명을 단축했음이니……."

도황마제는 등 뒤로 슬쩍 고개를 돌렸다. 이에 마도고수들이 우르르 십육도걸이 자리잡고 있는 길목으로 이동했다.

양청은 가슴이 답답했다. 유일한 생로가 막히는 것을 보고도 어쩌지 못하는 상황이 한스러웠다. 처음에 기습대로 보낸 천변귀검 등의 고수들을 제외하면 실질적으로 싸울 수 있는 인원은 거의 없다고 봐도 무방했다. 그나마 혼자서 운신이 가능했던 사람들도 이곳으로 이동하며 화양마부 궁수들의 화살에 크고 작은 부상을 입은 상태.

'할 수 없지! 일단 부딪쳐 보는 수밖에.'

양청은 입술을 질끈 깨물었다. 도황마제와 그의 수하들이 있는 길목을 뚫는다는 건 결코 쉽지 않은 일이다. 하지만 다른 쪽으로 방향을 돌렸다가 화살받이가 되어 허무하게 죽는 것보다는 나았다.

"흑화일심대로 살아왔으니 흑화일심대로 죽읍시다!"

그의 외침에 부상의 고통으로 몸조차 가누기 힘들어하던 흑화일심 대원들이 분분히 자리에서 일어났다.

"넌 내 옆에 붙어 있어."

막첨이 상관경의 귀에 대고 나직이 속삭였다. 하지만 상관경은 대답하지 않았다. 그녀는 지금 사비가 자신들을 버려두고 갔다는 사실에 큰 충격을 받은 상태였다.

'협의를 아는 자라면, 대협의 풍모를 지닌 무인이라면 저렇게 꽁지가 빠져라 도망가서는 안 된다. 하물며 마사회의 소장로 둘을 단번에 죽인 실력을 가졌으면서 어떻게 저런 식으로 내뺄 수가 있는 거지?'

상관경의 사비에 대한 실망은 이만저만한 것이 아니었다. 그녀는 사비의 구함을 받은 후부터 생겨나던 호감이 조금씩 사라짐을 느꼈다.

"가라! 한 놈도 살리지 마라. 단! 아우와 장로들의 제사에 올려놔야 하니 머리는 남겨두어라! 크하하하!"

도황마제의 일갈과 함께 화양마부인들이 일제히 앞으로 달려나갔다. 하나같이 가공할 투기와 마기를 뿌리며 쏘아져 오는 그들의 모습은 보는 것만으로도 오금이 저릴 정도였다.

쌔애애액!

퍼억!

"크아악!"

누군가가 던진 창에서 요란한 파공성이 터졌고, 부상을 입은 몸으로 간신히 서 있던 한 대원이 그 창에 등이 꿰뚫려 뒤로 곤두박질쳐 날아갔다.

"물러서라!"

후아악!

양청이 노호성을 터뜨리며 도를 휘둘렀다. 그가 휘두른 도에 선두에서 달려오던 마도인의 어깨가 갈라져 나가며 피가 튀었다. 이에 득달같이 달려오던 화양마부인들의 기세가 잠시 주춤했다. 하지만 조금 떨어진 곳에서 재개된 십육도걸과 천변귀검 등의 공방은 더욱 치열해져만 갔다. 힐끗 고개를 돌려 그들의 혈투를 바라보던 양청은 속으로 짧은 한숨을 토했다.

'휴우! 역시 무리였나?'

천변귀검 등은 흑화일심대에서도 손꼽히는 무위를 지닌 자들. 그래서 일말의 기대를 가지고 있었는데 역시 화양마부의 십육도걸도 허명은 아니었다.

'결국 그 수밖에 없다!'

양청은 전면에서 어깨에 묵혈도를 척 걸뜨리고 서 있는 도황마제를 바라보며 두 눈을 빛냈다.

양청은 도를 쥔 손에 힘을 주며 천천히 입을 열었다.

"형제들을 위해! 그리고… 대형을 위해!"

팟!

양청이 전력을 다해 도약해 올랐다. 이에 그의 앞에서 대치하던 화양마부인들의 검, 도, 창이 일제히 그를 향했다.

파파팍!

양청의 몸이 허공에서 갈기갈기 찢어지는 순간, 그의 모습을 지켜보던 흑화일심대의 눈에 불이 일었다. 그리고 어디서 솟은 힘인지 앞에 서 있는 마도인들을 향해 죽을힘을 다해 공세를 퍼붓기 시작했다.

슈슈슈우욱!

"크아아악!"

"으윽!"

사방에서 피가 튀었다. 부러진 검이 몸에 박힌 자, 떨어진 자신의 팔을 주어들고 오열하는 모습. 몸을 덜덜 떨며 날아오는 도를 멍하니 바라보는 이. 아수라장의 지옥도였다.

시체로 변해가는 대부분은 화양마부에 속한 마도인들이었다.

"호오! 역시 흑화일심대군. 대단하군!"

짝짝짝!

도황마제가 비틀비틀 걸어오는 양청을 보며 박수를 쳤다. 전신이 피로 얼룩져 있었지만 다행히 치명상은 입지 않은 모양이었다.

"독비객이 여우라는 소리는 들었지만 이런 상황에서 고육지계를 써서 수하들의 사기를 올려놓을 정도인 줄은 몰랐군."

"칭찬으로 듣겠소!"

"이 정도는 되어야 싱겁지가 않지. 안 그런가? 후후후!"

도황마제와 삼 장 앞에 선 양청은 심호흡을 하며 들고 있던 도를 앞으로 쭉 내밀었다.

"십이제천과 겨룰 수 있게 되어 영광이오."

"독비객 양청의 도법이 일절이라는 소리는 들었네. 황실비무대회에서도 도법을 쓰는 무인 중에는 단연 독보적이라고 하던데."

"과찬이오!"

"후후! 그럼 시작하지!"

도황마제가 들고 있던 묵혈도를 옆으로 틀며 한 발을 내디뎠다.

쿵!

양청의 신형이 비틀거리며 뒤로 물러났다. 그의 전신이 서서히 경련을 일으킨다. 도황마제가 뿜어내는 마기에 심맥이 조여왔다.

"우욱! 참(斬)!"

양청은 깊은 신음을 터뜨리며 지면을 향해 도를 내리찍었다. 그의 주변으로 떨어지던 가는 빗줄기가 찰나지간 좌우로 갈라져 나갔다.

투투투우!

도황마제는 입이 찢어져라 웃으며 좌수를 들어 옆으로 비켜 저었다. 그러자 빗방울들이 뭉치며 도황마제의 앞으로 얇은 막을 형성하기 시작했다.

쾅!

요란한 폭음이 터짐과 동시에 사방으로 빗물이 튀었다. 하지만 도황마제나 양청의 주변으로 쏟아져 가던 빗물은 마치 보이지 않는 벽에 부딪친 듯 허공에서 잠시 멈췄다가 그대로 떨어져 내렸다.

"쿨럭!"

양청의 입에서 가는 핏줄기가 새어 나왔다. 전력을 다했는데도 도황마제의 한 손에 막혔다는 사실에 참담함이 밀려왔다.

양청은 넘어오는 핏물을 꿀걱 삼키며 도황마제의 얼굴을 뚫어져라 응시했다.

'내가 도황마제의 일초지적도 안 된단 말인가?'

양청은 땅에 꽂았던 도를 꾹 움켜쥐며 이를 악물었다.

"인정할 수 없다!"

파앗!

양청이 도와 함께 혼연일체가 되어 지면을 박차고 솟구쳐 올랐다.

"호오! 신도합일(身刀合一)이라. 제법이군!"

도황마제의 눈에 감탄의 기색이 스쳤다. 하지만 그게 다였다. 도에 전신 내력을 담아, 몸과 마음의 모든 힘을 담아 날아오는 양청의 그 기세가 그에게 있어서는 잠깐의 감탄 정도밖에 되지 않았다.

"시도는 가상하다만 그 정도로는 어림없다!"

도황마제는 오른손에 움켜쥐고 있던 묵혈도를 앞으로 아무렇게나 던졌다.

후우웅!

순간 던져진 묵혈도가 허공에서 꼿꼿이 서며 기이한 도명을 토했다. 점점 시뻘겋게 물들어가는 핏빛 도신. 도황마제는 오른손을 가슴께로 모으고 중지와 검지를 빳빳이 세웠다. 그리고는 묵혈도를 노려보며 중얼거리기 시작했다. 모두 양청이 허공으로 도약하는 그 짧은 시간 동안에 벌어진 일이었다.

"영광으로 알라! 이것이 마도의 지존마공이니……!"

천마구류도(天魔九流刀) 제일식(第一式) 마황강림(魔皇降臨)!

도황마제의 손가락이 앞을 가리킴과 동시에 시뻘건 불기둥으로 화한 묵혈도가 쏜살같이 날아갔다. 이에 양청의 눈동자가 잘게 흔들렸다.

"이기어……!"

쌔애액!

입을 열던 양청이 암담한 눈으로 날아오는 묵혈도를 바라봤다.

'하필이면 이럴 때 대형의 얼굴이 떠오르다니…….'

양청은 피식 미소를 머금었다. 죽음을 직감했지만 생각보다 두렵지 않았다. 그저 쏘아져 오는 붉은빛의 도를 보자 사군우의 웃는 얼굴이 떠올랐을 뿐이다.

"미안하오, 대형……!"

양청이 자신의 도를 거머쥐고 전면의 묵혈도와 부딪칠 때였다.

[그럼 처음부터 미안할 짓을 하지 말았어야지!]

양청은 바람이 속삭인다고 생각했다. 처음에는 거친 불길 속으로 뛰어드는 듯한 착각에 빠졌다. 도황마제의 적염마공의 기운이 묵혈도에 실린 채 짓쳐들고 있었으니 그건 당연한 느낌이었다. 하지만 직후 도황마제의 화기가 씻은 듯이 사라졌다. 대신 그와 비슷하지만 결코 부담스럽거나 버겁지 않은 따뜻한 느낌이 전해왔다. 더욱 괴이한 것은 그 따뜻한 기운 속에 가슴까지 시원하게 만들어주는 청량함이 섞여 있다는 것이다.

"당신은?"

화석처럼 굳었던 양청이 살며시 두 눈을 반개했다. 눈앞으로 누군가의 등이 아른거린다. 새빨갛게 물든 긴 머릿결이 허리까지 내려온 사내의 등이었다.

"히야! 이거 생각보다 뜨거운데! 너도 불 좀 지져 봤구나!"

허공에 둥실 뜬 채 빙긋이 웃고 있는 이는 사비였다. 그의 오른 손바닥 위로 도황마제의 묵혈도가 사시나무 떨 듯 떨리고 있다. 마치 사비를 두려워하고 있는 것 같은 괴이한 모습이었다.

털썩!

양청이 더는 버티지 못하고 밑으로 떨어져 내렸다. 이를 본 사비의 얼굴이 당황으로 물들었다. 그제야 자신이 허공에 떠 있음을 깨달은 것이다.

"젠장! 내가 어떻게 떠……?"

쿵!

사비는 엉덩방아를 찧고 말았다. 사비가 잔뜩 인상을 구긴 채로 자리에서 벌떡 일어나는 사이, 그에게 제어됐던 묵혈도는 도황마제의 손으로 되돌아가 있었다.

'으음! 도신이 식었다!'

도황마제는 불신의 표정으로 침음성을 삼켰다. 묵혈도가 식다니 있을 수 없는 일이었다. 적염마공을 시전했으니 그 열기가 삼 일은 가야 정상인데, 채 반 각도 못 가고 식어버린 것이다.

'그렇다면 혹시?'

도황마제의 눈썹이 부들부들 떨렸다. 적염마공이 실린 묵혈도를 손쉽게 제어할 수 있는 상극의 무공은 오직 하나.

'마령심공!'

천천히 눈을 든 도황마제가 자신을 향해 성큼성큼 다가오고 있는 사비에게 시선을 고정했다.

화무영은 도황마제에게 다가가는 사비를 바라보며 설레설레 고개를 저었다.

"너무 무모해!"

마음 같아서는 당장이라도 달려가 사비를 도와야 했다. 하지만 사비가 달려가기 전 했던 말이 떠올라 차마 발길이 떨어지지 않았다.

"오래 버틸 자신은 없으니까, 쟤네들 빨리 구해주고 튀어 와! 나도 썩 내키는 건 아니지만, 구해놓으면 여러모로 쓸모가 많을 거야. 네 누명 벗기도 좋고, 아저씨도 그렇고……."

화무영은 천천히 고개를 돌려 흑화일심대를 바라봤다. 양청이 떨어져 나온 뒤 한동안 화양마부의 고수들을 밀어붙이던 기세는 이제 바닥이 난 상태. 하나둘씩 쓰러지더니 이제는 서 있는 자들보다 누운 자들이 더 많았다. 그것은 십육도걸을 상대하는 흑화일심대원들도 마찬가지였다.

'누명을 벗을 기회라. 괜히 다른 오해나 생기지 않으면 다행입니다.'

속으로 중얼거린 화무영이 씁쓸한 표정으로 천천히 몸을 돌렸다.

슉!

화무영이 한 걸음을 내딛자 그의 신형은 어느새 십육도걸의 코앞에 이르렀다.

“헛!”

화무영을 발견한 도걸 하나가 헛바람을 집어삼켰다.

퍽!

화무영의 손이 소리없이 허공을 가르자 마주 선 상대의 가슴에 구멍이 뚫렸다. 하지만 상대는 신음 한마디 흘리지 못한 채 두 눈을 까뒤집고 나자빠졌다. 이 때문에 다른 도걸들은 동료가 상했음을 눈치채지 못했다. 그들은 전면의 흑화일심대 고수들을 향해 살초를 전개하기에 급급했다.

스윽!

화무영의 신형은 구름이 흘러가듯 소리없이 이동했다. 빗소리에 기척을 숨기고, 빗줄기에 몸을 감춘 그의 은밀한 신법을 눈치챈 화양마부의 도걸들은 아무도 없었다. 그들과 맞서 싸우고 있던 흑화일심대의 표정과 기색만이 조금씩 이상해질 뿐이었다.

'마공을 쓰는 자가 우리를 돕다니… 이게 도대체 어쩐 일인가? 더욱이 처음에는 마공인 듯 보였는데 지금은 마기가 느껴지지 않으니.'

천변귀검 옥산하는 도걸들의 등 뒤에서 그들의 그림자를 하나씩 지워 나가는 화무영을 보며 고개를 갸웃거렸다.

쌕!

투툭!

“헛! 낙성추혼(落星追魂)!”

천변귀검은 자신의 생각을 이어가지 못했다. 다른 생각을 하기에는 남아 있는 도걸들의 공세가 너무도 매서웠다. 잠깐의 방심으로 큰 위기에 놓였던 천변귀검은 낙성검법의 초식들을 잇달아 전개하며 간신히 위기를 모면했다.

그사이에도 화무영의 손은 소리없이, 그리고 바쁘게 움직였다. 그의 손짓 한 번에 화양마부의 고수들이 픽픽 쓰러져 나갔지만 어느 하나 눈치채지 못했다. 마령심기를 담은 환우마하장이었지만 상대는 미처 이를 느끼지 못한 상태에서 당했기 때문이다. 화무영은 진정한 마황지경의 위력을 보이고 있었다.

"커억!"

화무영의 손에 나가떨어진 열두 번째 도걸이 드디어 비명을 터뜨렸다.

"아니!"

이에 남은 도걸 넷의 눈이 경악으로 물들었다. 주변을 둘러본 그들은 여기저기 널브러진 동료들의 주검을 보며 일순 멍한 상태가 되었다. 산전수전 다 겪은 그들이었지만 지금의 상황은 도무지 믿기지 않았다. 화양십육도걸은 화양마부뿐만이 아니라 마도 전체에서 봤을 때도 상위에 속한 고수들이다. 그런 자신들이 무려 열둘이 죽어나갔는데도 이를 알지 못하고 있었다니. 남은 네 도걸은 서로를 바라보며 아연한 눈빛을 교환했다.

"이, 익!"

도걸들의 입에서 더욱 큰 경악성이 터졌다. 그들의 눈에 시신 중에 아직 움찔거리고 있는 동료 셋이 들어왔다.

"흐, 흡혈을……!"

화무영에게 마지막으로 당한 세 도걸들은 핏기 하나 없는 창백한 얼굴이었다. 화무영은 피가 필요했다. 마령심공을 극으로 끌어올리면서도, 밖으로 드러나는 것을 감추느라 마령심기와 체내 음기들이 급격히 소모됐기 때문이다. 물론 이제는 인혈을 취하지 않아도 되는 상태였지만 그것은 어느 정도 운기조식을 취해야 가능한 일이었다. 하지만 지금은 그럴 겨를이 없는 급박한 상황이었다. 이에 화양십육도걸의 피를 취한 것인데, 화무영은 이로 인해 새로운 사실을 깨닫게 되었다.

'마령심기가 늘었다!'

화무영은 자신을 향해 분노의 눈빛을 활활 불태우고 있는 사 인의 도걸을 바라보며 두 눈을 빛냈다.

그동안은 취하지 않아 몰랐는데 마공을 익힌 인간의 피를 섭취하면 자신의 마령심기가 눈에 띄게 늘어남을 비로소 깨달은 것이다.

'피를 취하면 마기까지 같이 흡수되는 거야!'

화무영은 순식간에 가득 찬 마령심기를 전신으로 돌려보며 눈알을 굴렸다. 이를 본 도걸들의 눈이 일순 붉게 물들었다. 처음에는 분노의 감정 때문이었지만 지금은 두려움 때문이었다. 화무영의 번들거리는 눈빛과 마주하자 모골이 송연해졌다.

'이, 인간이 아니다!'

도걸들은 약속이나 한 듯 도를 거머쥐고 화무영을 포위해 들어갔다. 맞은편에서 대치 중이던 흑화일심대는 전혀 안중에도 두지 않았다. 아니, 그들까지 신경 쓸 여력이 없었다. 이에 천변귀검은 부상당한 자신의 동료들에게 시선을 돌리고 황급히 외쳤다.

"형제들! 저쪽으로!"

천변귀검이 먼저 몸을 날리자 나머지 십일 인의 대원이 그 뒤를 따라 신법을 전개했다. 마치 한 몸을 지닌 용의 꿈틀거림처럼 빠르고 유연하게 움직이는 흑화일심대의 고수들. 그들 역시 도걸들과의 싸움으로 부상을 입고 있었으나 아무 주저함이 없었다. 곤경에 처해 있는 본진의 동료들에 비하면 매우 약소한 상처였다.

슈각!

픽!

"조심해!"

상관경에게 버럭 고함을 친 막첨은 다시 몸을 돌리고 앞으로 나아가며 검을 휘둘렀다.

상관경은 정신이 번쩍 났다. 사비가 도황마제 앞으로 나가는 모습을 보고 일순 멍해졌다가 큰 위험이 빠졌던 것이다. 막첨의 도움이 없었다면 고혼이 됐을 것이라는 생각에 가슴이 철렁 내려앉았다.

'당신은 그렇게 쉽게 쓰러질 사람이 아니에요. 그렇죠?'

누구에게 하는 질문일까. 상관경은 속으로 중얼거리며 천천히 고개를 돌렸다. 막첨, 방노달이 한 조를 이루고, 남궁원예와 공황작이 다른 한 조를 이뤄 화양마부인들과 혈전을 벌이고 있는 모습이 들어왔다. 그들과 멀리 떨어진 곳에서는 유백, 단리무옥, 무휴가 한데 뭉쳐 힘겨운 싸움을 벌이고 있었다. 모두 얼굴에 패색이 짙어보였다. 하지만 그나마 다른 이들에 비해서는 훨씬 나았다. 흑화일심대에 비해 상대적으로 무공이 약한 탓에 지금까지는 보호를 받는 입장이었기 때문이다. 하지만 지금은 다르다. 그나마 버티는 남궁원예와 공황작에 비하면 막첨과 방노달의 상황은 악화일로로 치닫고 있었다. 이를 본 상관경이 손에 들고 있던 장검에 힘을 주며 앞으로 달려나가기 시작했다.

그녀가 앞으로 나옴과 동시에 십육도걸과 싸우던 흑화일심대 고수들이 원진(圓陣)을 구축하며 사방으로 신형을 날렸다. 그들의 가세로 인해 전세는 다시 흑화일심대로 기울기 시작했다.

"크하하하! 오랜만에 제대로 된 놈을 만났구나. 사문이 어디냐?"

처음에는 잠시 당황한 기색을 보이던 도황마제가 어느새 제 안색을 회복하고 대소했다. 이에 앞에 마주 선 사비가 도황마제를 올려다보며 지그시 입을 열었다.

"사문 같은 건 없어! 그냥 한 인간에게 제대로 된 사내가 되는 방법을 배웠을 뿐이지."

"사내라. 좋구나. 그래, 그 사내가 되는 방법은 누가 가르쳐 줬든고?"

도황마제가 손에 들고 있던 묵혈도를 땅에 푹 꽂으며 물었다. 사비를 바라보는 그의 눈초리에는 흥미로운 빛이 가득했다.

'으음! 믿기 힘들지만 이 녀석은… 삼재경에 올라 있다!'

도황마제 강주현. 마황의 경지에 오른 화무영이 태어나기 훨씬 전부터 이미 마황의 경지를 거쳤고, 지금은 마기를 발출할 수 있는 마선(魔仙)의 경지에 도달해 있는 마도 최고의 고수. 정도의 기준으로 보면 도황마제는 삼재경의 고수다. 그런 그가 오왕이나 사극보다 사비의 실력을 더 위로 보고 있는 것이다. 하지만 이런 자세한 내막을 모르는 사비는 시큰둥한 표정으로 도황마제를 물끄러미 쳐다봤다.

'어쩐다? 죽자 사자 덤비면 정말 자신없는데…….'

사비는 짐짓 곤혹스런 표정으로 살며시 고개를 가로저었다. 아무리 봐도 도황마제는 결코 쉽게 볼 수 있는 인물이 아니었다. 사비는 무림의 서열이 괜히 매겨진 것이 아님을 절실하게 깨닫고 있었다.

"말하기 싫으면 관둬라. 어차피 죽을 놈이니……."

사비와 눈싸움을 벌이던 도황마제가 피식 웃으며 고개를 돌렸다. 그의 눈에 일순 못마땅한 기색이 어렸다. 화무영에게 목을 물어뜯기며 사지를 벌벌 떠는 도걸의 모습이 들어왔다. 나머지 다른 도걸들은 사방에 널브러진 것이 이미 모두 죽은 모양이었다. 흑화일심대를 상대하기 위해 초빙해 온 마도고수들의 상태도 그리 좋아보이지는 않았다. 당연히 필승이고, 그저 토끼몰이 정도에 지나지 않은 사냥이라고 생각했었는데, 생각도 못한 범을 두 마리나 만난 것이다. 그 범 중 한 마리는 십육도걸을 이빨로 물어뜯어 놓았고, 나머지 한 마리는 지금 자신 앞에 서 있다. 어리지만 날개까지 달린 범이었다.

"흑화검성이야!"

"……."

"내게 사내가 되는 방법을 가르쳐 주신 분이 흑화검성이라고!"

"후후후! 그랬군. 하긴 검성이 아니면 누가 너 같은 놈을 키웠을까?"

도황마제가 불쾌했던 안색을 거두고 피식 미소 지으며 고개를 끄덕였다.

"아저씨를 아나?"

"알다마다. 직접 본 적은 없지만 내 새끼들을 여럿 잡은 놈이니 내가 모를 리 없지. 또 삼황과 오왕이 출전하지 않은 비무대회에서 우승하고 자칭 천하제일인이라 떠벌리고 다니지 않았느냐? 호랑이 없는 산에서 주인 노릇을 했던 여우를 내가 어찌 모를까. 크하하하하!"

도황마제의 소성에 떨어지는 빗방울들이 진동했다. 하지만 사비는 무덤덤한 표정으로 입을 열었다.

"나이가 몇이지?"

"……."

도황마제의 눈에 의아한 빛이 스쳤다. 당연히 화를 낼 줄 알았던 사비가 담담한 얼굴로 엉뚱한 질문을 해왔기 때문이다.

"열이다!"

"열? 거기 백을 더해야 하는 거야?"

사비가 놀란 눈으로 고개를 갸웃거리자 도황마제가 피식 웃으며 고개를 끄덕였다.

"물론이다!"

"흠! 정말 많이도 처먹었군!"

"크하하하! 방자한 놈. 아예 죽여달라고 비는구나!"

쿠쿵!

도황마제가 퉁방울만 한 눈알을 부라리며 앞으로 나왔다. 그가 걸음을 옮길 때마다 그가 디딘 땅이 푹푹 파여 들어갔다. 하지만 사비는 여전히 담담한 표정이었다. 속으로는 긴장하고 있는지 몰라도 표정만은 그 어느 때보다 차분해 보였다.

"백 년을 넘게 살면서 얼마나 많은 사람을 죽였을까. 아저씨가 당신 똘마니들을 손봐줬다고 했지? 그럼 더 볼 것도 없겠네. 아저씨는 함부로 사람을 죽이는 성격이 아니거든. 그런 아저씨가 손을 쓸 정도라면 그 두목은 얼마나 죄를 많이 짓고 살았겠어? 안 그래?"

"다 지껄였느냐! 그렇다면 그 입부터 찢어주마!"

도황마제의 손이 사비를 향했다. 하지만 사비는 급히 뒤로 물러서며 계속해서 말을 이어갔다.

"내가 예전에 들었는데 말이야. 늙으면 늙을수록 지닌 얼굴이 그 사람 살아온 날을 대변해 준다고 하더라고. 당신 얼굴을 보니까 나쁜 짓 중에 안 해본 게 없을 정도로 흉악해 보이네!"

"갈(喝)!"

슈칵!

도황마제가 이지(二指)를 뻗어 사비를 가리키자 땅에 꽂혀 있던 묵혈도가 박혀 있던 그대로 사비를 향해 나아갔다.

콰류류류!

묵혈도에 의해 반으로 쪼개져 나간 땅에서 기괴한 소리가 났다.

"흡!"

막 입을 열려던 사비가 뒤로 공중제비를 돌며 짓쳐드는 묵혈도를 피했다. 하지만 사비의 밑을 지나친 묵혈도가 공중으로 솟구쳐 오르며 사비를 향해 날아갔다.

'최고다!'

사비는 속으로 감탄사를 연발했다. 묵혈도는 적염마공이 듬뿍 실린 시뻘건 도신을 뽐내며 마치 살아 움직이는 생명체처럼 공중을 자유자재로 비행하며 사비를 공격해 왔다.

그들과 수십 장 떨어져 혈전을 벌이던 양측의 무인들이 조금씩 서로에게 퍼붓던 공세를 줄여가며 힐끗힐끗 고개를 돌렸다. 자칫 죽을 수도 있는 급박한 상황인데도 이 희대의 대결을 놓치고 싶지 않은 모양이었다. 그것이 바로 무인으로서 일평생을 살아온 자들의 마음이었다. 그리고 그 잠시간의 휴전은 십육도걸들을 모두 처리하고 그들의 중앙으로 날아 내린 화무영에 의해 완전히 멈춰졌다.

도걸들의 피를 쪽쪽 빨며 마령심기를 듬뿍 충전한 화무영은 깔끔하게 정돈된 모습을 하고 있었다. 눈빛에 감도는 혈기(血氣)만 아니라면 그의 모습은 어디 내놔도 손색이 없는 헌앙한 기도를 내뿜고 있었다. 하지만 속은 착잡했다. 그동안 그토록 참고 인내해 왔던 짓을 다시 저지른 자신이 쉽게 용서가 되지 않았다.

'일단 주공을 돕고 난 뒤 생각하자!'

화무영은 사비를 향해 가려다 말고 흠칫 어깨를 떨었다. 도황마제의 검을 피하고 있는 사비의 모습에서 뭔가를 깨달았기 때문이다.

'미, 미쳤군! 어찌 도황마제를 상대로 신법을 수련한단 말인가?

화무영은 강하게 고개를 저으며 주변을 돌아봤다. 자신의 눈치를 살피는 마도인들이 눈에 들어왔다. 그들은 화무영의 마령심기에 상응하며 맥을 못 추고 있었다.

화무영은 씁쓸한 미소를 지었다.

전의를 상실한 마도고수들이 화무영에게 모든 시선을 고정하자 흑화일심대원들은 씁쓸한 표정으로 서로를 돌아봤다.

도황마제는 사비에게 손발이 묶인 상태고, 다른 마도인들은 화무영의 등장과 동시에 꿀 먹은 벙어리처럼 그 자리에서 움직이지 않고 있다. 자신들 전원이 전력을 다해 막아야 했던 마도인들이 이름도 모르는 두 젊은이에 의해 막힌 것이다. 이는 흑화일심대 전체보다 사비와 화무영, 이 두 사람의 힘이 강하다는 의미. 그리고 그것은 자신들이 어쩌면 이 위기를 모면할 수 있다는 뜻이기도 했다. 어찌 됐든 사비와 화무영이 나선 이유는 흑화일심대를 구하기 위해서니까.

"대주! 어떻게 할까요?"

"으음!"

천변귀검의 등에 업혀 되돌아온 양청이 신음성을 흘렸다. 적염마공에 당한 상처는 심각했다. 심맥이 타 들어가는 고통이 계속해서 몰려왔다. 이에 양청의 머릿속에는 아무런 생각도 나지 않았다. 어서 동료들을 이끌고 이곳을 떠야 하는데 도무지 입이 떨어지지 않았다.

그사이 사비와 도황마제의 싸움은 더욱 치열한 양상으로 치달았다. 하지만 도황마제가 흘리는 적염마공과 사비의 화류패기로 인해 그들의 모습은 뿌옇게 흐려진 상태였다. 그들이 발산한 열기로 인해 하늘에서 내리던 빗방울들이 채 땅에 떨어지기도 전에 수증기로 화해 다시 올라갔기 때문이다. 이로 인해 하얀 수증기에 시야가 가려진 양측은 상황이 어떻게 전개되고 있는지 도무지 가늠할 수가 없었다. 그저 뇌성이 울고 강풍이 몰아치는 소리가 간간이 들림으로 봐서 싸움이 생각보다 치열할 것이라는 예상만 할 뿐이었다.

챙!

천변귀검이 검을 뽑아 들었다.

"지금 손을 쓰지 않으면 끝이오!"

화무영의 무뚝뚝한 음성에 천변귀검의 얼굴이 일순 굳어졌다. 화무영은 자신들을 도와준 생명의 은인이다. 하지만 화무영의 정체가 의심스러웠다. 아까는 경황이 없어서 미처 깨닫지 못했지만 지금 보니 자신들이 수년 전 그토록 찾아 헤매던 타락수라와 인상착의가 매우 비슷했다.

이윽고 천변귀검이 짧은 한숨을 토하며 검을 거둬들였다. 이에 화무영은 여전히 무심한 표정으로 양청의 곁으로 이동했다. 솔직히 양청을 구한다는 건 내키는 일이 아니었다. 예전 추격을 당하며 가장 피 말리는 고통을 줬던 이가 바로 양청이었기 때문이다. 하지만 방금 전 사비에게 전음으로 명을 받았기에 내키지 않아도 해야 했다.

'도황마제와의 일전 중에 전음을 날려? 하여간…….'

화무영은 사비의 대책없는 만용에 설레설레 고개를 저었다. 하지만 이를 본 중인들은 그가 양청의 기색이 좋지 않다고 여기는 것으로 알고 안색을 굳혔다. 이를 본 화무영이 속으로 고소를 머금으며 양청의 맥을 짚었다.

"흠! 역시 화기에 상했군!"

화무영의 말에 그 주변에 모여 있던 이들이 고개를 끄덕였다. 도황마제의 적염마공에 당했으니 그런 말은 듣지 않아도 알 수 있었다. 게다가 양청의 전신이 펄펄 끓는 것만 봐도 그것은 알 수 있는 일이었다.

그러나 화무영이 말한 화기는 도황마제의 것이 아니었다.

'화류패기! 도대체 언제?'

화무영은 의구심 가득한 눈으로 양청을 진맥하기 시작했다. 사비가 화류패기를 얼마나 넣어놨느냐에 따라 자신이 집어넣을 마령심기의 양이 달라진다. 조금이라도 모자라거나 지나치면 자신은 흑화일심대와 철천지원수가 될 수도 있는 상황이었다. 뭐, 지금도 그렇게 좋은 사이는 아니었지만 양청을 구하게 되면 사비 말대로 많은 도움이 될 것이기에 자연 신중해질 수밖에 없었다.

'으음! 역시 적염마공의 열기를 화류패기가 잠식했어! 생각보다 많은 양을 넣어야 해! 하지만 왜 이런 짓을 해놓은 거지?'

화무영은 눈살을 찌푸리며 사비에게 고개를 돌렸다. 뿌연 수증기에 가려져 있지만 그의 눈에는 사비와 도황마제의 몸놀림이 모두 들어왔다. 도황마제는 사비에게 도를 날림과 동시에 육장으로 사비를 몰아붙여 갔다. 하지만 시간이 지날수록 사비의 몸은 더욱 원활하고 빨라져 갔다. 그동안 고민하던 풍류비공의 신법에 어느 정도 깨달음이 있다는 뜻이었다.

쌔애액!

도황마제의 도가 허공을 찢어발길 듯 거세게 가르고 나갔다. 양청이 속수무책으로 당할 뻔했던 천마구류도법의 제일식 마황강림이었다. 하지만 위력은 그때와 천양지차다. 도황마제가 던진 묵혈도는 붉은 해골 형상으로 화하며 짓쳐들었다. 이에 일 장가량 허공에 떠 있던 사비는 급히 왼발로 허공을 찍으며 이 장가량 더 솟구쳐 올랐다.

"하하! 훌륭한 능공허도(凌空虛渡)로고!"

도황마제는 화통하게 웃었다. 하지만 속으로는 착잡하기 그지없었다. 사비는 자신의 공격을 너무 손쉽게 막았다. 더욱이 그가 펼친 지금의 한 수는 자신으로서도 도저히 파악이 되지 않는 신묘한 공부였다.

'삼재경은 기연으로 오를 수 있는 경지는 아니다! 어찌 저 나이에… 도무지 이해할 수가 없군.'

도황마제는 자신의 착잡한 마음을 지우고 싶은지 사비에게로 향한 공세를 배가하기 시작했다.

쿠오오오!

도황마제는 묵혈도를 피하기 위해 허공으로 솟구친 사비를 향해 신형을 날렸다. 그의 양 권에 실린 적염마공의 붉은 기운이 타오르는 불꽃처럼 일렁인다.

'보여!'

사비는 자신을 향해 양 권을 뻗어오는 도황마제를 보며 기분 좋은 미소를 흘렸다. 자신을 향해 도약한 도황마제와 등 뒤에서 날아드는 묵혈도의 가공할 기운이 동시에 느껴졌지만 피해야 할 만큼 심각하게 느껴지지가 않았다. 풍류비공을 통해 합쳐진 몸속에 있는 진기들, 풍류기(風流氣)를 어떻게 이용해야 할지 비로소 깨달았기 때문이다.

사비는 날아오는 도황마제와 묵혈도를 바라보다가 살며시 두 눈을 감았다. 그러자 주변의 모든 상황이 더욱 선명하게 들어왔다. 도황마제의 두 주먹에서 뻗어 나오는 적염마공의 기류, 허공에 긴 궤적을 그리며 날아오는 묵혈도의 움직임. 얼핏, 내지는 설령 육안으로 자세하게 들여다본다고 해도 분명 일직선으로 날아오는 것이라 여겨졌지만 풍류비공을 끌어올린 사비의 감각에는 허공에서 부딪치며 일어나는 마찰이 모두 느껴졌다. 무공과 유공의 부딪침. 그리고 이를 통해 발생하는 마찰열. 따지고 보면 자신과 도황마제의 주변으로 피어오르는 수증기도 적염마공뿐만이 아니라 이런 다양한 움직임과 마찰에 의해 발생하는 것이기도 했다.

대기의 흐름. 자신이나 도황마제의 몸은 눈에 보이지 않는 미세한 줄로 대기와 얼기설기 엮어져 있다. 또한 빈 대기에도 여러 가지 줄들이 물결처럼 얽혀 있다. 이는 도황마제와 싸우지 않았으면 보지 못했을 대발견이었다.

그런 대기의 흐름을 보게 되니 그것을 이용할 수 있지 않을까 하는 생각이 들었다. 이에 사비는 자신의 생각을 실행에 옮겼고 결국 대기를 밟는 방법까지 알아낼 수 있었다. 방법은 의외로 쉬웠다. 풍류기를 운용하기만 하면 자연스레 대기의 흐름을 탈 수 있었으니까.

조금 전 마황강림의 초식을 피할 때도 이를 이용해 허공으로 도약했던 것이다. 도황마제는 능공허도라고 불렀지만 사비는 그저 그의 묵혈도가 흘리는 맹렬한 기세를 타고 위로 올라간 것뿐이었다. 상대의 기운에 따라 움직이는 신법. 사비가 막연히 생각하던 풍류비공의 신법이 드디어 뚜렷하게 깨달아진 순간이었다.

이후 상대의 바람을 느낄 수 있게 되면[後他風感]
능히 바람을 움직일 수 있으리라[能調風動].

사비는 부지불식간 떠오른 풍류비공의 구결을 중얼거리며 감았던 두 눈을 번쩍 떴다. 지척에 이른 도황마제의 모습이 보였다.

승리를 확신했는지 그의 입가에는 환한 미소가 번져 가고 있었다. 하지만 사비의 눈에는 한없이 느리게만 느껴졌다. 그의 눈동자의 떨림까지 모두 한눈에 들어올 정도였다. 하지만 자신 역시 도황마제와 비슷하게 느린 속도다. 멀리 발아래로 보이는 다른 인영들의 모습은 머리카락 한 올 한 올의 움직임까지도 느리게 느껴졌지만 도황마제나 자신의 움직임은 그보다는 빨랐다.

'흠! 그렇다면!'

사비는 전력을 다해 화류패기를 끌어올렸다. 입술을 질끈 깨무는 동작도, 화류패기를 끌어올리려고 결정한 생각이 단전의 신경과 감각기관들에 명령을 전하는 순간까지도 너무나도 느리게 움직였지만, 화류패기가 끌어올려져 오는 순간부터는 모든 것이 비할 수 없이 빨라졌다.

쿠아아아앙!

사비가 불러일으킨 화류패기가 그의 전신 모공을 타고 쏟아져 나왔다. 이를 본 도황마제의 두 눈이 경악으로 커졌다. 하지만 그 역시 괜히 삼황이라 불리는 것이 아니었다. 기실 사비가 풍류비공을 통해 인식하는 주변 상황은 도황마제도 마찬가지로 느끼고 있는 것이다.

마도에서는 이를 마안(魔眼)이라 하고, 정도에서는 심안(心眼)이라 한다. 이는 삼재경에 이른 고수만이 지닐 수 있는 눈이다.

사비가 자신을 한없이 느리게 봤듯, 그 역시 사비의 동작을 한없이 느려 터졌다고 여겼다. 그래서 절로 웃음이 나왔고, 당연히 사비의 몸이 허공에서 산산조각나리라고 확신했다. 하지만 찰나지간 사비의 몸에서 섬뜩한 기운이 터져 나왔다. 그의 마안으로도 식별할 수 없을 정도의 빠름. 이에 도황마제도 전력을 다해 자신이 애지중지 감춰놨던 기운을 끌어올렸다. 적염마공을 통해 축적한 극양의 마기(魔氣). 이 마기는 사비의 화류패기와 마찬가지로 끌어올리기가 무섭게 쏟아져 나왔다. 붉은빛을 띠고 있다는 것도 비슷했고, 뜨거운 열기를 내포하고 있다는 점도 비슷했다. 다른 점이 있다면 사비의 것보다 도황마제의 것이 좀 더 크고 짙은 빛을 띠고 있다는 것뿐.

그리고 둘은 부딪쳤다.

콰아아아앙!!

주위를 감싸고 있던 수증기들이 천신장의 화살에 맞은 백룡처럼 서로 뒤엉켜 요동을 치다가 흩어졌다. 그리고 마치 진공 상태가 된 듯 백색 연기들이 모두 사비와 도황마제를 향해 빨려 들어갔고, 사위도 일순 정적에 휩싸였다. 내리던 빗줄기까지 멈췄고 허공에서 부딪친 사비와 도황마제가 노려보며 서로의 양손을 마주 잡고 있었다.

중인들의 시선이 일제히 하늘로 향했다. 하지만 화무영을 제외한 다른 이들은 모두 다시 고개를 떨궜다. 시뻘건 불길에 휩싸였던 두 사람의 몸이 곧바로 태양과도 같은 강렬한 광채를 뿜어내어 도저히 눈을 뜨고 있을 수가 없었다. 이후 뜨거운 열기가 전신으로 몰아쳤다. 중인들은 갑작스레 찾아온 극심한 열기에 누가 먼저랄 것도 없이 전력으로 공력을 끌어올렸다.

'으음! 주공.'

마령심공을 끌어올려 전신을 감싼 화무영은 근심스런 얼굴로 사비와 도황마제를 향한 시선을 고정했다. 일견하기에도 도황마제보다는 사비가 뿜어내는 진기가 훨씬 미약해 보였다.

"역시 사부님 말씀대로 사가권으로 화류패기를 뿜어내는 데는 한계가 있다!"

화무영은 자신도 모르게 중얼거렸다. 그의 곁에서 얼마 떨어져 있지 않은 곳에 서서 열기에 저항하고 있던 상관경이 그 소리를 듣고 가볍게 두 눈을 떴다.

'화류패기? 사가권은 또 뭐지?'

그녀는 걱정 반, 의문 반의 눈빛으로 사비 쪽으로 고개를 돌렸다가 이내 안색을 일그러뜨리며 다시 머리를 숙였다. 역시 그녀로서도 도저히 바라볼 수 없는 대결이었다. 하지만 다른 한편으로는 어떻게 인간의 몸에서 이러한 열기가 뿜어져 나올까 하는 의구심이 들었다.

'삼황의 무공이 입신의 경지에 들어서서 사상의 기운을 자유자재로 쓸 수 있다고 하더니 역시 과장이 아니었어!'

오행지경은 목화토금수(木火土金水)의 기운 중 하나를 쌓을 수 있는 경지고, 그 위의 사상지경은 소음, 소양, 태음, 태양의 기운 중 하나를 사용할 수 있는 경지다. 이는 다시 말해 대기 중의 운기토납술을 통해 얻는 진기가 아닌 새로운 힘을 이끌어낼 수 있는 경지로 인간의 신체에 축적할 수 있는 힘의 규모를 더욱 확장시킨 단계를 뜻한다. 그러나 오행지경이나 사상지경에도 한계는 있다. 바로 쌓은 진기가 하나의 성질이어야 한다는 것이다. 오행지경을 통해 쌓은 목화토금수의 힘은 축적한 사람의 성질에 따라 사상의 기운들로 발전된다. 오행이라는 다섯 가지 종류에서 사상이라는 네 가지 종류로, 그리고 이를 좀 더 넓게 보면 음과 양의 두 가지로 나뉘는 것이다. 하지만 삼재경은 다르다. 이 경지에 들어서면 서로 다른 두 가지 진기를 끌어낼 수 있기 때문이다.

도황마제는 이를 증명이라도 하듯 적염마공의 화기와 더불어 마기라는 변칙적이고 독특한 진기까지 동시에 끌어올리고 있다. 그는 자신이 명실상부한 삼재경의 고수임을 온몸으로 입증하고 있었다. 하지만 중인들은 하나같이 이해할 수 없는 문제에 봉착한 곤혹스러운 표정들이었다.

사비. 당금 무림의 신화적인 존재인 도황마제와 당당히 겨루며 지금까지 버티고 있는 그에 대한 불신이었다. 도대체 어떤 사술을 쓰기에 이렇게 오래도록 버틸 수 있는 것일까? 이게 사비를 바라보는 중인들 대부분의 시선이었다.

그사이 도황마제와 맞서고 있는 사비는 얼굴에 푸들푸들 경련이 일어나고 있었다.

'제기랄! 이 새끼는 나보다 더하네. 불로 목욕을 하고 살았나? 뭐가 이렇게 뜨거워?'

사비는 후회막급이었다. 도황마제의 능력을 과소평가하고 그대로 맞붙었던 자신의 오만함이 한심스러웠다. 화류패기보다 더 강한 화기가 존재할 거라는 생각을 하지 못했던 실수였다.

'아니! 인정 못해! 화류패기보다 강한 힘은 없다!'

사비는 이를 악물고 도황마제의 진기들을 막아냈다. 그러던 순간 그의 머릿속으로 뭔가 번쩍 스치고 지나갔다.

'그래! 사가권은 화류패기를 최소로 쓰기 위해 만든 무공이잖아. 하지만… 흑화검법이라면… 으윽!'

생각에 잠겼던 사비의 두 눈이 일순 붉게 충혈됐다. 도황마제가 그의 방심을 알아채고 전력을 다해 적염마기를 밀어 넣었기 때문이다.

'아쉽구나! 네놈이 익힌 무공이 열양공인 줄 알았다면 이런 식으로 죽이지는 않았을 텐데……'

도황마제는 튀어나올 듯 커진 눈으로 점점 온몸이 붉게 타 들어가는 사비를 바라보며 아쉬운 입맛을 다셨다. 눈빛에 깃든 요사한 기운은 마기가 분명했지만 도황마제는 인성을 상실하지는 않았다. 이미 마선의 경지에 오른 그로서는 그저 지닌 마기를 상황에 맞게 조절하며 쓰면 그뿐이었다. 그래서 더욱 아쉬웠다. 사비가 지닌 화기를 흡수하면 자신이 그토록 꿈꾸던 지고무상한 세계에 도달할 수 있었을 텐데 하는 아쉬움이었다.

'이제 끝낼 때가 됐군! 아쉽지만 저 녀석의 마기로 만족할 수밖에.'

도황마제는 입맛을 다시며 발아래서 자신을 바라보고 있는 화무영을 바라봤다. 그는 처음부터 화무영에게서 뿜어져 나오는 기운이 마령심기임을 알아보고 있었다. 그리고 그의 마령심기가 자신의 적염마공을 한층 성장시켜 줄 것을 믿어 의심치 않았다.

투투툭!

화무영의 주변으로 눈처럼 가는 얼음 조각들이 떨어져 내렸다. 수증기로 화해 올라가던 빗방울들이 화무영이 끌어올린 마령심기에 얼어버렸기 때문이다.

'으음! 주공이 위험하다!'

화무영은 지금 당장이라도 달려가 사비를 돕고 싶었다. 하지만 그건 짚을 안고 불로 뛰어드는 격이다. 도황마제와 사비가 뿜어내는 화기는 그가 지닌 마령심기로도 도저히 감당하기 힘든 것이었다. 만일 이를 무시하고 그대로 돌진한다면 사비에게 이르기도 전에 온몸이 재가 될 것이 뻔했다.

'주공이 죽으면 나도 죽는다. 하지만! 네놈도 죽는다, 도황마제!'

화무영은 입술을 질끈 깨물며 몸에 있는 마령심기를 최대한 쥐어짰다. 사비가 떨어져 나가는 순간, 도황마제와 함께 폭사할 생각이었다. 사태를 최대한 냉정히 보고 있는 그로서는 이게 최선의 선택이었다.

그렇게 화무영이 쥐었던 주먹을 쫙 펴며 날아오르려는 순간이었다.

"으으!"

사비의 몸이 덜덜 떨렸다. 그의 코와 입으로 시뻘건 불길이 쏟아져 나왔다. 게다가 전신의 모든 털과 피부까지 붉어지니 마치 지옥의 야차가 불을 뿜어내고 있는 듯한 흉측하고 괴기스러운 모습이었다. 이를 본 도황마제는 장심을 통해 더욱 진기를 쏟아 부었다.

'으음! 화단이… 형성되기 시작했어!'

사비는 중단전 부근에서 조금씩 뭉쳐지기 시작한 화류패기를 느끼며 대경했다. 외부의 진기에 반응하여 몸 밖으로 나오려던 화류패기가 나갈 길을 찾지 못하자 뭉치기 시작한 것이다.

'어서! 풍류비공을……!'

사비는 급히 풍류비공의 구결을 끌어올리려고 했다. 하지만 화단이 형성되며 발생한 고통에 뇌가 제 기능을 발휘하지 못하고 있었다.

"아아악!"

사비의 처절한 비명성이 터졌다.

키이이이잉!

눈을 감고 열기에 대항하던 중인들의 얼굴이 당혹감으로 물들었다.

기이한 울림.

천 년 한이 서린 용의 울음소리가 이럴까. 웅혼한 소리가 장내에 울려 퍼짐과 동시에 중인들을 향해 짓쳐들던 화기가 가라앉기 시작했다. 그리고 잠시 후 그 열기를 식혀주려는 듯 차가운 빗줄기가 그들의 피부를 적셨다. 주위를 온통 덮었던 열기가 수그러들며 수증기로 화했던 빗방울들이 다시 지면으로 내렸기 때문이다.

"헉! 저, 저기!"

“아아!”

유백의 외침과 단리무옥의 경악성에 군웅들의 고개가 일제히 하늘로 돌아갔다.

키이이이잉……!

여전히 들려오는 기음(奇音). 발원지는 사비의 허리였다.

도황마제의 얼굴은 당혹으로 물들어 있다. 자신이 보낸 진기가 마치 물먹은 솜처럼 사비의 몸속으로 빨려 들어가고 있었기 때문이다. 보다 정확히 말하면 사비의 몸이 아니라 그가 감고 있는 검은 요대였다.

치릉!

순간, 사비의 허리에서 검은 빛이 번쩍 하며 요대가 풀려 나갔다.

덥석!

사비는 무의식중에 풀어진 요대로 손을 가져갔다. 오랫동안 잊고 지냈던, 그렇지만 너무도 익숙한 감촉이 손을 타고 전해왔다.

“오랜만이다! 흑화야!”

흑화검을 바라보는 사비의 입가로 한줄기 미소가 번져 갔다. 붉게 물든 검봉을 시작으로 점점 늘어나기 시작한 흑화검은 처음 삼 척 이 촌의 길이에서 오 척의 길이까지 길어졌다. 손가락 두 개 정도이던 두께도 역시 그와 비례해 굵어졌다. 화류패기에 의해 팽창한 것이다. 이를 본 사비는 흑화검이 마치 검은 꽃봉오리를 활짝 피어올리며 붉은 속살을 드러낸 것 같다는 생각이 들었다. 하지만 그 생각은 이어지지 못했다.

사비가 흑화검을 움켜쥐는 순간 흑화검에 적염마공의 힘을 빼앗겼던 도황마제가 다시 신색을 회복하고 전력을 다해 일격을 가해왔다.

쿠류류류류!

도황마제의 묵혈도가 회오리를 치며 짓쳐 들어왔다. 이를 바라보는 사비의 눈이 점점 붉어진다. 체내에서 일어난 풍류기가 마령심기와 화류패기를 합치며 몸 밖으로 튀어나오려 했지만, 사비는 화류패기만 끌어올렸다.

'좋아! 화류패공이 뜨거운지, 네놈의 그 지저분한 마공이 더 뜨거운지 어디 한번 붙어보자고!'

간발의 차로 도황마제의 공세를 피한 사비가 입술을 질끈 깨물며 사군우에게 배웠던 흑화검법의 구결을 떠올렸다. 워낙 강한 검식이라 단 한 번도 화류패기를 담아본 적은 없었지만, 초식 수련은 지겹도록 했던 무공이다. 그러니 지금은 그저 흑화검법의 초식에 화류패기만 주입하면 끝이다. 게다가 지금은 화류패기를 주입할 필요도 없었다. 이미 도황마제의 진기와 사비의 화류패기를 잔뜩 빨아들인 흑화검이 스스로가 알아서 사비의 화류패기를 끌어당기기 시작했기 때문이다.

한편 도황마제의 손을 떠난 묵혈도는 가공할 속도로 회전하며 사비의 전면 삼 장 앞에서 멈췄다. 그리고 그 거대한 도에서는 붉은 기류가 뭉실뭉실 피어올랐다. 붉은 기류는 와선형의 작은 돌풍을 만들며 사비의 주변을 둘러쌌다. 돌풍의 수는 모두 아홉이었다.

"물러서라!"

천변귀검 옥산하의 입에서 일갈이 터졌다. 양청이 깨어나기를 기다릴 것도 없었다. 천마구류도를 시전하게 되면 꺼지지 않는 마화가 피어오르며 방원 삼십 장 내에 있는 모든 물체가 타버린다. 이에 흑화일심대원들이 황급히 몸을 일으켰다.

화앙마부 쪽도 가만히 있지 않았다. 도황마제의 도에 눈이 달려 자신들을 피해갈 리 없었기 때문이다. 이에 긴장감이 감돌던 전장은 그

곳을 벗어나려는 움직임으로 인해 삽시간에 아수라장이 됐다. 그때였
다.

"하앗! 흑화검법(黑花劍法) 제일식(第一式) 회풍류(回風溜)!"

사비의 입에서 맑은 기합성이 터져 나오는 순간 그의 손에 들린 흑
화검이 비스듬히 기울어졌다.

휘이잉!

한줄기 미풍. 사비는 사군우가 자신에게 시전해 보일 때 불었던 그
바람임을 느끼며 살며시 미소를 지었다. 사군우에게 흑화검법을 배우
던 때가 생각이 났다.

"허억! 흐, 흑화(黑花)……!"

사비와 멀리 떨어진 곳에서 막 도망치려던 누군가의 입에서 경악성
이 터져 나왔다.

앞서거니 뒤서거니 황급히 뒤로 물러서던 모든 이들이 움직임을 멈
추고 고개를 돌렸다. 그들의 눈에 서로를 노려보며 대치하고 있는 사
비와 도황마제의 모습이 들어왔다.

도황마제의 몸과 그의 도에서 뿜어져 나오는 시뻘건 기류와 사비의
몸과 그의 흑화검에서 뿜어져 나오는 검은 기운이 서로 엉키고 있었다.

"천마구류(天魔九流)!"

쿠아아앙!

도황마제의 입에서 폭갈이 터짐과 동시에 사비의 주위를 감싸던 아
홉의 붉은 기둥이 서로 다른 궤적을 그리며 짓쳐 들어갔다. 사비의 눈
에 비친 도황마제는 본래의 모습보다 배는 더 커 보였다. 그가 걸친 붉
은 장포가 펄럭이며 일어난 착시 현상이었다.

슈아아악!

사비의 손짓을 따라 검은 꽃무리가 쏟아져 나갔다. 사비는 도황마제를 양분하겠다는 일념으로 입술을 질끈 깨물며 흑화검을 사선으로 비껴 그었다.

'이건가! 내 몸속에 있는 화류패기를 꽃으로 만든다는 거!'

사비의 얼굴에 만족의 미소가 드리워졌다. 지금 죽어도 여한이 없다는 생각이 들었다. 그동안 꽉 막혔던 뭔가가 뻥 뚫리는 느낌에 전신이 말할 수 없이 시원하고 상쾌했다.

그 느낌을 기억하려는 듯 사비가 입술을 질끈 깨물며 흑화검을 휘두르던 손을 돌연 멈췄다. 하지만 흑화검의 검첨(劍尖)에서 뿜어져 나온 흑색 꽃잎들은 회오리처럼 뒤엉키며 전방을 향해 폭사되어 갔다.

퍼어어어엉!

거대한 검붉은 구름이 솟구쳐 올랐다. 사비와 도황마제가 부딪치며 일어난 먼지구름이었다. 이에 중인들은 일제히 두 눈을 꼭 감았다. 사비의 흑화검과 도황마제의 묵혈도에서 이전과는 비교할 수 없을 정도의 엄청난 열기가 터져 나왔다.

"이, 이럴 수가!"

유백이 아연실색한 외침을 터뜨렸지만 대부분은 입을 열지 않았다. 그저 넋이 빠진 사람처럼 초토화된 주변을 바라만 볼 뿐이다. 도무지 보고도 믿기지 않는 장면이 눈앞에 펼쳐져 있었다. 가까이 있던 사람들은 화상을 입은 채 신음을 흘렸고, 조금 멀리 떨어져 있었거나, 공력이 심후한 이들의 옷에는 여기저기 시커먼 재가 묻어 있었다.

"주, 주공!"

화무영은 다급한 걸음으로 앞으로 달려갔다. 화무영의 뒤에 있던 상관경은 다른 동료들이나 흑화일심대의 고수들과 달리 멀쩡해 보였다.

화무영이 양청과 그녀 주위에 마령심기로 강기막을 만들어줬기 때문이다.

달려나간 화무영의 바라보는 상관경의 얼굴에는 수심이 가득했다. 그녀의 시선 끝으로 이전에는 없던 거대한 구멍이 걸렸다. 마치 화산이 터진 자리에 생긴 분화구처럼 움푹 들어간 그곳은 사비와 도황마제가 격돌했던 곳이었다.

상관경은 목을 길게 늘여 빼고 사비를 찾기 위해 애썼다. 하지만 그 위로 모락모락 피어올라 오는 시커먼 연기 때문에 시야가 가려져 좀처럼 상황은 확인이 되지 않았다. 이에 걱정스런 눈으로 이리저리 고개를 갸웃거리며 살피던 상관경이 힐끗 고개를 돌렸다.

"으음! 형제들은……?"

양청이 정신을 차리고 입을 열었다.

"옥 대협님!"

상관경의 부름에 황급히 달려온 천변귀검이 양청의 맥을 짚었다. 그의 눈에 일순 안도의 기색이 감도는 것으로 보아 상태가 꽤 호전된 모양이었다.

"생존자는?"

"사십이 명입니다. 하지만 조금 더 줄어들 수도……."

"……."

천변귀검이 말끝을 흐리자 양청은 참담한 얼굴로 두 눈을 꾹 감아버렸다. 그렇지 않으면 주책없이 눈물이 흘러나올 것 같았다. 자신의 자존심 때문에 형제들 태반이 죽어나갔다. 처음부터 사비와 화무영에게 부탁을 했었다면 아마 상황은 많이 달라졌으리라. 그런 후회는 조금씩 커져 갔다. 화양마부를 도발하지 않았으면 어땠을까? 흑화일심대를 이

전처럼 사군우를 추종하는 순수한 낭인 무사들의 모임으로 놔뒀더라면 어땠을까?

"백리준 그 친구 말을 들었어야 했어."

양청은 씁쓸한 어조로 중얼거렸다. 백리준과 자신의 관점은 명백히 다르다. 만일 그가 있었다면 처음부터 화양마부를 치거나 도발하지는 않았을 것이다. 명분없는 싸움이었고, 쓸데없는 희생만 야기할 뿐이니까.

'휴우! 이제 와 그런 말이 무슨 소용 있을까. 이미 흑화일심대에 속했던 동료들 대부분은 죽어버렸고, 남은 인원은 불과 사십여 명인 것을. 이제 더 이상 흑화일심대는 중원의 의기를 지키기 위해 존재한다는 말은 감히 할 수 없게 되어버린 게야!'

양청은 속으로 힘없이 중얼거리며 살며시 두 눈을 떴다.

"나 좀 일으켜 주게!"

양청이 힘겨운 목소리로 부탁하자 옥산하가 그를 황급히 부축해 일으켰다. 양청은 천천히 주변을 둘러봤다. 다행히 백천맹의 후기들 대부분은 무사한 것 같았다. 막첨의 팔에 안겨 있는 방노달의 부상이 심각해 보였으나 흑화일심대원들이 당한 상세와 비교하면 하늘이 보호한 것이었다.

"그 친구는… 어디 있나?"

"……."

옥산하는 입을 열지 못했다. 양청이 묻는 이가 사비임은 알았지만 그가 지금 어떤 상황에 처해 있는지는 잘 알지 못했다. 실제로 사비나 도황마제가 어떻게 됐는지를 아는 사람은 이 자리에 아무도 없었다.

"타락수라가 그곳으로 갔으니 조만간 소식이 있을 겁니다."

"역시 그가 타락수라였군."

양청은 고개를 끄덕였다. 정신을 놓고 있던 것은 아니기에 자신을 구한 사람이 타락수라임은 굳이 옥산하의 입을 빌지 않아도 알고 있다. 자신들이 수년간 쫓았던 무림공적에게 구명됐다는 사실이 그를 착잡하게 했지만 지금은 그런 감상에 젖을 여유조차 없었다. 도황마제의 명이 없어 잠시 주춤하고 있긴 하지만 언제 화양마부의 무사들이 공격을 감행해 올지 모를 일이었다.

"자네는 그 친구들이 올 때까지 이곳을 지키고, 나머지는 지금 출발하지."

"알겠습니다."

옥산하가 고개를 끄덕인 후 곧바로 움직이기 시작하자 양청 옆으로 다가온 남궁원예와 유백이 급히 그를 부축했다.

"신세 좀 지겠네. 그럼 이동하세!"

양청은 그들을 만류하지 않았다. 그럴 기력도 없었고, 체면치레를 할 여유도 없었다.

양청이 유백과 남궁원예의 부축을 받고 이동하기 시작하자 흑화일심대원들이 서로를 부축하며 그 뒤를 따랐다. 하지만 상관경은 그들이 모두 언덕 위로 올라가는데도 발을 뗄 생각을 하지 않았다. 그저 목을 길게 빼고 사비가 있던 방향만을 바라볼 뿐이었다.

"어서 오지 않고 뭐 해?"

막첨이 방노달을 들쳐 업으며 소리쳤다.

"먼저 가. 난 조금 있다가 갈게."

"……."

막첨은 일순 눈살을 찌푸리다가 이내 몸을 홱 돌리고 곧바로 걸음을 옮겼다. 상관경 주위에 천변귀검 등이 남아 있으니 큰 위험은 없을 것이고, 지금은 이런 일로 다투고 싶지 않았다. 등에 업힌 방노달의 상세가 생각보다 심각했기 때문이다.

"주공! 어디 계십니까?"

사비와 도황마제가 싸우던 자리에 당도한 화무영은 빠르게 주변을 훑으며 눈살을 찌푸렸다. 마령심공을 끌어올렸는데도 사비의 기운이 감지되지 않았다. 게다가 아직까지도 엄청난 열기가 주위를 뒤덮고 있다. 화무영은 마치 용암이 흐르는 듯 여기저기가 검게 그을려 부글부글 끓고 있는 땅을 훑어보며 조심스레 발을 내디뎠다.

쉬이이익!

화무영이 발을 디디는 곳이 눈으로 식별이 가능할 정도의 빠른 속도로 굳어갔다.

휘익!

주변을 살피던 화무영이 눈을 빛내며 신형을 날렸다. 순식간에 십장 거리를 좁힌 화무영은 실오라기 하나 걸치지 않은 채 가부좌를 틀고 앉은 사비를 발견했다. 그리고 그의 앞에는 화무영으로서는 처음 보는 검은 몽둥이가 꽂혀 있었다. 흑화검이었다.

"주공!"

"……."

다급히 사비를 부르던 화무영은 이내 입을 꾹 다물었다. 사비의 피부 속으로 움직이는 붉은 반원체를 발견했기 때문이다.

"화단(火丹)!"

마치 살아 있는 듯 사비의 전신 곳곳을 누비고 있는 붉은 반원체를 보던 화무영의 입에서 경악성이 터졌다.

'으음! 도황마제의 적염마공을 감당하느라 너무 무리하게 화류패기를 끌어올렸어. 하지만 왜 마령심공을 쓰지 않은 거지? 화류패기와 마령심기를 함께 사용했다면 이렇게까지 되지는 않았을 텐데…….'

화무영은 사비의 능력을 아는 까닭에 더욱 이해가 가지 않았다. 그가 아는 사비는 죽음을 무릅쓰면서까지 마령심기를 쓰지 않을 인간이 아니었다.

"분명히 다른 이유가 있을 거야! 어쩌면……!"

화무영은 사비를 응시하며 생각에 잠겼다. 사군우에게 들은 대로라면 사비의 몸을 감도는 저 괴반원체는 화단이다. 따라서 사비는 좀 전의 싸움을 통해 화류패공을 한 단계 더 발전시켰을 가능성이 컸다. 그렇다면 마령심기를 쓰지 않은 이유도 설명이 된다.

'휴우! 그럼 그렇지. 저 인간은 도황마제를 상대로 무공을 수련한 거야! 풍류비공의 신법부터 화류패공까지…….'

화무영은 사비에게 별탈이 없다는 생각이 들자 안도의 한숨을 내쉬었다.

"그렇다면 도황마제는……?"

화무영은 빠르게 사방을 살폈다.

'있다!'

육 장 정도 떨어진 곳으로 김이 모락모락 나고 있는 도황마제의 거대한 체구가 눈에 들어왔다. 그 역시 사비처럼 가부좌를 틀고 앉아 이쪽을 노려보고 있었다. 사비에게만 신경을 집중하다 보니 미처 주의를 기울이지 못한 까닭에 이제야 발견한 것이다.

"으음! 역시!"

화무영의 눈가에 미미한 경련이 일었다. 아무리 사비에게 온 신경을 집중하고 있었다고 해도 도황마제를 느끼지 못할 자신이 아니다. 그런데도 도황마제를 이제야 발견하다니.

화무영은 의혹이 가득한 눈으로 도황마제를 향해 다가갔다.

"죽었다!"

화무영은 일순 얼굴을 찌푸렸다. 눈앞의 광경은 그가 눈살을 찌푸려야 할 만큼 처참했다.

하반신은 완전히 녹아버리고, 상반신만 남아 있는 도황마제의 시신은 가까이 다가서서 봐도 마치 앉아 있는 것처럼 보였다. 흑화검에 의해 잘려 나간 그의 허리가 채 피를 쏟기도 전에 흑화검에 담겼던 화류패기에 지져졌기 때문이다.

"잔인하군!"

화무영은 실로 가공한 흑화검법의 위력에 설레설레 고개를 저었다. 하지만 죽은 도황마제의 얼굴은 그다지 고통스러워 보이지 않는다. 고통을 느끼기도 전에 죽은 까닭이다.

화무영은 도황마제의 앞에 덩그러니 꽂혀 있는 묵혈도를 바라보며 천천히 한 손을 가져갔다.

"삼황 중 하나가 주공의 손에 죽다니……."

콰직!

화무영은 앞에 꽂혀 있던 묵혈도를 쑥 뽑아 들었다.

"마도의 삼대기병, 이도일비(二刀一秘)! 그중 둘이 도황마제의 소유라고 하더니, 이게 묵혈도라는 놈인가 보군!"

화무영은 가만히 묵혈도를 쳐다보다가 피식 미소를 머금었다. 생각지도 않게 희대의 기병 하나를 손에 넣은 것이다. 하지만 도법을 쓰지 않는 자신에게는 무용지물이었다.

"일월마도는 음양마교주가 죽었을 때 사라졌다고 했으니, 남은 것은 일비! 하지만 어디 있는지는 오직 도황마제만이 알고 있다고 했지."

자신의 키보다 더 커다란 묵혈도를 바라보며 나직이 중얼거리던 화무영은 천천히 고개를 돌려 도황마제의 시신으로 눈을 가져갔다.

"그 비밀이 여기 있었군!"

화무영은 씩 웃으며 도황마제의 시신을 향해 묵혈도를 내밀었다.

휙! 휙!

화무영의 손짓 두 번에 도황마제가 걸치고 있던 핏빛 장포가 벗겨져 나가고 그의 장대한 상반신이 드러났다.

"후후! 음양혼신포(陰陽魂神袍)가 마도의 삼대기병 중 하나였다니!"

화무영은 자신이 쥐고 있는 장포가 음양혼신포라고 확신했다. 입은 이의 기운에 따라 색깔이 변한다는 음양혼신포. 이를 증명이라도 하듯 화무영의 손에 들린 붉은 장포는 그가 마령심공을 끌어올릴 때 발현되는 파란색으로 변해가고 있었다.

화무영은 색이 변해가는 음양혼신포를 바라보며 소리없이 미소 짓다가 이내 몸을 돌렸다. 어느새 그의 등에는 묵혈도가 매어져 있었다.

"백색이 너 죽을래?"

화무영이 없는 사이 본연의 기색을 회복한 사비가 눈을 부라렸다.

"네?"

화무영이 어리둥절한 눈으로 되물었다.

"사람은 다 죽어가는데 보물에만 환장을 해가지고……."

"허! 어찌 그런 오해를… 억울합니다."

"오해는 무슨. 그럼 들고 있는 건 뭔데? 등에 매고 있는 칼은 뭐고?"

"아니, 이건… 휴우! 됐습니다. 일단 걸치시지요."

화무영은 일순 당황으로 말을 잇지 못하다가 이내 손에 들고 있던 음양혼신포를 사비를 향해 거칠게 내밀었다.

"이게 뭔데?"

엉겁결에 음양혼신포를 받아 든 사비가 고개를 갸웃거리며 천천히 입술을 뗐다.

주일고명 야월원청 음양혼신 혼합상승.

畫日高明 夜月圓清 陰陽魂神 混合上昇.

"예? 그게 무슨 말씀입니까?"

"넌 여기 적힌 이 글자들이 안 보여?"

"흠! 이런 상황에서 농담을 하시다니… 어서 걸치시지요."

사비는 음양혼신포를 가리키며 고개를 갸웃거렸다. 하지만 화무영은 영문을 모르겠다는 표정으로 어깨만 으쓱할 뿐이었다.

"하여간. 하는 짓 하고는. 도대체 이걸 어떻게 걸치라는 거야?"

사비는 화무영에게 샐쭉 눈을 흘기며 음양혼신포를 걸쳤다. 도황마제가 걸쳤던지라 일견하기에도 자신이 입기에는 너무 커 보였다.

"헉!"

사비가 놀란 탄성을 터뜨렸다. 음양혼신포를 몸에 걸친 순간 장포가 자신의 체구에 맞게 확 줄어들고 마치 재단이라도 한 것처럼 사비의 온몸을 감쌌기 때문이다. 더욱이 화무영의 손에 들렸을 때는 푸른빛을 머금었는데 지금은 검은색이다. 이 때문에 사비는 검은 무복을 입고 있는 것처럼 자연스럽게 보였고, 이음새나 재단선이 보이지 않고 착 말려들어 간 음양혼신포의 신묘한 능력 덕분에 날렵한 인상에 신비한 느낌까지 더해 보였다.

하지만 앞에서 지켜보던 화무영이 그럴 줄 알았다는 듯 기분 좋은 미소를 흘리며 입을 열었다.

"음양혼신포라는 물건입니다. 어떤 경로로 마도의 삼대기병에 들었는지는 모르나, 본디 음양혼신포는 팔선 중 하나인 종리권(鍾離權)이 입었다던 도가의 보물입니다."

"그럼 이렇게 줄어든 것도 음양혼신포의 능력 중 하나라는 소린가?"

"예, 그렇습니다. 다른 많은 능력도 있지만 대표적으로 도검불침, 수화불침의 능력이 있지요. 또한 입은 자가 지닌 기운에 따라 색깔이 변한다는 특징도 있습니다."

"그럼 이 글자는……."

"주공! 농담은 사양하겠습니다. 다 입으셨으면 이제 가시지요."

화무영은 소리를 꽥 지르며 몸을 휙 돌렸다. 화무영은 음양혼신포에 글자가 적혀 있었다면 자신이 보지 못했을 리 없다는 생각에 사비의 말을 농담으로 치부했다. 하지만 그보다 큰 이유는 사비가 부상을 입지 않았다는 사실에 대한 안도감과 언제 있을지 모를 화양마부의 공격권에서 벗어나고자 하는 마음 때문에 다른 말을 하고 있을 시간이 없었다.

"자식! 성질하고는."

사비는 자신의 말을 믿지 않는 화무영의 태도에 일순 어이가 없었지만 그 역시 이런 일로 왈가왈부하며 시간을 끌 생각은 없었다.

'하긴 도황마제가 죽은 걸 알면 개 떼처럼 달려들 텐데 그전에 자리를 뜨는 게 낫겠지!'

속으로 중얼거리던 사비는 앞에 꽂혀 있던 흑화검을 뽑아 들고 화류패기를 주입했다. 이에 흑화검이 일순 붉게 물들며 점점 휘어지기 시작했다.

흑화검을 허리에 찬 사비는 화무영이 이동한 쪽을 향해 걸음을 내디뎠다. 순간 그의 신형이 바람처럼 홀연히 움직이며 화무영의 뒤를 쫓았다.

"저기 오고 있어요!"

"그렇군!"

상관경의 외침에 고개를 돌린 천변귀검은 거대한 도를 등에 메고 쏟아져 오는 화무영과 그의 뒤에서 뒷짐을 진 채 한가로이 걸음을 놀리는 사비를 발견하고 안도의 한숨을 내쉬었다. 자신들을 구한 은인들이 무사하다는 안도감 때문이기도 했지만, 맞은편에 있던 마도고수들이 전열을 정비하고 도발해 오려는 순간에 엄청난 조력자들이 등장했다는 기쁨이 더 큰 이유였다. 하지만 그것도 잠시 천변귀검을 비롯한 남아 있던 이들의 눈은 점점 놀람으로 커져 갔다.

"흐, 흑화검!"

천변귀검의 입에서 경악성이 터졌다. 그는 흑화검을 알아봤다. 아니, 모를 수가 없었다. 백리준과 함께 흑화검을 구하기 위해 떠났던 이들 중 한 사람이었으니까.

'대형의 검을 어찌 저 친구가……?'

천변귀검은 불신이 서린 눈으로 사비와 화무영이 다가올 때까지 넋이 빠진 사람마냥 서 있었다.

"어떻게 된 일인지 설명해 줄 수 있겠나?"

천변귀검은 사비가 자신 앞에 이르자 착 가라앉은 눈빛으로 물었다. 다른 동료들이 마도 측을 힐끗 쳐다보며 걱정의 눈짓을 보냈지만 이를 전혀 개의치 않는 단호한 표정이다. 그나마 다행인 것은 사비와 함께 돌아온 화무영이 마도 측과 흑화일심대 사이로 가서 서자, 마도 측에서는 더 이상 아무런 움직임을 보이지 않는다는 것이었다.

"이미 짐작하고 있는 줄 알았는데……?"

"역시… 돌아가신 건가?"

천변귀검의 눈이 일순 뿌옇게 흐려졌다.

"후후! 지금 슬픈 척하는 거야? 그런 눈 하지 마. 역겨우니까."

"……."

사비의 건방진 말투에도 천변귀검은 아무 말이 없다. 그의 말에 찔리는 구석이 한두 군데가 아니었기 때문이다. 이를 눈치챘는지 사비는 싸늘한 표정으로 다시 입을 열었다.

"아저씨를 생각해서 도와주긴 했지만 앞으로는 조심해야 할 거야. 앞으로 흑화일심대라고 떠벌리고 다니는 것들을 보면 모두 박살을 내줄 테니까. 뭐? 아저씨를 좋아해서 모인 인간들이라고? 웃기는 소리 하지 마!"

"……."

천변귀검의 고개가 살짝 떨어졌다. 사비의 막말에도 전혀 화가 나지 않았다. 맞는 말이라는 생각이 들었다. 말은 흑화검성 사군우의 자유로움과 무도를 추구하는 그의 정신을 존경해서 모였다고 했지만, 내심으로 다른 생각을 하고 있었던 사람은 한둘이 아니었을 것이다.

'나는… 이 젊은이의 말대로 대형의 정신과 마음을 좋아했던 것이 아니라 대형의 명성에 편승하고자 했던 것인가?'

천변귀검은 천천히 고개를 들어올렸다. 근엄한 눈빛, 마치 자신의 나약함과 명예욕을 꾸짖는 듯한 사비의 눈빛을 보고 있자니 그의 얼굴이 다른 누군가의 모습으로 변해갔다.

흑화검성 사군우. 천변귀검 옥산하의 눈동자를 가득 메우고 있는 사람은 분명 사군우였다. 하지만 그것도 잠시 그의 눈에 가득했던 사군우는 어느새 지금의 사비의 모습으로 되돌아와 입을 놀렸다.

"꺼져! 앞으로 일각이야! 마지막으로 그 정도는 막아줄 테니까 최대한 멀리 도망가라고. 그 다음은 당신들 몫이야."

"주공! 무립니다! 어떻게 우리 둘만으로 화양마부의 총공격을 막는다는 겁니까?"

"이건 이 등신 같은 작자들이 아니라 아저씨를 위해서야."

"……."

화무영은 더는 입을 열지 않고 고개를 획 돌려 전면의 마도고수들을 응시했다. 그의 짜증 서린 눈빛에 앞에 서 있던 마도인들이 쭈뼛쭈뼛 고개를 돌렸다.

"그리고 너!"

사비의 눈빛이 자신에게로 쏠리자 상관경은 일시에 온몸에 힘이 쭉 빠짐을 느꼈다. 아직까지 자신을 보지 못한 것이라 생각했는데 그게 아니었나 보다.

"구명지은… 결코 잊지 않겠어요. 부디 무사히……."

상관경은 자신이 할 수 있는 최대한 나긋나긋한 목소리로 입을 열다가 흠칫 어깨를 떨었다. 사비의 입에서 생각지도 못했던 말이 튀어나왔기 때문이다.

"다시 왔던 건… 널 살리기 위한 이유도 있었어."

“네?”

“네가 여기 없었다면 그냥 갔을지도 모른다.”

“그런 말씀은……..”

상관경의 얼굴에 홍조가 드리워졌다. 죽음의 위험도 무릅쓰고 이곳으로 다시 달려오고, 또 마도 최고의 고수인 도황마제와 겨룬 이유가 자신이라는 사비의 발언에 심장이 두근두근 뛰었다. 하지만 다른 한편으로는 사비가 얄궂게 느껴졌다. 남자들은 왜 이런 위급한 상황에서 저렇게 천연덕스러운 고백을 하는 걸까.

“저도… 알아요.”

상관경이 기어들어 가는 목소리로 입을 열며 살포시 고개를 숙이자 사비가 힘차게 고개를 끄덕이며 다시 입을 열었다.

“알면 됐어. 그러니까 다시 보면 바로 갚아!”

“아아!”

사비의 말에 상관경의 얼굴이 급격히 일그러졌고, 주변에서 두 남녀가 심상치 않은 사이구나 하고 짐작하던 천변귀검 등은 어리둥절한 표정으로 고개를 돌렸다. 하지만 그것도 잠시 그들은 서둘러 걸음을 옮기기 시작했다. 심정이야 이루 말할 데 없이 착잡하고 자존심은 극도로 상했으나 지금은 어서 양청 등과 합류해야 했다. 그나마 사지가 멀쩡한 자신들이 아니면 전멸할 것은 불을 보듯 뻔하다. 이곳은 엄연히 마도의 영역이니까.

“그럼 이만 가겠소!”

천변귀검이 단읍을 취해 보인 후 곧바로 몸을 돌리자 다른 동료들이 그의 뒤를 따랐다. 잠시 사비를 바라보던 상관경도 속으로 짧은 한숨을 토하며 몸을 돌렸다.

‘휴우! 도무지 알 수 없는 사람이야.’

멀어져 가는 상관경과 천변귀검 일행을 바라보던 화무영이 고개를 돌리고 입을 열었다.

“화양마부는 그렇게 호락호락한 곳이 아닙니다. 그리고 설령 우리가 일각을 버틴다고 해도 대부분이 극심한 부상을 입은 흑화일심대는 저들에게 따라잡힐 수밖에 없습니다.”

“후후! 알아. 저 인간들을 모두 죽이지 않는 한 흑화일심대를 살린다는 건 불가능한 일이란 거.”

사비가 피식 웃으며 다시 입을 열었다.

“하지만 흑화일심대는 무사할 거야. 지원 병력이 오고 있거든. 난 그냥 생색만 낸 거야. 가자!”

“네? 가다니 그게 무슨 말씀이십니까?”

“여기서 더 질질 시간 끌 것 없으니까 이제 가자고.”

“그럼 흑화일심대는 어쩌실 생각입니까?”

“그 인간들은 걱정 말래도 그러네. 백천맹에서 지원 병력을 보냈잖아. 후후후!”

“그럼 혹시 저 앞에서 느껴지는 기운이……?”

화무영은 말을 잇지 못했다. 사비의 말을 듣고 마령심공을 끌어올려 보니 흑화일심대가 떠난 방향으로 십 리 정도 떨어진 곳에서 꽤 많은 무사들의 기운이 느껴졌다.

“헛! 그사이에 또 느신 겁니까?”

“후후후! 그러게. 도황마제하고 싸우고 났더니 다른 사람들의 기운이 좀 더 자세하게 구분이 되는걸. 하지만 그 대가가 좀 크군. 지금도 이렇게 삭신이 쑤시는 걸 보면 말이야.”

사비가 피식 웃으며 곧바로 걸음을 내디디자 화무영은 자신 쪽으로 시선을 고정하고 있는 마도인들을 힐끗 쳐다본 후 그의 뒤를 따랐다.

'십 리 밖의 인간들이 지닌 기운을 느끼고 정도와 마도를 구분할 수 있다니. 이게 삼재경과 사상지경의 차인가?'

화무영은 속으로 설레설레 고개를 저었다. 사비의 성장을 옆에서 지켜보면 볼수록 자신이 지니고 있던 고정관념들은 여지없이 깨져 나갔다. 십 리 밖의 기척을 느끼는 건 화무영도 할 수 있는 것이다. 하지만 그 정도 거리에 있는 사람의 기도가 어떤 종류인지를 감지할 수 있는 능력은 없다. 이는 화무영의 말대로 삼재경과 사상지경의 실력 차이다. 이에 화무영은 더 이상 사비의 능력을 의심하지 않기로 했다.

'도황마제에게 이긴 인간을 내가 무슨 재주로 돌본단 말인가? 이러다가는 정말 빼도 박도 못하고 종으로 평생을 보낼지도……'

생각은 그렇게 했지만 화무영의 얼굴은 그렇게 나빠 보이지 않았다. 그동안 염려했던 사비의 몸 상태가 그리 악화된 것 같지 않아 다행이라는 생각이 들었기 때문이다. 또한 사비는 이제 자신이 돌볼 필요가 없는, 중원무림 어디 내놔도 전혀 손색이 없는 고수가 됐다. 게다가 그런 능력을 지닌 사람이 갖춰야 할 성품도 갖춰가고 있다.

그것은 흑화일심대를 아무 사심 없이 그냥 구해준 것만 봐도 알 수 있었다. 이전의 사비라면 결코 이런 식으로 끝내지는 않았을 테니까.

두 사내가 여유로운 걸음을 옮겨 멀어져 가는 사이, 그들 뒤로 서 있던 마도인들은 어느 누구도 감히 앞으로 나서지 못했다. 그저 멍한 눈으로 서로의 눈치를 살필 뿐이었다. 화무영에게서 뿜어져 나온 마령심기의 위압감, 도황마제는 온데간데없고 그와 대적하던 사비만이 멀쩡한 모습으로 나타난 당혹감 등이 얽히며 현 상황이 어떻게 돌아가는지 알 수 없어 이렇다 할 반응을 보이지 못하는 군중 공황 상태에 빠졌기 때문이다.

"사부님!"

흑화일심대의 선두에서 황급히 길을 재촉하던 단리무옥이 반색을 하며 소리쳤다.

"오냐! 고생 많았다."

선장(禪杖)을 짚으며 앞으로 걸어나온 이는 무정 사태였다. 그녀는 옷 여기저기가 뜯어지고 혈흔이 묻은 단리무옥의 행색을 보고 일순 안쓰러운 표정이 되었다.

"그래, 양 대주는 어디 계시냐?"

"저기……."

무정 사태의 물음에 단리무옥이 뒤쪽으로 고개를 돌렸다. 무정 사태는 유백과 남궁원예의 부축을 받으며 걸어오는 양청을 확인하고 나직이 불호를 외웠다. 천하의 독비객 양청이 누군가의 부축을 받다니. 그녀는 이것만 봐도 흑화일심대가 어떤 피해를 입었을지를 짐작할 수 있었다.

'조금만 더 늦었으면 천추의 한을 남길 뻔했군. 아미타불!'

단리무옥을 힐끗 쳐다본 무정 사태는 속으로 제자의 무사함을 감사하며 양청을 향해 걸음을 옮겼다.

아미에 와 있던 무정 사태는 흑화일심대를 지원하라는 공황식의 연락을 받자마자 사천회를 소집하고 무사들을 모았다. 그러나 워낙에 시일이 촉박한 탓에 모은 무사는 일천 남짓. 그 인원으로는 화앙마부의 일만 마도인들을 상대하기에는 태부족이었다.

그렇다고 흑화일심대의 위기를 모른 척 외면하고 있을 수는 없는 노릇이었고, 더욱이 그곳에는 그녀의 제자 단리무옥까지 끼어 있다는 전갈을 받았기에 마음은 점점 조급해졌다. 이에 일천 무사에 아미 제자 삼백을 더 추가해 부랴부랴 이끌고 왔는데, 다행히 흑화일심대가 전멸당하기 전에 조우할 수 있었던 것이다.

"아미타불! 참으로 오랜만에 뵙습니다, 양 시주."

"죄송하지만 인사는 나중에 나누도록 하고 일단은 이곳에서 벗어나는 것이 좋을 것 같습니다."

"그러시지요!"

양청의 조심스런 음성에 무정 사태가 고개를 끄덕였다.

그의 말에서 상황이 얼마나 심각한지를 새삼 깨달은 무정 사태는 곧바로 데리고 온 사천회의 무사들을 인솔하며 물러나기 시작했다.

사천회에 상주하는 무사 오백, 청성과 종남에서 각각 일백, 그리고 그녀가 아미에서 직접 데리고 온 삼백까지 모든 무사들이 흑화일심대를 호위하며 일사불란하게 뒤로 물러났다. 다행히 잔류했던 천변귀검과 상관경 일행이 합류할 때까지도 화양마부에서는 추격을 하지 않았다. 아니, 그럴 경황이 없었다. 도황마제의 주검을 보고 커다란 충격에서 헤어나지 못하고 있었기 때문이다.

그렇게 삼 일이 흐르자 백천맹에서 추가로 보낸 청룡대 이천 무사가 합류를 해왔고, 흑화일심대 일행은 그제야 한숨을 돌리고 휴식을 취할 수 있었다. 그들이 잠시 멈춘 곳은 인회(仁懷)라는 곳으로 사천과 귀주의 경계 부근에 위치한 소읍이었다.

"저는 후회가 됩니다."

양청의 곁으로 다가온 천변귀검이 나직한 목소리로 입을 열었다.

“무슨 말인가?”

양청이 천변귀검을 의아한 눈초리로 바라봤다. 그리고는 다시 고개를 돌려 주변을 둘러봤다. 양청이 홀로 떨어져 있던 탓에 이쪽을 주시하고 있는 사람은 아무도 없었다.

“대형의 소문 말입니다. 처음 그런 소문이 났을 때 우리가 막아야 했습니다.”

“하지만 그건 우리 힘으로는 불가능한 일이었지 않은가? 물과 기름처럼 섞일 수 없는 사이로 알려진 무영마검과 공 맹주가 함께 공표한 일이었네. 어느 누구도 의심을 할 여지가 없는 발표였지.”

“아닙니다! 그래도 나섰어야 합니다. 다른 사람은 몰라도 우리만큼은 대형을 믿고, 대형 옆에 섰어야 했습니다. 우리는… 흑화일심대니까요!”

양청의 씁쓸한 대꾸에 천변귀검은 강하게 고개를 저었다.

“……”

양청은 천변귀검을 물끄러미 바라봤다. 그는 이미 천변귀검에게 사비가 사군우의 죽음을 언급했었다는 사실을 들어 알고 있었고, 신빙성이 있는 소리라고 생각하고 있었다.

만일 사군우가 아직까지 청도에 있다면 나왔을 것이다. 자신의 소문이 차마 입에 담을 수 없을 정도로 확대되고 악화된 상황에서도 그대로 두고 볼 사람은 아무도 없으니까. 하지만 사군우는 모습을 보이지 않고 그의 악명만 더욱 부풀려지고 있는 게 작금의 현실이었다.

양청은 이런 주변 정황을 종합해 봤을 때 자꾸 한 가지로 결론이 나는 것이 못마땅해 입을 다물고 있었을 뿐이었다. 그런 일이 일어나는 것은 정말 죽기보다 싫었다.

이윽고 양청이 천변귀검을 바라보며 무겁게 입술을 뗐다.

"대력신장 백리준은 나와 자네들이 명리를 탐해 대형에게서 떨어져 나왔다고 생각하네. 또 어느 정도는 사실이지. 대형이 움직이지 않으니 우리라도 나서서 대형의 자리를 마련해 주자는 생각으로 모질게 마음먹었던 것이니까. 하지만 만일 대형이 죽었다면……."

"그런 일은 아무런 의미가 없지요. 흑화검성 사군우를 백천맹의 삼대 맹주로 추대하자는 흑화일심대의 바람은 물거품처럼 사라진 것이지요."

천변귀검이 씁쓸한 어조로 대꾸한 뒤 천천히 몸을 돌렸고, 양청은 그의 뒷모습을 바라보며 입을 꾹 다물었다.

사군우를 무림의 맹주로 앉히자는 목표를 세우는 것까지는 좋았다. 하지만 그 목표를 위해 정당화시켰던 자신들의 행동들. 백천맹에서의 입지를 다지고, 사군우를 견제하는 이들을 안심시키기 위해 사군우를 떠났고, 그 과정에서 몇몇 동료들과도 인연을 끊었다. 그리고 지금은… 흑화일심대의 존재 이유였던 사군우를 향한 신념까지도 부정하고 있다. 공황식과 공손천량이 입으로 사군우를 밑바닥으로 끌어내리고 있는데도 속수무책으로 바라보는 어이없는 상황이 초래되고 있는 것이다. 어디서부터 잘못됐는지는 몰랐지만, 공황식과 공손천량이 저렇게 겁없이 설치는 이유만은 어느 정도 짐작하고 있었다.

'죽은 자는 말이 없으니까. 만일 그게 사실이라면… 대형이 정말 죽은 거라면… 그분의 죽음과 관련된 어느 누구도 용서하지 않는다!'

양청의 두 눈이 차갑게 빛났다.

천월사도(天月使島)

"시랑가 요니바!"

순백의 휘장으로 사방이 막힌 대전 안.

머리부터 발끝까지 붉은 경장을 두른 여인 하나가 대전 중앙에 놓인 여신상을 향해 오체투지한 상태로 주문을 외웠다.

후우우웅!

부챗살처럼 펴진 여신상의 여섯 팔이 살아 있는 사람의 것처럼 꿈틀 거린다. 그리고 그 여신상은 이내 백광으로 물들기 시작했다.

"소천사 현월이 대천사님을 배알합니다!"

여인은 외침과 함께 쿵 소리가 나도록 이마를 지면에 찧었다.

"달은 무한의 힘이다. 오직 여인만이 지닐 수 있는 이 땅에서 가장 순수한 힘이다. 이제부터 네게 그 자격을 묻겠다!"

"저를 왜 시험하시는 겁니까? 저는 이미 대천사께 월의 권능을 받을 준비가 되어 있습니다.”

“월의 힘은 물[水], 땅[地], 불[火], 바람[風]의 기운이 함께하지 않으면 움직일 수 없는 힘. 현재의 네 능력으로는 담을 수 없으리라.”

“그럼 저는 어찌해야 합니까?”

“물의 힘을 취해오너라. 물의 힘은 신도세가에 있다. 또한 땅의 힘은 음양마교에 있지. 그리고 불과 바람의 힘은 본 천월사도에 있으나 신탁은 인연이 일 갑자 후에 있다고 말한다.”

“그럼 제가 취할 힘은……?”

“신도세가의 정령신공이다. 쉽지 않을 테지만, 너는 지의 권능을 받은 소천사이니 충분히 해낼 수 있을 것이다.”

“알겠습니다. 반드시 신도세가의 힘을 취하겠나이다. 그리고 나아가 음양마교가 지닌 땅의 기운까지 찾아오겠습니다.”

“그것은 네 다음 소천사의 몫이다. 소천사 현월의 연은 물이고, 소천사 현영의 연은 땅이며, 소천사 현현의 연은 불에 있나니, 마지막 바람과 인연을 맺는 천사가 달을 취하리라!”

휘이잉!

한줄기 바람이 대전 안을 감돌며 사위가 점점 암흑으로 번져 갔다.

『풍류비공』 5권으로 이어집니다